風鳴

身高：約185公分
覺醒類型：？？？
等級：A
穩定性：D
成長性：A
危險性：A

原本是太極拳老師，一眨眼卻穿越到未來地球，變成了高三生，靈能覺醒為類型不明的靈能者。

后熠

身高：約185公分
覺醒類型：神話系
等級：S
綽號箭人（風鳴取名）

四大特級警衛隊之一「東方青龍組」隊長，似乎喜歡鳥類，特別喜歡風鳴的翅膀。

1
打殭屍
illust. Hibiki-響
Psychatog awaken
靈能覺醒
—傻了吧，爺會飛—

Contents

第一章　背後癢，長翅膀

風鳴坐在座位上，看著在講臺上眉飛色舞、侃侃而談的校霸張飛龍，再看看下面一個個雙眼放光，看校霸彷彿在看人生偶像的同班同學們，再次在心中感嘆這真是個機車的世界。

這些同學似乎完全忘了他們前天還和自己一起圍毆了這個總是仗著身體強壯、他爸是校董而欺負全班的校霸，更忘記了他們一起說過的「下次見一次打一次的」豪言壯語。現在別說見一次打一次了，風鳴懷疑等一會兒下課，這些同學們就會排隊去找校霸要簽名。

哪怕知道這就是如今這個世界的真實狀態，靈能覺醒者總有特殊待遇，風鳴也有些無語。果然小屁孩們都靠不住，他是個成年人，才不會這麼沒有原則。

一個月前，他還在自己普普通通的世界裡當一個普普通通的太極拳老師，結果眼睛一閉一睜，就來到了這個除了他和地球的名字沒變，其他全都變了的世界。

現在是二二二二年二月九號。

在二二一九年底，人類科學家監測到了一種特殊的「氣」。這特殊的「氣」一開始出現在深山老林和各種人跡罕至的海域當中，因為它無色無味，和空氣基本上沒任何區別，很少被人發覺。

科學家們最初忐忑地研究著這種突然出現的「氣」，生怕這種氣體會為人類帶來什麼不可挽回的災難，然而越研究他們越驚訝，越研究他們就越興奮——

無論他們做了多少次實驗，換了多少種實驗對象，得出的結論都是這種氣體對於人類，甚至整個地球、生物都沒有害處。相反的，這些氣體能夠增強人體的細胞活力、強身健體，甚至能夠在某種意義上加速人類的進化。

西方人把這種氣稱之為「能量氣」，而有著悠久傳承的東方，把這種氣體直接定為老祖宗早就有記載的「靈氣」。

因為這種靈氣對人體有益無害，最先知道的各大勢力和當權者理所當然地決定霸占這些「氣」，好讓這些靈氣為他們帶來更多的權利和財富。

然而，地球和靈氣才不會看碟下菜、嫌貧愛富，在發現了這種靈氣半年之後，地球開始頻繁地發生各種小幅度的天災。地震、海嘯、龍捲風、火山、冰雹、泥石流，總之，幾乎每一個地方都被地球母親雨露均沾了。而發生了災難之後，那個地方的靈氣就會陡然暴漲，到二〇二〇年，短短一年時間內，整個地球就到處充斥著讓科學家和權貴們渴望的「靈氣」了。

這是一件好事，科學家和權貴們不用擔心「靈氣」枯竭，他們無法再研究或者利用，但這也是一件糟心的事。

因為從二〇二〇年開始，普通人中開始出現因為吸收了靈氣而變得強大的「變異者」。

一兩個國家還可以迅速把人接走遮掩，但當有人打架打著打著就能徒手變出板磚砸人、互相對罵時忽然能從口中噴出水柱，噴別人一臉、小孩子在追逐打鬧之中，忽然一跳跳了八公尺高，直接破了世界紀錄，還把自己嚇得尿褲子的時候，各國政府和權貴們就再也無法把這種異變隱瞞下去了。

然後，華國的大將軍在和部下們認真商議了十天之後，終於在二二二〇年二月九日那天開了一場世紀直播，正式向普通民眾們公布了「靈氣」和「靈能者」的存在，並且直接頒布了相關的靈能者權利和法律，維持國體穩定。

由此，徹底揭開了「靈能時代」的序幕。

當超級英雄成為可能，當魔法和異能真實存在，當中華兒女們中二時期都夢想過的修仙法術不再是白日夢，整個世界沸騰了。

大家作夢都想成為靈能者，之後憑藉著自己的特殊能力走上人生巔峰。

為此，各個名山大川成為了人們最愛去的旅遊和吸收靈氣的景點，各個普通人逆襲成大英雄靈能者的事蹟被人們津津樂道，甚至連現今流行的小說、電視劇、大電影，主角都從普通人變成了靈能者，沾到邊都能紅的那種，可見人們有多瘋狂。

然而，之前就已經說過，地球母親非常公平，從來不看碟下菜。

在人類因為靈氣而激動瘋狂的時候，人類忽然發現因為靈氣受益的不光只是人，植物和動物們也可以吸收靈力並且壯大自身。

有畜牧者發現自家的領頭牛在某一天，突然帶著他的一群牛衝破圍欄，跑入了山野之中，臨走的時候還轉過牛頭，對前主人露出嘲諷的眼神和粗壯了兩倍以上的犄角。

有養雞者發現自家的大公雞在一夜之間羽毛長長了三倍，變得五彩斑斕，無論怎麼看都不像是一隻平凡的大公雞，然後他同樣收到了自家大公雞輕蔑鄙視的一瞥，眼睜睜地看著他最心愛的大公雞翅膀一搧，飛了。

還有忽然之間就擴大了兩倍的原始森林、一夜之間就長滿了整個屋子的綠蘿，和突破了天花板的仙人掌。

反正，人類很快就意識到「靈能時代」不光是人類的靈能時代，而是一場無差別的全球異變。好在這種異變是緩慢而溫和的，並沒有一夜之間忽然大爆發，像填鴨一樣填滿人類和地球上所有生物的身體。

能夠吸收靈氣、產生變化的人類和生物們還是極少數，因此各個國家的政體都還算穩定，雖然也有一些有了靈能就無法無天的靈能者，但每個國家的軍隊和力量都能夠控制住。

這時候，許多國家的領導人就忍不住感謝地球母親。如果靈氣帶來的是一場無差別且快速沒有篩選的異變，那麼整個地球上的生物，都將面臨一場無比殘酷而血腥的進化之爭，何談國家，何談生命。

想來，地球母親還是很珍惜它身上的這些小可愛的。不過，可能人類並不算在地球母親特別喜歡的小可愛一欄中。

科學家們閒來無事做了個統計，然後特別糟心地發現按照整個族群來算，人類中出現靈能者的概率比起動物或者植物，異變成精的概率小很多。幾乎到了人類的異變概率只有動植物的三分之一概率，那麼一點點的程度。

而且更讓科學家們覺得頭痛的是，到現在他們都還沒搞清楚靈氣到底是怎麼引發人體異變或進化的。靈能者異變的方向簡直千奇百怪，甚至用亂七八糟來形容都沒什麼毛病——比如徒手變板磚、口中噴水柱、千里眼順風耳、渾身金屬化還有腦袋上開花結果、一不小心就變成半個大熊貓之類的。這種變化實在是完全沒有規律可言，更別說要人為干預、增加靈能者了。

可以說，現在對於每個國家來說，靈能者就像是非常有潛力的新型武器。哪個國家擁有的靈能者多，哪個國家在國際上就更有發語權。所以現在每一個國家都在大力支持鼓勵靈能者的產生，每個國家都發布了許多讓普通人眼紅渴望的靈能者待遇福利。

在自身和外部環境的雙重刺激下，普通人為了要成為靈能者，簡直無所不用其極。

風鳴想到這裡，又看了一眼站在講臺上說得唾沫橫飛的張飛龍。心想地球母親真是一時不察，怎麼讓這麼一個渣渣突然成為靈能者呢？難不成是前天他帶著全班同學圍毆了這個渣渣一頓，讓他的身心都遭受到了巨大的傷害，悲憤之下就打通了任督二脈？

嘖。

風鳴這樣想著，又伸手繞到後背撓了撓肩胛骨下面，這兩天總覺得後背癢癢的，彷彿要長痘痘了。

他正在抓癢，同桌的鐵頭忽然伸出手肘碰了碰他。

「嗳，風鳴！現在快下課了，下課之後張飛龍那小子肯定會來找你麻煩，一報之前被你痛揍的仇，你要怎麼辦啊？」

風鳴的手頓了頓。

此時，講臺上的張飛龍正在表演徒手碎石，邊碎石頭還邊呲牙猙獰地看向他這邊，彷彿他就是他手裡的那塊石頭，被他輕輕一捏就能碎成八瓣。

風鳴咧了咧嘴。

「不就是一個大力靈能者嗎？還是個剛剛異變的靈能者，老子會怕他？」

要是這個張飛龍異變成什麼口中噴火球、眨眼飛閃電或者金剛不壞之身的能力，他或許就真的沒什麼辦法了。但是，只是力量變大而已，在速度、眼力、腦子都沒變的情況下，光是力量大，可不代表必勝。他練的太極能讓這個校霸感受一下什麼是借力打力，打到你懷疑人生。

唔，就算退一萬步來說，打不過他還可以跑嘛。

他成為這個世界的風鳴不到一個月的時間，就發現這小子沒什麼特長，唯一的優點還和從前的自己一樣——

跑得特別快，一不小心就能像籃球飛人，在空中「飛」上兩步的那種快。

校霸張飛龍的「我怎麼覺醒靈能，我超級屌」的演講足足講了一節課，幸好他用的是上午最後一節自習課，班導師看大家都對他的覺醒很感興趣，他又馬上要轉學離開了，也就讓他給大家放鬆一下心情，順便豎立起目標。

而在下課鐘聲響起的時候，張飛龍閉上了滔滔不絕的嘴，用一種非常不懷好意的目光緊緊盯著風鳴，當著全班同學的面說出了校霸經典語錄。

「風鳴！有本事放學別走！操場後見！」

已經開始收拾桌子的風鳴暗暗翻了個白眼，真的很多年沒聽到這種狠話了。但所有對他放過狠話的人，最後的結局都不怎麼好。張飛龍現在敢當著全班同學的面這樣說話，可見他膨脹到了什麼程度。

嘖，太膨脹就不好了。

萬一，最後一個異變的靈能者還打不過他這個普通人，這小子會不會惱羞成怒，直接把自己氣死？

風鳴在腦海裡思考著等等要怎麼打架，張飛龍已經走下了講臺，虎視眈眈地走到他旁邊：「怎麼，不敢接老子的話了？之前你不是特別厲害嗎？」還敢帶全班同學圍毆我一個！

風鳴斜著眼角看了他一眼：「不是，我就是覺得在學校打架不好。萬一記大過呢？」

你爸是校董，你在學校裡打架無論輸贏都沒事，但我孤家寡人一個，被記過或者退學了，我大學還要不要考啊？

張飛龍一時間沒聽懂風鳴話裡的深意，不過他還是抓住了重點：「那就學校對面的那個公共籃球場見！這回你總不會說不方便了吧？你要是特別害怕，不敢去也行，現在就在這裡對我跪下來道歉認錯，並且喊我老大，我就不跟你計較了！」

風鳴收拾書包的手頓了一下，嘖了一聲。他把書包揹在背上，伸手推開旁邊的大窗戶，然後轉頭對張飛龍露出一個無比挑釁又囂張的笑。

「要老子跪下向你道歉，你有多大的臉啊？也不怕折了你的壽！」

說完話，他長腿一蹬就踩上了窗沿，從窗戶那裡一躍而出，對張飛龍比了中指：「老子在籃球場等你！」

等張飛龍氣炸了，哇哇亂叫地從教室裡跑出去的時候，風鳴已經大笑著從二樓的走廊翻身一躍而下，雙腳穩穩落地，又仰著頭對他伸出了中指。

張飛龍：「……」啊啊啊啊媽的，氣死老子了啊啊啊啊啊！

然而，旁邊的同班同學和其他班的女生已經尖叫起來了。

「啊啊啊啊！風鳴剛剛的動作好帥好帥啊！！」

「天啊，我剛剛心臟都嚇得停了半拍啊！」

「他跳下去的時候雙腳超級穩！就像漫畫裡的人物一樣！！」

「早就覺得他長得又高又帥了，可惜不愛和別人說話，今天又被帥了一臉嗚嗚嗚！」

張飛龍磨著牙，惡狠狠地瞪向他旁邊尖叫得最厲害的文藝委員，嚇得小女生瞬間閉嘴。

然後，張飛龍為了表示他比普通人的風鳴更厲害，腦子一熱就一手撐著欄杆，要複製剛剛風鳴從二樓跳下去的舉動。他就不信他一個靈能者，還不能穩穩地從二樓跳下去！

可惜他慢了一步，衣服直接被憤怒又震驚的班導師死死拉住。

「張飛龍！這可是二樓，你想幹嘛！樓梯是給你們當擺設用的嗎？就算是你已經靈能覺醒了，明天就要去靈能者學校上課，但你只要還在我們班一天就是我的學生，別想給老子跳樓！」

張飛龍氣得很：「可是風鳴他……」

班導用一句話堵死：「明天就讓風鳴寫悔過書！」他剛剛那是沒反應過來，差點被風鳴那小子嚇出心臟病！

張飛龍只能憤怒地走樓梯，往學校對面的籃球場狂奔而去，並且決定要把風鳴打得跪地求饒，痛哭流涕，重點是他那張英俊的小白臉，也一定要把他打到變形！

在張飛龍的身後跟了七八個看熱鬧不嫌事大的三高同學，他們手裡拿著手機錄影，甚至有一個還開著直播，笑嘻嘻地和他的粉絲們介紹。

「接下來你們可要睜大眼睛仔細看好了，我可是現場直播『靈能者暴揍死對頭』。這可是十分難得的畫面，來來來，地雷、手榴彈來一波啊！實在不行，撒點花漲漲人氣。」

「喔，你們問死對頭是不是靈能者？當然不是啦，靈能者又不是大白菜，我們整個年級能有一個就特別走運了，怎麼可能再來一個啊！不過要被揍的那個小子是我們三年八班的班草，似乎也是練過的，之前把沒成為靈能者的校霸揍了一頓，現在就倒楣了吧，唉，一會兒要是他被打得特別狠，兄弟們就上去勸勸或者拉架，別真的讓他被靈能者校霸打出什麼問題，也算是我們做好事了。」

這個學生主播這樣說著的時候，張飛龍已經到達了籃球場。大中午的籃球場裡，沒有學生和其他人在這裡打球，整個籃球場中就只有風鳴一個人大咧咧地坐在籃球架下面，看到張飛龍和他身後的那七八個看熱鬧的同學時，完全不怕地伸手打了個招呼。

張飛龍又被氣得想翻白眼，看直播的觀眾們卻一下子刷了很多彈幕。

『哎呦，是個帥氣的小哥哥啊！』

『這小哥站起來了，我靠腿好長！』

『目測怎麼也有一百八十五的身高，感覺脖子以下全是腿啊！』

『而且他的身材也很棒。嘿嘿嘿～』

『樓上，現在都還沒到春天呢，大家都穿著大衣和保暖內衣，你怎麼看出來小哥哥身材棒的？』

『樓上莫非是透視眼的靈能覺醒？』

「風鳴，你夠大膽！竟然不跑！既然這樣，一會兒可別哭著喊我爸爸，求我放你一馬！但是不管你怎麼哭著求我，我都不會放過……呃！」

張飛龍一邊說話，一邊向風鳴走過去。他右手握拳開始暗暗蓄力，決定走到風鳴旁邊的時候就出其不意地直接給他一拳，一拳把他打趴在地，結束戰鬥，這樣就會顯得自己又帥又屌，說不定就能直接漲一波粉絲出名。

可張飛龍萬萬沒想到對面的風鳴竟然如此不講道理，他還沒走到風鳴旁邊，這小子就一個衝刺，直接到他旁邊給了他肚子一拳！

「唔？身體素質確實是比之前強了不少啊。」

打了一拳的風鳴感受了一下拳頭接觸張飛龍肚子時的觸感，做出了判斷。普通人成為靈能者之後，身體各方面的素質都會增加一些，增加多少則看個人情況。張飛龍的話，現在的身體強度大概是練五年太極的強度了。

怪不得大家都想成為靈能者，果然能平白獲得好處。

張飛龍被搶了先機，氣到不行，但又忍不住炫耀風鳴的拳頭沒對他造成多大的傷害。之前風鳴打他一拳，他會痛到彎著腰，不太能做其他的動作，但現在他只是覺得有點痛，完全可以忍受並且反擊！

張飛龍的拳頭帶著破空的風聲，狠狠向風鳴砸了過來。

風鳴挑了挑眉，這拳頭的力度至少有兩百斤，要是打在他身上，估計能直接把他的八肋骨打成一半。

「你也太黑心了吧？我可是普通人，你這一拳是要捶死我啊！」

風鳴這樣說著，身形卻靈巧地往旁邊後退了一步，躲過張飛龍的拳頭。

「就是要一拳捶死你！！」張飛龍一拳未中，又暴起一拳。

但這一拳還是在即將打中風鳴的時候被他瞬間躲開了，於是，圍觀的同學和透過螢幕看直播的網友們就看了一場十分鐘的「你追我趕」雙人秀，要不是張飛龍的表情十分猙獰憤怒，他們都以為這是一場排練好的戲了。

過了一會兒，觀眾們都有點慌。

『不是，主播，你是不是在唬我們？那個大塊頭真的是靈能者嗎？他都打十分鐘了，一拳都沒打到那位長腿小哥哥啊！』

『不不不，樓上你不應該這麼問。你應該問那個長腿小哥真的是普通人嗎？老天啊，他每一次躲開的時機都剛剛好不說，跑步的速度也太快了吧？』

『那個小哥是不是速度類的靈能者啊？』

『這不一定，不過有一點我可以肯定，那位小哥應該是確實練過武術，他的下盤很穩、眼力、耳力和反應都超過普通人，是練家子。』

『喔喔喔，怪不得呢。不過這樣說的話，那普通人要是習武，豈不是就能和靈能者拚一拚了？』

這條彈幕剛發出來，那邊一直追著風鳴打，卻一直打不到他的張飛龍已經出離憤怒，有些瘋狂了，他覺得風鳴和這裡的所有人都在嘲笑他連一個普通人都搞不定！

在這種極端的情緒下，張飛龍覺得自己渾身上下都憋著一股巨大的憤怒和力量，最後這力量凝聚在他的拳頭手心，伴隨著一聲怒吼，便隨著他的拳頭衝了出去。

「我靠！！！」

「我靠我靠我靠！能量衝擊波嗎？」

「我靠啊啊啊啊，長腿小哥快跑啊，這要是被打中了，最輕也是殘廢啊啊啊啊！」

一起來看熱鬧的同學們也在這時驚呼出聲，他們就算想阻止、幫忙都來不及。而風鳴在張飛龍打出那一拳的瞬間，渾身上下的汗毛倒豎，一種極端危險的感覺產生，他毫不猶豫地轉身狂奔兩步，在感受到身後的能量即將觸及到他背後的時候，後背緊繃、雙腳用力一躍，就感覺腳下踩到了什麼東西，後背也多出了什麼，然後……

他跳到了籃球框上。

他單腳踩框的樣子像極了一隻獨立的金雞。

下一秒，張飛龍那出離憤怒的一拳打碎了籃球場的合金玻璃。

風鳴：「……」

張飛龍：「……」

圍觀同學和所有看直播的人：「……」

讓他們回神的是籃球場內那刺耳的警報聲。

『警報！警報！！有人惡意破壞籃球場合金玻璃牆！已報警！已開啟自動監控！請籃球場內眾人抱頭蹲下！不得逃離！！』

然後，風鳴聽到了頭頂幾隻烏鴉嘎嘎的叫聲。

『哈哈哈哈，大夥兒快看那個站在籃球框上的人！他好像一隻傻雞啊！』

風鳴：「？？？！！！」

比起響徹籃球場上的刺耳警報聲，更讓風鳴震驚的是他從頭頂飛過去的那幾隻烏鴉。

他下意識地抬頭往天上看，發現那幾隻烏鴉已飛到了對面的電線杆上，排排站成整齊的一字，然後歪著牠們黑黢黢的小腦袋，拍著黑色的小翅膀嘎嘎叫。

『哈哈哈，看那個像傻雞一樣的人類，他放下他的腳了，但是還是好傻的樣子嘎！』

『他在看我們！他為什麼看著我們？是因為我們長得好看嗎？』

『那是當然啦，所有鳥裡，我們烏鴉最好看嘎嘎嘎！』

『人類還特別羨慕我們的烏鴉嘴呢！！』

風鳴狠狠地抹了一把自己的臉。不，你們自我感覺太良好了，我覺得什麼鳥都好看，就是不會覺得你們好看，羨慕誰都不會羨慕你們的烏鴉嘴。

所以，他是真的能聽懂這幾隻烏鴉在說話？他這是覺醒了「鳥語或烏鴉語」的靈能嗎？這種靈能能幹什麼？每天和烏鴉聊天，聽牠們烏鴉嘴嗎？

一直到警衛隊持槍核彈地趕過來，把他們帶到警局，風鳴都沒能從這種打擊中緩過來。

不過，比起風鳴因為自己可能覺醒的靈能而感到震驚的打擊，張飛龍的打擊則是來自於那不可理喻的天價賠償金。這種痛苦比風鳴大多了。

「四十萬！就是一面玻璃牆而已！！為什麼要四十萬！！」

「還有我為什麼要賠風鳴十萬！明明是他之前先帶全班來圍毆我的！」

對面的警衛隊長面無表情。

「這個價格已經是看在你是初期的靈能覺醒者，控制不好自己的能力給你的優惠了。那面合金玻璃牆總價值六十六萬人民幣，具有防彈、自動清潔以及自動充電的最新科技功能，我們算你四十萬已經很便宜。

至於為什麼要賠償這位風鳴同學十萬元，你自己心裡應該有底吧？你作為一個靈能者，主動攻擊普通人，已經觸犯了『公民保護法』。今天的情況你也看到了，如果不是這位同學跑得快、跳躍能力比較好，不知為什麼躲過了你的能量波，他現在就不會安靜地坐在這裡，而是在醫院搶救或者直接去火葬場了。

你不能因為你還沒有造成嚴重的事故就否認自己的錯誤。就算是靈能者也不能為所欲為，靈能者也是國家的一員，要遵守國家的法律。不然，世界豈不是亂套了？」

這位警衛隊長訓誡的話語說得很流利，顯然已經不是第一次碰到毀壞公物後被抓進來的靈能者了。但張飛龍這個中二卻不高興自己被訓，非常不高興。他可是靈能者啊！萬中無一的靈能者，對面這一個普通的警衛隊憑什麼這樣訓他？

就在張飛龍那中二的心態即將爆棚、想要給這個警衛隊長一拳，讓他知道一點厲害時，他突然發現自己動不了了。

不、不是動不了了，而是他的身體從他的腳部開始僵硬，就像是……就像是要變成石頭一樣！

張飛龍瞬間驚恐地瞪大了眼睛，「我的腳！你對我的腳做了什麼？」

這位長著八字眉、標準苦瓜臉的警衛隊長撇了撇嘴：「誰稀罕對你的腳做什麼，就是讓你老實聽話一點。以為自己是個力量型靈能者就屌了？小崽子，你還嫩得很呢。」

苦瓜臉隊長說著，從口袋裡掏出了一張紙，拍到張飛龍面前：「好了，這是賠償協議和解書，你簽好以後就可以走了。你要是不簽的話，之後會走法律程式，到時候會被拘留五天，檔案上還會記錄這個汙點，你自己好好想想。」

張飛龍燃燒著中二之魂，不願意低這個頭，但是他急著趕過來的校董爸爸和做生意的媽媽卻不可能讓自己兒子的檔案上有汙點。張爸一巴掌拍在兒子的後腦勺上，打得校霸張飛龍齜牙咧嘴，向親爹低了頭。可見靈能者再屌，他爸還是他爸。

而且，張飛龍不清楚警衛隊是什麼樣的存在，張爸卻清楚啊！這愚蠢的小子還敢對警衛隊的人叫囂，真是都不知道是怎麼死的！看看，腳都被石化了吧！

張爸張媽非常客氣地簽了賠償協議和解書，並且當場轉帳了十萬元到風鳴的手機錢包，許諾回去以後一定會好好教育張飛龍。

苦瓜臉警衛隊長對此表示滿意，解除了張飛龍腳部和腿部的石化，讓他們帶張飛龍離開了。

然後，這間審問室裡就剩下苦瓜臉隊長和風鳴兩個人了。

風鳴頓時覺得壓力倍增。

從剛剛張飛龍的反應就能知道這個警衛隊長絕對不是普通人，他很有可能具有讓人石化的靈能力量。不過，就算這位警衛隊長是個靈能者，對自己這個普通人也沒什麼好說的吧？

「呃，那個，要是沒事的話，我也要回家吃飯了？」風鳴試探道。

警衛隊長用他的苦瓜臉做出一個微笑的表情，看起來有點扭曲。

「不急不急，風鳴同學是吧？有沒有覺得身體方面有哪些不尋常的感覺？比如覺得自己的雙腿充滿了力量，又或者渾身上下的血液都有點沸騰？」

風鳴抽了抽嘴角，「沒有。」後背癢癢的，特別想抓一抓算不算？

苦瓜臉不放棄：「真的沒有嗎？你再仔細想想。我看過了你之前逃生的監視畫面，普通人可跑不了那麼快，也不可能一下子跳到籃球架上啊。說不定你的身體中已經積攢了足夠的靈氣，馬上就要開始覺醒異變了，你仔細想想有什麼不尋常的地方，我作為一個過來人，還是可以指點一下經驗的。」

風鳴面無表情：「真的沒有。」能聽懂烏鴉的話、可能覺醒了「烏鴉語」這個靈能，這件事我會告訴你嗎？都不夠老子丟人。

「我只是之前學過太極，身體素質比其他人好一點而已。至於突然跳到籃球框上……我覺得我好像踩到了什麼東西，然後借力跳上去了。」

苦瓜臉隊長盯著風鳴的撲克臉，最終只能放棄。

「好吧好吧，既然你說沒有，那就當作沒有好了。不過，如果你之後覺得有開始覺醒或者異變的跡象了，可以直接呼叫我。有些人的覺醒是緩慢而穩定的，但有些人的異變非常暴烈，一個不小心就會對周圍的環境造成極大的破壞。希望在造成破壞之前，你能通知我們。」

苦瓜臉隊長這樣說著，拿出了一張閃著銀色光芒的卡片：「如果那時候呼叫不及，你直接掰斷這張卡就行。裡面儲存了我的力量，可以保護你，也能讓我感應到自己的靈能定位到你，這樣我就能及時趕來了。」

風鳴一眼就認出了這張銀色靈能卡，臉上的表情有些意外。這種卡片內被注入了靈能者的靈能，能當作一次性保護或攻擊的手段。銀卡代表裡面的靈能至少是B級，而B級的靈能卡在市面上至少也值一萬塊錢。

真是大手筆啊。

風鳴想了想，還是接過了這張卡，看到上面有一個名字和一個電話號碼。

「泰南？」

泰南點點頭。「嗯，我叫泰南。一般人喊我南隊，負責龍城西區的治安。」

風鳴的眼神有點微妙。

泰南見到他的眼神，苦瓜臉彷彿更苦了一些：「好了好了你可以走了，不是說要回去吃午飯嗎？趕緊回去吧。」

風鳴老老實實地抓起書包點頭：「那我走了。還有，謝謝南隊。」

泰南擺了擺手。

等風鳴離開之後，警衛隊的其他隊員們才魚貫而入，聚集到自家隊長旁邊。

「南隊南隊，你為什麼要對這小子這麼在意啊？還把一張銀卡給他。這一張卡可以吃幾十頓小龍蝦了啊！」

「是啊南隊，那可是你的靈能銀卡，裡面的靈能估計能直接石化一個人吧？給他是不是太浪費了？」

泰南對自己的隊員們翻了個白眼：「你們懂個屁！雖然那小子極力否認，但老子的眼睛可不是擺設。他絕對是即將覺醒或者異變的普通人，而且十之八九是速度型或者飛行類的靈能覺醒。

整個龍城四大警衛隊裡，就只有我們西城區警衛隊沒有飛行類或速度型的靈能者，每次出動都慢別人一步，好幾次都被南區的人搶走工作了！南區的那個熊隊長，天天在我面前炫耀他們隊裡的那個喜鵲靈能者，氣死老子了，就是一隻喜鵲而已，飛行類靈能者裡墊底的存在，還在老子面前囂張！！我就不信我們西區找不到一個飛行或速度類的靈能者！！」

泰南隊長磨著牙：「讓那個熊隊長給我等著吧，只要老子這邊有了飛行速度類的靈能者，老子第一件要做的事就是拔了他那隻喜鵲靈能者的頭頂呆毛！！」

瞬間，整個西區警衛隊的隊員們都同仇敵愾起來，並且深深覺得自家隊長有遠見。現在他們就希望隊長是對的，那個叫風鳴的小子真的能覺醒飛行類的靈能。

唔，風鳴風鳴，這名字也很好，說不定就是風系的呢？

而這個時候，回到家的風鳴正對著鏡子，表情震驚中帶著一點生無可戀。

回家路程半小時，途中兩隻喜鵲、六隻麻雀、三隻不知名的鳥從他頭頂飛過，他聽懂了牠們所有的鳥語。

在他以為自己真的覺醒了「鳥語」靈能的時候，後背太癢了，還有點不方便，他脫下上衣側著身子對鏡子一照，發現自己的背上，肩胛骨末尾的那個地方多出了兩片？兩隻？毛絨絨，只有半個手掌大，像小鳥一樣的翅膀。

「……」

所以，老子不是覺醒了「鳥語」靈能，老子這是要覺醒成「鳥人」了嗎！

風鳴盯著自己背後的那兩片小翅膀，就像在盯著什麼可怕的病毒，滿眼都是要除之而後快的眼神。

然後那兩片小翅膀若有所感般，突然小小地上下顫動了一下，張開之後又縮回去，彷彿十分害怕的樣子。

風鳴氣笑了。搞得好像翅膀成精了一樣，事實上只是他又癢癢地動了動脊背，然後那兩片小翅膀就跟著動了。

在脖子快要被他扭到落枕之前，風鳴收回了透過鏡子看小翅膀的眼神，然後呲著牙，裸著上身走到客廳的沙發旁一屁股坐下來，一邊喝肥宅快樂水一邊伸手去摸自己後背的小翅膀。

「嘖，比奧爾良烤雞翅還小一點。」

風鳴一邊摸一邊嫌棄，「不過手感還可以吧。」嗯，那毛絨絨的小翅膀一點都不刺，還特別柔軟順滑的樣子。

而且，從他發現這兩片小翅膀之後，身體中似乎就多了一股力量。那力量遍布全身，集中在後背區域，他稍微感應一下，就能控制那兩片巴掌大的小翅膀動一動了。

此時，他面前的電視正在播動物世界。前一秒是威武老鷹如大鵬展翅般地伸開三公尺長的翅膀，從高空俯衝狩獵，後一秒就是狩獵成功的老鷹帶著獵物回巢，餵肉給像小雞一樣的孩子們，然後小老鷹們拍著小翅膀叫得可高興了。

風鳴的臉色又綠了。

這種理想和現實的對比差距實在有點大，想想他背後那半個巴掌大的小翅膀，也不知道何年何月才能夠長成，他換了頻道，眼不見心不煩。結果就換到了靈能頻道，裡面的主持人正滿面笑容地採訪著興高采烈的一家人。

『您是什麼時候開始發現您兒子異變的？』

『哎呀，還不是他開始長出狗尾巴的時候！那天，我正在做他最喜歡的紅燒排骨，那小子打完籃球後回來洗澡，洗著洗著就尖叫著從浴室裡衝出來了！哎呀，然後我就發現他屁股上多了一條小尾巴！當時可把我震驚到不行。不過孩子他爸很快就反應過來了，說這可能是靈能者

的覺醒，我們就上網查了許多尾巴的圖片，最後確定他這個尾巴跟拉布拉多和黃金獵犬的尾巴最像！

後來，我們帶兒子去靈能者檢測中心檢測，就知道他是覺醒了靈犬系的靈能者啦！哈哈哈，而且果然是拉布拉多！我就喜歡拉布拉多，特別溫柔聰明呢！

現在我兒子已經在靈能者學校上學了，主修的是搜救和氣味辨別，嘿嘿嘿，以後我兒子就是靈能者海關警署或者靈能者救援隊的一員啦！哎呀，聽說福利待遇特別好，入職就獎勵一套房呢！！』

然後，電視裡的大媽就開始各種誇自己的兒子，而那個大約十八九歲的少年臉上也都是傻笑，鏡頭掃到他的尾巴上，那尾巴搖得高興極了，直接暴露了他本人的情緒。

風鳴：「……」

沒有對比就沒有治癒。真的，比起有一條隨時都會暴露心情，還特別糟心的狗尾巴，他這兩片無論是顏色、質地或品種都高出狗尾巴不少的翅膀還是滿好的。

風鳴又換了一台，看到了靈能者警衛隊抓捕惡人的直播。看完後，他心裡更加滿意了一些自己的小翅膀──他以為剛剛那個狗尾巴就已經夠傷心了，但直播中竟然有一個警衛隊的警衛一邊吃蘿蔔一邊轉身放屁，直接熏暈了犯罪嫌疑人；還有半隻手臂都變成熊掌的警衛一巴掌把人拍飛後，忍不住舔了舔手掌的樣子，讓他覺得地球母親還是眷顧自己的。

真的。只是長了兩片白絨絨的小翅膀，沒異變覺醒出什麼牛羊的犄角、大公雞的頭冠、馬的鬃毛或者手臂、頭頂開花什麼的真是太好了，要不然他煩心的就不是明天穿什麼才能讓自己的小翅膀舒服，而是怎麼見人才能不丟人了。

這樣想著，風鳴又伸手揉了一把自己的小翅膀，控制它們上下動了動、伸展了一下，滿意地點點頭。

從嫌棄到滿意，也只差了一個看靈能直播的時間。

「那接下來就是……查資料了。」

從長翅膀看，他覺醒的肯定是靈鳥類的靈能血脈，也不知道靈鳥血脈覺醒的靈能者們長成翅膀需要多長的時間。要是一兩個月還好，如果要一兩年才能長成，那就有點傷心了。

還有，靈鳥類的靈能者是不是都聽得懂鳥語？還是只有他一個人能聽懂？這也是需要調查的一部分。

最後，現在是初春，衣服穿得還算厚，小翅膀還能隱藏起來，等到夏天他要穿什麼？他要去靈能者的服裝店看看了。

至於那位泰南隊長給他的銀色卡片和他覺醒了就通知他的話，風鳴想了想還是決定先等等。

那位泰南隊長對他應該是沒有惡意的，看那樣子，似乎是更想招攬一個靈能者進警衛隊而已。他這個身體孤家寡人一個，父母已經去世，大伯一家又和他們家關係不好，高考之後他還不一定有上大學的錢，如果能直接進入靈能者學校再兼職一下警衛隊，以後的日子就比較好過了。

不過，一切都要等他先查完資料，確定自己到底是什麼鳥再說。然後風鳴就打了電話給老師請了半天的假，開始用電腦查靈能者異變覺醒種類的資料。

不查不知道，一查嚇一跳。

風鳴真沒想到靈能者異變和覺醒的種類竟然會這麼千奇百怪、亂七八糟——

靈能者的覺醒和異變大體分六大類和六個等級。

分別是覺醒動物能力的「動物系」、覺醒植物能力的「植物系」、包括眼耳口鼻、大腦、四肢能力大幅度加強的「身體加強系」，以及能控制自然元素，雷電烽火這一類的「自然控制系」，除此之外還有兩個比較特別的覺醒異變，一種是可以把身體的某個部分變成某種工具，例如大刀、板磚、被子什麼的「工具系」，和目前全球認證最強大的「神話傳說系」。

而所有六類靈能者按照靈能強弱，從高到低分為S、B、C、D、E六個等級。

靈能者的靈能等級和覺醒異變的種類有比較密切的關係。就以動物系為例子，一般覺醒成猛獸類靈能者的靈能等級基本上都在B級以上，猛虎類的覺醒者目前國內有三人，都是A級。而覺醒成比較弱小的動物能力的靈能者，體內的靈能就少很多，會在D、E中徘徊，甚至落入最低的E。

所有人都想要覺醒強悍的血脈或異變強大的靈能，成為A級甚至S級的靈能者，可惜這就像是人生當中只有一次的抽卡，在本來就少得可憐的覺醒靈能的人裡，絕大多數的人都只能抽到普普通通的普通異變R卡。只有隱藏的歐皇，才能抽到那張神話傳說SSR。

不過根據科學家的研究，靈能的覺醒和異變看似沒有任何規律可言，事實上和家族傳承以及血脈，還有隱性基因，甚至個人精神、愛好有一定的關聯。說個最奇葩的覺醒者——據說是太懶了、太懶了、太懶了，完全不想動，最後他終於在懶死自己之前覺醒了控制系的靈能，能控制他眼睛看到的任何物品，移到他面前，現在這個人就憑著這個能力吃泡麵活著。

嘖，廢柴至極。

在大致了解了靈能者的種類之後，風鳴有些羨慕地看了一眼「神話傳說系」那一欄分類，然後果斷地打開了鳥類大全鑑賞圖鑑。

他沒什麼好挑剔的，鳥類很不錯了。至少比蟲子和黃鼠狼強太多，重點是還能飛！

他現在只需要仔細查一查他後背的小翅膀到底是什麼品種就可以了，風鳴忍不住搓搓手，心想給我來個猛禽類的品種吧，千萬不要是烏雞、大鵝這一類的。

半個小時後，風鳴一腳踹翻了電腦。

風鳴覺得這個世界在為難他。

他認認真真地查了半個小時的資料，關鍵字「幼年翅膀、純白的鳥」，查到最後除了特殊培育出來的觀賞鳥品種，就只有「白烏雞、白鴿、白鷺以及白天鵝」四種最為常見。甚至連大白鵝小的時候都不是純白的小翅膀，而是小黃鴨那種黃嫩嫩的絨毛。

所以，他不是雞就是鵝？不是水鳥就是白鴿？？？這都是什麼爛選擇，就沒有一個猛禽類小時候是可愛的白絨絨嗎？

風鳴有些頭痛地揉了揉眉心。算了，安慰一下自己，總比昆蟲、黃鼠狼和狗強……而且，他還查到了一些類似白鷹、白準、雪鴞等大部分羽毛純白，但有點瑕疵的猛禽圖片和資料，說不定他就是那種萬中無一的純白型白鷹、雪鴞呢？這年頭人都能異化出動物或者植物，甚至是神話傳說的能力了，覺醒成一個白化症的猛禽也不是完全不可能吧？

風鳴：「……」

他有些生無可戀地直接倒在床上，又嗖地一下坐了起來，呲牙咧嘴地伸手去揉了揉後背的小翅膀。剛剛躺下的角度沒躺好，壓住他的小翅膀了。

之前沒有察覺到翅膀的存在時，也沒覺得躺下有什麼不舒服。現在意識到有兩片小翅膀在後背，竟然怎麼樣都覺得不舒服。

風鳴想到剛剛查資料，查到的那些禽鳥類大部分都是站著睡覺，更牙疼了。難不成以後他都得趴著睡覺了？

再想想，等翅膀長大了或許連被子都不用，直接扯開翅膀蓋到身上，他就能露天席地了。

呸！

風鳴又去查資料了，總算得到了一點安慰——

所有覺醒異變的靈能者的異變，在一開始都是無法掩蓋的，因為那時候力量在初發期，很難控制和掌握，就像他的小翅膀、那個拉布拉多青年的狗尾巴。但是等異變結束或者血脈全覺醒之後，掌控了體內靈能的人就可以自如地變化身體了，不然大街上都會見到各種各樣奇奇怪怪的人。

而大部分的禽鳥類靈能者的翅膀、羽毛和尾巴一個月就能長成。長成之後，翅膀、尾巴或羽毛就能收起來，不會影響正常生活。

在查這個資料的時候，風鳴順帶查了一下國內有記載的禽鳥類靈能者排行。

在靈能者排行榜的第十二位，一位名叫「圖長空」的男人就是皺臉禿鷲的靈能覺醒者。據說這個人的雙手能夠直接異變為長達五公尺的羽翅展翅而飛，雙腳可以異變為可以擊碎金石的勾爪，就連嘴巴也能在異變的時候變成彎鉤的喙。飛在空中猶如大鵬，每次攻擊都又穩又狠。

風鳴：「……」厲害是真厲害，也是很屌，可是怎麼覺得和他不是同一個類型的呢？

人家是雙手變翅膀，他卻是後背長翅膀？

之後風鳴又查了查排行榜上其他禽鳥類靈能者的資料，越查越慌。

這些禽鳥類靈能者的異變覺醒竟然都像圖長空一樣，要嘛是雙手翅膀異變，要嘛是嘴或視力的異變，甚至還有渾身長滿羽毛，防禦力大增的傢伙，可是還真的沒有後背長翅膀的。

這就有點不對了啊，難不成他不是鳥類，而是……鳥人類？

風鳴又把關鍵字改為了「後背長翅膀的靈能者」。

萬能的搜索網站還真的查出了目標，結果後背長翅膀的竟然不是鳥，是昆蟲類的靈能者。

有個蜜蜂靈能者後背就長著四片薄薄的、透明的翅膀。然而，十分悲傷的是這位靈能者是個彪形大漢，他的翅膀實在是帶不起他的體重，用出吃奶的力氣也只能在空中短暫地停留一秒罷了。他的異變重點是雙腳後跟的毒針。

風鳴：「這可真是世界之大啊……」

不過，既然已經有後背長翅膀的人出現了，不管是昆蟲還是鳥類，他後背也長翅膀就不會太突兀特別了。而且現在各種異變的靈能者那麼多，誰能保證異變覺醒的模式都是照其他人那樣走呢？

風鳴放下了心。

查完了這些資料，風鳴看著窗外車水馬龍的世界，一時之間有些恍惚。

到這個世界一個月了，他直到這個時候都還沒有什麼真實的感覺。他甚至懷疑這不過是自己一場離奇的夢罷了，等到驚醒之時，一切又回到了那個沒有任何靈能者、普普通通的世界。

砰！！

房頂上忽然響起了巨大的撞擊聲。風鳴渾身一抖，後背的小翅膀也被嚇得瞬間炸毛。

他頓時怒目抬頭，一邊伸手安撫自己的小翅膀一邊瞪著天花板。是哪個沒公德的在頂樓開趴？結果下一秒，他聽到了來自頂樓，近乎微弱卻又莫名清晰的對話聲。

「求、求求你……放、放了我！」

「呃啊！嗚嗚嗚，救命、救命啊……」

「我給你，我把我所有的財產都、都給你！你放了我吧，放了我啊啊啊啊！！」

當最後那聲淒厲的慘叫響起時，風鳴還聽到了一聲類似脖子被擰斷的清脆聲響。即便那個聲音非常小，但聽在他耳裡卻像是驚雷，震得他渾身僵硬、滿面駭然，一股森然的感覺從頭竄到腳。

他努力控制自己的表情不要那麼驚悚，而後他的耳朵動了動，聽到了像是某種爬行類動物皮膚貼著樓房而下的聲音。他甚至能在腦海中浮現出那個爬行類動物的行走路線——那個人從頂樓爬到了天窗，從天窗下來變回人形，然後施施然地，一步一步地從頂樓走下來。

很快，他找到了自己家的門前，他停頓三秒，才心情愉快地哼著歌離開。

直到耳裡再也聽不到那個人的腳步聲，直到城市的喧囂再次包圍他，直到自己家的大門被人砰砰砰地敲響，風鳴才回過神。

他發現自己竟然流了滿頭冷汗。

「風鳴！風鳴你這小子在不在？之前跟你商量的事你到底想得怎麼樣了？我知道你在家，快給我開門，風勃說你今天下午請假了！」

風鳴聽到大伯母那比烏鴉還聒噪的喊聲，頭一次覺得有一點親切。他隨手套上了睡衣，遮住他後背的小翅膀才打開家門，然後大伯母那堪比熊類靈能者的壯碩身子就十分強硬地擠了進來。

進屋之後大伯母就在這間一百五十坪的學區房四處打量，那眼神就像是這間房子不是風鳴家的，而是她家的一般。

風鳴在這個月內常常看到她這樣的表情，也懶得理她，自己坐在沙發上等著大伯母老生常談。

「嗳，風鳴啊，我聽阿勃說，你今天中午和校董的兒子打架了？你這小子怎麼總是這麼不聽話呢？有沒有把人家打傷？都已經是高三了，你再不學好要怎麼辦啊？以後上大學的學費、你自己的生活費，你又要怎麼辦啊？現在你家裡就剩你自己了，你想好以後要怎麼辦了嗎？」

風鳴繼續喝著他的肥宅快樂水，沒吭聲，大伯母見狀卻好像有了興致。

「唉，伯母知道你自己一個人生活很困難。而且你成績還不錯，之後就是上大學四年的時間會比較困難。不過，只要度過大學四年的時間，你工作了之後，一切就會順利起來的。所以啊，你就把這間房子賣了吧。你一個人也住不了這麼大的房子，賣了這個房子，你自己再買一個單身公寓，多的錢剛好當作你大學四年的學費和生活開銷，這樣不就兩全齊美了嗎？而且這房子也不是賣給其他人，就賣給你大伯我們，我們是你的親人，價格上難道還會虧了你嗎？」

風鳴翻了個白眼：「大伯母，這房子掛在仲介上賣是三百萬，妳一百五十萬就想買我的房子，這還叫不會虧了我？」

風大伯母聽到這句話，臉色就不好了：「仲介標的價格都是虛報的，那能信嗎？而且一百五十萬已經是你大伯母一家所有的積蓄了，你這小子難道不知道要體諒一下親人的不易，還想在我們身上吸血嗎？

況且，當初你父母去世的時候，這間房子做了遺產分配，第一繼承人除了你之外，還有你奶奶呢！你奶奶還要分四分之一的房子。現在可是我們養著你奶奶，你要是不想把房子賣給我們也行啊，就按照仲介的價格，三百萬的四分之一，你給你奶奶七十五萬吧！你把這七十五萬給我們，這間房子我們就不要了！」

風鳴聽到這裡，簡直要氣笑了。

「你們買我的房子就按照一百五十萬算，要我給房錢就按照三百萬算。真的誰都沒有大伯母算得精啊！」

風大伯母卻完全不在意風鳴的嘲諷：「反正要嘛賣房，要嘛給錢，就這兩個選擇，你看著辦吧！！」

風鳴嘖了一聲。他想到頂樓上可能還沒有被人發現的死屍，之前堅定不賣房的心也有點動搖了，總覺得繼續在這裡住下去，可能會惹禍上身啊。

「好吧，妳讓我好好想一想，半個月之後給妳答覆。在這半個月裡妳別來找我了，找我我也不會幫妳開門。」

風大伯母以為風鳴終於被自己說服了，眼中頓時閃過強烈的喜色，神情也更加趾高氣昂了一些。

風鳴看著走到門邊的她，忽然開口問：

「妳上來的時候有沒有看到什麼人？」

風大伯母愣了一下，然後道：「喔，我看到一個快遞小哥啊，他手裡還提著一個血淋淋的盒子呢！嘖，也不知道是誰點的東西，看起來怪噁心的。」

風鳴：「……」大伯母，我真是敬妳是個女漢子。

等風大伯母離開，風鳴在家做了十分鐘的思想鬥爭，終於還是走上了頂樓的天臺。他推開通往天臺的那扇門時已經做好了心理準備，但在看到天臺上的慘況的那一瞬間，他還是許久都沒有反應過來。

後背的一雙小翅膀已經完全炸開，根根絨毛都炸成了球。

第二章　鳥人與箭人

風鳴居住的社區是十五年前比較高級的區域。房屋的居住面積比較大，頂樓的天臺也是不開放的。

天臺上通常都放了太陽能熱水器，或者信號接收器這類的東西，天臺大門的鑰匙只有物業管理員有，但今天的天臺大門卻很容易就被推開了。

此時正值黃昏時刻，太陽西斜還未落下，暖黃色的光芒灑滿了整個天臺。可即便是這樣，溫暖的色調也沒有辦法為天臺上的可怕景象帶來半點暖意——

噴濺狀的血跡布滿整個天臺，就像是水壓過大的水管脫手，噴濺到天臺的各個位置。那些噴濺狀的血液顏色從近乎黑色到還未凝固的鮮紅，昭示著在這裡死去的不只有他之前聽到的那一個人。

事實上也是如此，在這些血跡當中，毫無規律地躺著至少七個屍首分家、四肢斷裂、身體殘缺的死人。而最中間的那個，趴在地上艱難地仰起頭，雙眼驚恐地瞪大，手還保持著伸出來求救的姿勢。從他的身體下面蔓延出大片大片的血跡，風鳴不用去看就能夠判定，他的心臟肺腑都被人挖出來取走了。

風鳴莫名想到了風大伯母說的那句話：『我看到了外送小哥，他手裡還提著一個血淋淋的盒子呢！』

頓時，一陣完全無法控制的嘔吐感從身體中傳出，風鳴迅速後退了幾步，退到樓層的窗戶旁才稍稍緩過來。

然後，風鳴抖著手掏出了泰南給他的那張有電話號碼的銀卡，撥通了手機。

「喂？是泰南隊長嗎？這裡是風華社區六棟頂樓……你能過來一下嗎？死人了。」

「還有，最好悄悄地過來，以免引起恐慌。」

泰南接到風鳴電話的時候，還控制不住地高興了一下。他心想，是不是這小子已經覺醒了飛行類的靈能，主動過來問他注意事項的？結果就聽到了「死人了」這三個字。

剛覺得自己可以輕鬆幾天的南隊頓時垮下臉，盯著電話，突然有種不太好的預感。

這小子還沒加入他們隊，就開始送案子給他了？

不過，泰南隊長還是帶著李樹和劉躍進兩個隊員，快速趕到了風華社區六棟天臺。

然後，在看到天臺上面的景象的第一眼，泰南隊長就狠狠地抹了一把臉，轉頭看著面色雖然有些蒼白，但最終沒有吐的風鳴，那張八字眉苦瓜臉的苦簡直快要溢出畫面。

「我他媽……到底撞了什麼邪，怎麼這麼難啊！」

風鳴抽了抽嘴角：「……可能是撞了名字的邪吧。」

泰南隊長怒瞪風鳴：「別亂說！我的名字是祖母請高人幫我取的，招福納財保平安！」

風鳴：「……」那可能是撞了高人的邪吧。

哪怕泰南再怎麼不想面對這一整個天臺的凶案現場，他和李樹、劉躍進也得硬著頭皮上。

「這簡直是令人髮指的罪行！！總共八個死者，全都被掏空了臟腑，咬斷了四肢！」

「凶手極其凶殘暴烈，而且根據天臺上的一些痕跡來看，凶手絕對不是普通人。」泰南的苦瓜臉變得嚴肅起來：「這是靈能者的殺人。」

劉躍進在天臺上一邊走著，一邊聳動著鼻子聞來聞去，風鳴注意到他的鼻子已經變成了像貓鼻子一樣的小黑鼻頭，所以這個人是貓科的異變靈能者？

「有討人厭的爬蟲類味道。」劉躍進聞了一會兒道：「應該是蜥蜴那一類的靈能者。嘖，就是不知道他是控制不住本能的失控殺人，還是故意殺人。不過看這些人的死狀，我覺得可能是後者。」

泰南隊長又抹了一把臉：「好吧，打電話把隊裡的人都叫過來。另外再打給南區……嘖，打給北區的項隊，帶走這些屍體和清理頂樓還得讓他們隊的卓方來幫個忙。」

雖然南區警衛隊離這裡比北區警衛隊更近一些，但泰南隊長就是不想找那個熊人。

李樹老實地點頭開始打電話，幾句話後就點頭，對泰南表示項隊已經答應讓卓方晚上來清理這裡，不會被普通人發現，不過清理用的靈能卡片要西區報銷。

泰南翻個白眼，點了頭。

處理完這些之後，泰南才看向一直在旁邊觀察著他們的風鳴，此時他的全部心神都放在這個疑似靈能者連環殺人的案子上，沒注意這小子的神色。他伸手拍了拍風鳴的肩膀：

「多謝你打電話了。這場面要是被普通人發現，那必然就是社會新聞頭條了。接下來的事情就交給我們，你可以回去好好休息。你放心，我們會儘快抓到凶手的。不過你是怎麼發現這裡的？有什麼線索可以提供給我們嗎？」

風鳴略微想了一下：「我家就在天臺下面。之前我在窗戶旁發呆，忽然好像聽見慘叫聲，感覺像是從天臺傳來的。然後我大伯母說她上樓的時候碰見一個外送小哥，那個小哥手裡提著血淋淋的外送，滿噁心的。我就……總覺得心裡不安穩，想上來看看，就看到這個畫面了。」

他並沒有說他聽到了爬蟲類肚腹摩擦樓房的聲音，這點劉躍進已經聞出來了。而且普通人的聽力不可能在他家聽到天臺上的對話，目前他覺得自己還算是普通人。

不過就算是這樣，泰南的雙眼還是亮了一下：「外送小哥？很好很好，這是一個重要的線索！有了這個線索，我們應該很快就能抓到人了，你回去休息吧！」

風鳴點點頭。他還在猶豫要不要跟南隊說他後背長了翅膀的事情，只是現在南隊要忙外送小哥殺人的事情，還是等這件事情結束後再問吧。

於是，泰南隊長就這樣錯失了得知他日思夜想的飛行類靈能者消息的機會。

真是太難了。

之後的三天，日子如常。除了風鳴在每天早晨練完太極後，都會額外練練他背後的小翅膀之外，沒什麼意外發生。

三天的時間，風鳴都覺得自己背後的小翅膀彷彿長大了一些，由原本只有半個巴掌大，長到了巴掌大的樣子。白絨絨的絨毛最外側開始變得有點硬，不過顏色還是純白的。

唔，如果是這樣的速度，大概一個多月就能長成了吧？那這一個月裡，還是得買幾件有翅膀能穿的衣服。剛好今天週末，風鳴決定去靈能者商場逛逛。

他路過社區通往商場的一片無人施工工地時，忽然聽到頭上烏鴉的嘎嘎聲。

這三天，他已經差不多能把鳥類的吱喳對話聲當成背景了。第一天，他認真聽了一整天鳥類的對話，結果發現牠們不是在找吃的就是在找對象，內容千篇一律，實在沒什麼新意，第二天就開始無視鳥語對話了。

不過，今天這幾隻烏鴉的嘎嘎聲不同。

『嘎嘎！那個恐怖的殺人犯又來了！！嘎快跑快跑！』

『一大清早的就殺人，爬蟲類都是這麼恐怖嗎？嘎！』

『哎呀，那個女人還護著兒子呢，可憐啊！哎呀，那個兒子好像覺醒了？靈力暴走，嘎！這時候覺醒也沒用啊嘎，要變成肥料啦！』

『可憐喔！嘎嘎，哎呀，好像是烏鴉類覺醒嘎，要不要救救他嘎！！』

風鳴的臉色瞬間就變了，他確實聽到了隔壁工地傳來壓抑著的驚恐求救聲。

但這並不是重點，重點是那道聲音他竟然覺得該死的熟悉！！

「小、小勃快走！呃，快走啊！媽媽、媽媽幫你拖住他，快……跑！」

即便再怎麼不喜歡大伯母一家，但在原身的父母去世之後，大伯一家還是照顧了原身好幾年。而堂哥風勃雖然臭屁愛炫耀，卻也沒有惡毒地欺負過原身。所以，現在遇上他們有生命危險，他也不能眼睜睜地看著他們死。

風鳴在聽到聲音的瞬間快速奔跑了起來，同時拿出手機撥打南隊的電話。原本從他這條路到隔壁的工地需要繞一段路，但風鳴跑到牆邊就直接跳了。

這次的跳躍讓他覺得有些不同，兩公尺高的牆，他竟然輕輕一躍就跳上去了，讓他有些驚訝，不過在看到工地裡的慘烈情況時，他的臉色瞬間陰沉了下來。

他那位身體強壯如熊的大伯母此時已經渾身上下都是傷口，衣服都被血液浸透。她粗喘著氣，雙眼赤紅地死死抱著一個穿著外送員衣服的男人，似乎在用盡全身的力量阻擋他的行動。

而在這個外送小哥和大伯母的對面，他的堂哥風勃渾身劇烈顫抖地僵在原地，他張大了嘴卻發不出任何聲音，雙臂已經覆蓋了一層黑色羽翅。

風勃的周身靈能波動非常劇烈，似乎有暴走的跡象。

當風鳴出現在牆頭的瞬間，力氣已經透支的風大伯母雙眼驟然亮了起來，她不管不顧地叫起來。

「小鳴！小鳴！！帶、帶走小勃！！」

此時，風鳴打給南隊的電話被接通，在大伯母的尖叫聲中，風鳴猛地掛斷了電話。

風鳴知道大伯母的想法。他努力壓下心中越發深重的驚懼之感，咬牙從牆頭一躍而下，一把抓住了風勃的手臂，扯著他就跑。

風大伯母見到這一幕，雙眼愈發明亮，彷彿連身上的疼痛都感覺不到。

就在這個時候，風鳴聽到了有些熟悉又非常陌生的外送小哥的聲音。

「呵，原來是你啊～那天你看見我了吧，小嫩雞？」

風鳴背後的小翅膀再次炸開，渾身冒著冷汗。

他聽到咚的一聲悶響，然後就是大伯母的悶哼聲。他下意識地扭頭，就看到那個人一腳踹開了死死抱著他的大伯母，然後在獰笑的瞬間，變成了一隻巨大的蜥蜴，如閃電般地朝他們衝了過來！

在那張血盆大口即將咬到他們的時候，風鳴直接捏碎了手中那張泰南給他的銀卡。

一股能量驟然衝向這隻巨大的蜥蜴，在黃色的靈能接觸到蜥蜴的瞬間，風鳴發現這隻蜥蜴開始一點一點地石化。他還來不及高興，被阻擋了幾秒的蜥蜴周身爆發出灰色的靈能，片刻就沖散了石化的力量。

風鳴的心瞬間涼到了谷底。

他簡直不敢相信，南隊的靈能銀卡竟然都沒辦法拖住這個人。而這個時候，巨大蜥蜴的嘴已經要咬到他和風勃了，此時之前因為憤怒和恐懼而無法回神的風勃，突然淒厲地大吼一聲，直接推開了風鳴。

「你快滾！！我要和他同歸於盡！！」

風鳴被推開兩步，氣得咬牙，但他也不能眼睜睜看著風勃自殺。

風勃拍著他有些滑稽、帶著黑色羽毛的手臂，眼看就要被那隻巨大的蜥蜴一口吞下，風鳴的雙腳用力一蹬一躍，如閃電般扯住了風勃的衣領，他下意識地背部用力、急速後退，先是感受到背部有一陣撕裂般的疼痛，而後他就發現，他竟然提著風勃的衣領飛起來了！

巨大的蜥蜴直接咬了個空。

看著那隻彷彿咬到了自己舌頭的大蜥蜴，風鳴忍著後背的疼痛，用另一隻手對大蜥蜴比了個中指，咧嘴冷笑。

傻子！沒想到吧，爺會飛！

一個激動下，風鳴用他後背巴掌大的小翅膀帶起了兩個人的重量，充分說明了雞翅膀的潛能是無限的，人一激動起來，什麼事都幹得出來。

然而，風鳴的中指還沒有比多久，後背那撕裂般的疼痛越來越明顯。顯然巴掌大的小翅膀承受了它不該承受的重量，救急可以，繼續耍帥就過分了。

所以，風鳴開始抓著風勃在半空中晃，顫顫巍巍的樣子像是八十歲的老太太在走鋼絲，隨時都有掉下來的可能，看得人驚心動魄。

偏偏這個時候，那隻咬到自己舌頭的大蜥蜴已經反應過來，那雙豎成一條線的眼瞳死死地盯著在半空中晃的風鳴和風勃，猛地咆哮一聲，又有如疾風一般地衝了過來。

風鳴的小翅膀已是強弩之末，他好不容易控制著翅膀，飛到了牆邊，就半點不帶憐惜地把風勃扔到另一邊。沒有堂兄的拖累，風鳴後背的撕裂疼痛總算減輕了一些，又勉強躲過了兩次大蜥蜴的攻擊。

不過，最後一次的攻擊他覺得自己可能躲不開了——

這大蜥蜴竟然也學會了示敵以弱，在風鳴以為牠只會在地上爬，又一次努力用翅膀飛到半空中躲避的時候，大蜥蜴的豎瞳中閃過一絲興奮的冷光，兩隻有力的後腿用力一蹬一撲，竟然一躍而起！

那張腥臭的血盆大口到了他的面前，彷佛馬上就要把他吞掉了！

這個時候，勉強爬到牆頭的風勃看到又一個親人要葬於異變怪物的口中，終於再也控制不了自己的情緒，崩潰地大吼出聲。

伴隨著他憤怒痛苦的吼聲，從太陽升起的方向有一道箭光破空而來。在微曦的晨光中，燦若流星。

嗡——

金色的箭矢無比精准地從大蜥蜴的後腦紮入，帶著重山般的力量，貫穿了大蜥蜴厚實堅硬的腦殼。

然而這可怕的力量還沒散盡，風鳴看著那距離自己眉心只差幾公分的金色箭尖，感受著那有如泰山壓頂的重量和速度，根本來不及揮動他的小翅膀，就被這支金色的箭從半空中射了下來，連同腦漿四濺的倒楣大蜥蜴一起。

叮──

金色的箭尖直到釘入地面才停止顫動。

差點就被射穿了腦殼，在千鈞一髮之際使出吃奶的力氣才讓那一箭擦過脖子的風鳴轉頭看著那支金箭，忍不住破口大罵。

「我靠！！」

射箭不看目標的嗎？亂射！！！老子差點就和這隻大蜥蜴一起被射死了！！！

哪怕認真說起來，是這支箭的主人救了他的小命，但風鳴真是一點感激的心情都沒有，完全沒有！

他差點跟大蜥蜴一起被射穿了，還被大蜥蜴的血噴了滿臉！此時，他脆弱的小身板正躺在地上，被大蜥蜴壓得嚴嚴實實。這個蜥蜴人至少也有一千多斤重，普通人就算用出吃奶的力氣也拉不開──他堂兄現在正在使出吃奶的力氣，用他長著黑羽毛的手臂扯著蜥蜴，但沒什麼用。

而且，最重要的是，他壓到自己的小翅膀了。

想想之前那撕裂般的疼痛，後背肯定流血了。這會兒小翅膀還被所有力量壓著，真替自己的翅膀心疼委屈。它才巴掌大呢！

滿肚子心疼委屈的風鳴一臉生無可戀。好在在他被壓死之前，因為銀卡破碎，第一時間就行動的泰南隊長帶著他的幾個隊員趕來了。

好巧不巧，在他們的相反方向也有一隻豹叼著一朵粉色大薔薇趕了過來。

南隊看到那隻被一箭爆頭的大蜥蜴就倒抽了一口冷氣，再看到蜥蜴下面還躺著氣若遊絲的風鳴的時候，差點就要暈過去了。

這位隊長震驚地跑過去就要拔箭，另一邊從豹變成壯碩青年的男人制止了他。

「噯，憑你的力量是拔不出來的。比起拔箭，你還是先把人扯出來吧。」

「放心，我們老大的箭術很準，那小子絕對沒死。」

風鳴聽著這個豹人的話，在心中冷笑並且翻了個天大的白眼。這不是因為那個射箭的人箭術準，是他逃命的技術好吧！

想到那個擦過他脖子的箭尖，他記住了。君子報仇十年不晚，等他翅膀長成，呵！

最終風鳴還是被南隊和李樹合力拖出來了。

沒有了壓力壓在身上，精神上的壓力和危險也已經過去，風鳴就覺得自己背後的翅膀痛得很，幾乎到了無法忍受的地步。

而堂哥風勃的哭嚎聲也在旁邊響起，他慘白著臉看過去，發現風勃正抱著大伯母哭得彷彿要暈過去一樣。看大伯母渾身是傷的樣子，似乎只有吐出的氣，沒有吸進的氣了。

風鳴默然不語。

有時候人命就是這般脆弱，尤其是在這不再平凡，所有一切都在變化的未知時代中。

「哭什麼，一個大男孩這樣哭不覺得難看嗎？本大美人都已經來了，哪有你哭喪的份。」

這是一個聽起來就十分嬌媚，讓人萬分牙疼的聲音。

風鳴下意識地尋找著說話的人，卻見到被獵豹靈能者抓在手中的那朵粉紅色薔薇花忽然飄落花瓣，然後開始生長變大。

長著長著，就長成了一個粉色頭髮的大男人。

風鳴：「……」三觀有點碎，他快拼不起來了。

「嘖，好了，去旁邊玩，你媽還沒死呢。」

粉色頭髮的男人說著，就伸手按向一動也不能動的風大伯母，然後風大伯母就被粉紅色的花瓣包圍了，估計大伯母結婚的時候都沒弄過這麼多花。

不過，很快這些粉紅色的花瓣就變成了點點粉色的螢光，沒入風大伯母的身體內，而原本只剩下一口氣的風大伯母情況好了很多，基本上可以去醫院搶救了。

風勃頓時就不哭了，用自己彷彿被狗啃過，長得亂七八糟、有羽毛的手臂抓住了粉色頭髮的男人：「嗚嗚、謝謝你！太、太感謝你了！」

風鳴也覺得有些驚訝，他走到風大伯母的面前，看著她已經不再流血的傷口和好了很多的臉色，確定這個粉色頭髮的男人應該是少有的治癒類靈能覺醒者了。不過，一個大男人異變成薔薇花什麼的，嗯……果然還是長翅膀好！

這麼一想，風鳴又覺得後背痛得不行，下一秒感覺到自己的小翅膀被人抓住了。

他瞬間渾身僵硬起來，頭皮都要炸開了。

在他要動手的前一秒，粉頭開口了：「嘖，你這個粗魯男人喲！看看這麼可愛的小翅膀被你弄成什麼樣了！都流血了啊～」

風鳴起了一身雞皮疙瘩。

不過他很快也感覺到自己的小翅膀沒有之前那麼痛了，應該是這個粉頭也對他用了治癒的力量。

風勃站在旁邊，看著後背已經完全被鮮血染紅的堂弟，神色有些複雜，但他最終還是非常認真地看著風鳴對他道了謝。

「阿鳴，多謝你了。」如果沒有風鳴，他和母親毫無疑問會無聲無息地死在這個工地裡，沒有任何生還可能。

風鳴齜了齜牙，「客氣什麼，反正是一家人嘛。快帶大伯母去醫院吧。」

風勃點點頭就要揹著自家媽媽去醫院，結果在路過風鳴的時候，風大伯母用她粗壯的手臂一把抓住了風鳴，在風鳴懷疑中帶點戒備的眼神中，努力露出了一個感激的笑：

「小鳴啊……這次、多、多虧你了！你放心……咳……房子大伯母不買了，那、那七十五萬也不用你掏了！」

風鳴：「……」在去急診室之前還能想著房子的事，他果然要敬大伯母是條女漢子。

不過風勃還是沒有自己揹著他媽去醫院，因為南隊長已經非常興奮地直接叫了西區警衛隊的隊車。

現在他的一張苦瓜臉都顯得非常燦爛，一會兒看看風勃長著黑色羽毛的手臂，一會兒看看風鳴後背那巴掌大的小翅膀，開心快樂得就像突然中了五百萬大獎的孩子。

哎嘿嘿嘿嘿黑翅膀！！

哎嘿嘿嘿嘿嘿小翅膀啊！！！

誰能想到呢？他們西區警衛隊馬上就要從一個速度飛行類的靈能者都沒有的墊底區，一躍成為有兩個飛行類靈能者的大戶啦！！！哎喲，這他媽真是太讓人高興了啊！

在泰南隊長臉上都要笑出一朵花來的時候，一陣機車的轟鳴聲由遠而近侵襲而來。

風鳴注意到那個獵豹頭和粉頭同時露出了得意驕傲的眼神，他挑了挑眉毛，順著聲音看過去。

入目便是在塵土飛揚之中，一輛黑紅相間的重型機車逆光而來，當那蹭光瓦亮的機車停下來，被黑色野戰褲襯得長到過分的腿直接撐地落下，而後車上的男人取下了頭盔，露出一張帥得肆無忌憚，眉眼鋒銳不羈的臉來。

他一眼就看向了風鳴，咧嘴笑了。

「哎喲，小鳥兒，果然還活著呢？」

風鳴：「……是啊箭人，老子活得好好的呢。」

顯然，不管是騎著機車狂霸酷跩的后熠，還是背著小翅膀雖狼狽但氣勢十足的風鳴，都是能一句話死踩對方G點，嘴炮滿級的狠人。

就因為他們的一句對話，原本還十分和諧的氣氛莫名開始升溫了，變得有點刺激。

獵豹頭和粉毛男用看熱鬧不嫌事大的眼神亮晶晶地看著風鳴，而泰南隊長一邊對風鳴使眼色，一邊用一種疑惑又帶點震驚的眼神看著后熠。

后熠哪怕被叫成賤人，心情也非常好，他失笑搖頭道：「小鳥兒人不大，脾氣倒是不小。站在你面前的可是你的救命恩人，你這小鳥兒不說救命之恩以身相許吧，怎麼還罵人呢？」

他這樣說著，便從機車上跨了下來，三兩步就走到被一箭釘死的大蜥蜴旁邊，伸手輕輕一彈那根金色的箭矢，之前彷彿無堅不摧的金箭便驟然化作金色的能量光，重新沒入了他的身體之中。

這一手看得南隊和其他西區隊員滿臉震驚。

但靈能小萌新風鳴卻覺得這個人是在強行耍帥。老子有翅膀，老子耍帥了嗎？老子的翅膀那麼小就那麼厲害，老子炫耀了嗎？

「喔。我不是在罵你，是覺得恩公您的箭術出神入化，幾乎到了人箭合一的地步，就簡稱箭人了。以及，多謝恩公救命，我謝您八代祖宗。」要不是我拚命躲得快，現在我真的要去找你祖宗了。

噗！

粉毛最終還是沒忍住，噗了一聲就轉過身子，張嘴無聲大笑，一邊笑還一邊死命拍著獵豹頭的後背，把獵豹頭拍得呲牙咧嘴，心想你還不如直接笑出聲呢。周圍的人表情也都有些一言難盡，風大伯母這時候才明白，以前這個侄子是真的把自己當成親人，不然她的心臟病說不定都發作了好幾次。

后熠笑得露出了整齊的大白牙，長腿一跨就到了風鳴旁邊。風鳴還沒反應過來，腦袋就被一隻有力的大手使勁地揉了揉，下一秒小翅膀也被人摸了幾把。

風鳴一秒炸毛，伸腿就踹：「我靠，你幹……」

「哈，果然手感和我想像的一樣好。看在翅膀的份上，我就不跟你計較啦。」后熠十分輕鬆地躲開了風鳴的腿，然後收了收臉上的笑。

「你的小翅膀之前承受了它不該承受的重量，就算花千萬已經用靈能幫你初步治療了，它的筋骨還是受了損傷，所以等等要去靈能者醫院找醫生再看看。你現在不好好治療，萬一以後發育不良長成畸形，一大一小的揹在背後，多難看啊。」

風鳴簡直要被這個人氣炸了，太極的修身養性都快穩不住他想和這個人大幹一場的憤怒。不過，他最終還是被南隊死死地抓住了手臂，沒能撲上去捶死賤人。

泰南面對后熠的時候，臉上的表情就鄭重許多：「我是龍城警衛隊西區隊長泰南，負責龍城西區所有靈能者的相關案件和治安穩定。請問閣下是？」

后熠擺了擺手，獵豹靈能者林包就上前幾步，抓住那隻死亡的巨大蜥蜴，簡簡單單地扛了起來。好像他扛的不是一千多斤的大蜥蜴，而是一包大米似的。

「同行同行，我們是東方青龍組的。這個蜥蜴異變靈能者之前在滬城犯案，引起了巨大的恐慌，滬城警衛隊在三位菁英受重傷之後才請我們協助抓人。不過我們剛到滬城他就跑了，原本以為還要再追蹤一段時間，誰知道就這麼巧，隊長今天早上起來想看日出，就看到這傢伙又襲擊人了，就一箭就把他了結了。可見多行不義必自斃啊！」

南隊聽到「青龍組」這三個字，哪怕是之前心中已經有所猜測，臉上也忍不住露出了震驚和幾分狂熱之色。他身後的一個頭上有一撮小白毛的隊員更是雙眼亮晶晶地喊了出來：「天啊，是四方龍組！！那、那您是不是……是不是后熠隊長啊啊啊啊！！」

風鳴一臉傻眼，他旁邊的后熠卻笑著點了點頭，還特別騷包地對那個小白毛隊員眨了眼。小白毛受不了偶像對自己放電，捂著自己的胸口差點激動得暈過去。

風鳴：「……」

直到西區警衛隊的隊車開過來，風鳴和風勃、風大伯母被塞上車後，風鳴都沒理解西區警衛隊的隊員們在激動什麼。

他坐在窗戶旁邊，車外的后熠已經重新騎上了他的重型機車。在戴上頭盔之前，這個人有些狹長的眼睛又和他對上，還伸手做了個揉翅膀的動作，瞬間讓風鳴背後的小翅膀又忍不住炸毛，然後才大笑了幾聲道：

「快點去醫院看看吧，小鳥兒。我看好你喔！還有你那個烏鴉的堂哥，順帶也一起去看看吧。」

風鳴呵呵兩聲，比著口型：「圓潤不送。」

小麵包車和機車擦身而過，往兩個不同的方向而行。

之後，風勃用手機打了電話給風大伯，讓他去西區醫院照顧風大伯母，他則和風鳴一起被南隊幾人送到了靈能者醫院。

在路上，南隊為風鳴和風勃解釋了「東方青龍組」是怎樣的存在。

說白了，東方青龍組做的也是警衛隊的工作，不過比起每個城市的警衛隊，青龍組是直屬國家的四大特級警衛隊之一，說是國家最強的靈能者力量也不為過。

四大特級警衛隊是按照四方神獸和四個方向命名，分別是東方青龍組、西方白虎、南方朱雀、北方玄武四方特級警衛隊。這四支特級警衛隊統領著全國近萬的警衛隊隊員，維護著靈能時代國家的治安。

而在四方特級警衛隊之中，東方青龍組是最厲害的一組。

「話不能這樣說啊。雖然后熠隊長也是我的偶像，但青龍組怎麼會是最厲害的一組呢？明明玄武組才是最厲害的一組啊！東北虎陸地霸主胡霸天打頭陣，皺臉禿鷲圖長空是空中霸主，再加上最強火系靈能者宏愛國和最強金系靈能者金不倒，怎麼看都比龍組強啊！」

「那照你這樣說，我還覺得白虎組更厲害呢！白虎組的隊長馮常可是火箭彈異變者，雙手能夠直接變成火箭筒，一炸就是一片不說，還有無限彈藥！再加上幻境製造者光冥、毒物製造者巫彤，誰打得過他們啊？」

於是去醫院三十分鐘的路途，風家人聽了一路的四方組誰更厲害的粉絲對戰。直到風鳴和風勃進入醫院，他們還沒爭論出來一個結果。

南隊黑著臉把沒用的隊員們都趕走，再滿臉笑容地帶著風鳴和風勃直接去找靈能者醫院的院長齊平安。

風鳴覺得這位院長出乎意料的年輕，看起來斯斯文文的，不過三十歲左右的年紀。

齊平安看到手臂上覆蓋著黑色羽毛的風勃和後背長小翅膀的風鳴，揚了揚眉毛：「哎喲，總算讓你盼到了？」

泰南隊長搓搓手：「那可不是，快幫我們的兩個預備隊員看看，千萬別留下什麼後遺症，以後我們就指望他們搶任務、搶功勞呢！」

風鳴和風勃：「……」他們好像還沒答應去警衛隊吧？

齊平安伸手抓住風勃的手臂，一股銀白色的光芒從他的手中溢出，風勃那原本長得亂七八糟的黑色羽毛在這白色的光芒中，竟然慢慢開始變得整齊，不過它們很快就集體縮小，最後變成了緊密貼在風勃手臂上的黑色光滑……小羽毛了。

「嗯，受到刺激突然爆發的靈能者，力量有些透支、靈能不穩，不過現在我已經幫你修復好了。之後兩個月慢慢長，手臂的羽翅就能長好了，應該是烏鴉異變的靈能者。」

風勃聽到這個結果滿高興的，雖然烏鴉長得不好看，不過烏鴉也是好鳥。

風鳴就憐憫地看了一眼自家堂哥，那兩個月他怎麼用手吃飯呢？然後他後背的小翅膀第三次被人抓住了。

！！媽的，你們抓翅膀之前就不能說一聲嗎？那個地方很柔弱敏感的好嗎！！

齊平安看著風鳴背後巴掌大的小翅膀，臉上的表情顯然比剛剛多了幾分興味，「禽鳥類的靈能者我見過不少，但在後背長翅膀的還是第一個。」

「唔，似乎是用力過猛拉傷了？幫你修復一下就好。咦！這小翅膀還滿能吃的啊？」

齊平安原本以為只需要五分之一的靈能就能治好風鳴的小翅膀了，結果五分鐘過去，他的靈能消耗了五分之四，這小子的小翅膀竟然還沒好！

震驚之下，齊平安脫口而出：「你是什麼品種啊？翅膀這麼能吃！」

風鳴：「……」我要是知道我是什麼品種，我還需要翻桌嗎？

風鳴完全沒有回答齊平安的問題，只是用沒感情的死魚眼看著他，把這位院長大人看得抖了一下，意識到自己失言了。

「咳。沒事沒事，這是個好事。你的翅膀雖小，但吸收的靈能多，這就說明你的覺醒血脈或者異變的方向是比較強大的。我是B級的全系治癒者，你的兩片小翅膀快把我的靈能全吞掉了，估計最起碼也是B級的覺醒靈能者。

等治好你的傷，我們去檢測室檢測一下，就能夠很詳細地檢測到你的覺醒異變方向了。」

風鳴神色平靜地點了點頭，心裡卻沒抱什麼希望。不是他不相信這位院長的話，而是他不太相信自己後背的小翅膀，總覺得這小東西小歸小，但很坑人。

事實是這雙純白又軟乎乎，還有不少絨毛的小翅膀真的很坑人。

在風鳴完全榨乾了齊院長的治癒靈能之後，小翅膀終於重振精神地抖了抖。他試著拍了一下，那一對小白翅就開心地上下飛了飛，讓風鳴直接飛到了天花板上，撞到了腦袋。

風鳴抽著嘴角揉了揉腦袋，停止了拍打翅膀。

南隊笑得眼睛都成了一條縫，風勃則是露出了羨慕的表情，他伸出自己密布著黑色小羽毛的雙臂，也特別幼稚地上下飛了飛，但身體紋絲不動，他面無表情地收回了手臂。

都是鳥系覺醒，風勃卻覺得自己受到了等級壓制，或者是種族歧視。

然後他們去了檢測室。

風勃站到檢測機上三秒，機器就發出了三聲特別真實的烏鴉叫。檢測機的螢幕上也出現了3D擬真烏鴉的圖像，還順便列出了風勃身體的三大基礎資料：力量四十、速度六十三、防禦四十八，綜合靈能評定C^-，經過鍛煉可到達C級甚至B^-級。

甚至，這個檢測機器還給了風勃以後就職的建議——龍城西區警衛隊誠招飛行速度類靈能者，建議應聘。

風鳴無語地看了一眼泰南。南隊是有多缺速度類的靈能者啊？連機器都知道了。

風勃是烏鴉類的靈能者異變，這是齊院長之前就說過的事情，現在被檢測機檢測出來並不讓人意外，大家更關注的是接下來風鳴的檢測。

南隊忍不住搓手，連齊平安都判斷不出來的B級飛禽類異變覺醒，到底會是什麼特別厲害的大鳥呢？白色的翅膀啊，那是雪鴞？白鷹？或者是白色座山雕？

然後南隊就聽到了檢測器刺耳的滴滴聲。

『滴——檢測錯誤，請正常異變覺醒者站於檢測平臺上。不要愚弄機器！』

正常覺醒者風鳴：「……」

齊平安上前，上下左右地拍了拍檢測器：「嗯，這台檢測器之前被人胡亂操作過一次，有點小問題，我拍一拍就好了。」

拍打一頓後。

『滴——無法明確判定檢測對象風鳴的異變方向。下面進行全方位掃描……掃描完畢。根據檢測對象的翅膀形象，給出可能的異變方向。

異變方向一：家鵝，俗稱大白鵝。

異變方向二：白天鵝。

異變方向三：白鷺。

以上三種異變所占可能性超過九成，根據檢測對象風鳴的身體資料，異變方向一的可能性超八成。

其他異變覺醒可能（可能性不超過一）：烏雞、白化雪鴞、白鷹、巨型白化銀喉長尾山鵲、西方鳥人。

檢測對象身體資料：力量六十六、速度八十八、防禦七十，綜合靈能評定B+，經過鍛煉可達A級，為已知飛禽系、鵝系實力佼佼者。』

這麼一大串資料顯示出來之後，這個檢測機器就發出了彷彿過年一樣的敲鑼打鼓聲。

『雖然檢測覺醒方向不明，但恭喜風鳴同學前途無量！龍城靈能者學院發來賀電，歡迎風鳴同學加入龍城靈能者大家庭！』

鑼鼓的聲音很喜慶，但聽在風鳴耳朵裡實在是非常讓人無語。

雖然之前他已經對自己的覺醒方向不怎麼抱著希望了，但現在被檢測出有八成的可能是大白鵝，他也是真心覺得累。

還有，那個覺醒可能最後的西方鳥人是什麼鬼？他爸媽都是正經的東方人，他怎麼可能會有西方鳥人的血統啊？可見這檢測器非常不可靠。

他堅決不相信自己是普通的大白鵝，普通的大白鵝能在翅膀還巴掌大的時候就帶著兩個人飛嗎？普通的大白鵝能治個傷，就把B級的治癒靈能者壓榨乾淨？他就算真的是大白鵝……

他也是戰鬥鵝中的鵝中鵝！！

風鳴：「……」這也沒什麼可驕傲的，摔！

然後他的肩膀就被自家堂哥拍了拍，這隻烏鴉精用一種微妙，帶著一點同病相憐的喜悅語氣道：「沒關係阿鳴，大白鵝就大白鵝吧，也滿好看的。而且，不是都說普通人的戰力就只有零點五隻鵝嗎？你一定是大白鵝中的戰鬥鵝！」

風鳴：「嗯，戰鬥鵝總比烏鴉好一點。堂哥，明天我們可能就要一起轉去靈能者學院了，到時候幫你餵飯，每頓我只收你兩塊錢。」

烏鴉風勃：「……」堂弟怎麼這麼討人厭呢！

檢測完畢後，風勃就趕往西區醫院去看他媽了。風大伯中途打電話來，說風大伯母治療得還不錯，雖然這次身體傷了底子，以後可能不會再像現在這麼健康了，但好歹命是保住了，也沒留下什麼後遺症，這讓風鳴忍不住再次感嘆了一下大伯母的強悍。

而風鳴被泰南送回了家，泰南隊長直接給他一支銀色的通訊腕錶，說出他早就興奮地憋在肚子裡的話：

「小鳴啊，我第一次見到你，就知道你肯定不會是個普通人，普通人怎麼能夠在靈能者的追擊下還遊刃有餘，最後還能直接跳到籃球架上呢！現在事實證明了我的眼光！哈哈哈，我等這一天等好久了！來來來，這是我們西城警衛隊人手一個的聯絡腕錶。你直接拿著吧，以後你就是我們西區警衛隊的實習隊員了！等你在靈能者學校畢業，就可以直接加入西區警衛隊，從此跟著隊長我走上人生巔峰！

噯，你別這副無動於衷的表情嘛！加入警衛隊是多少靈能者夢想的好工作啊！之前我們西區這邊有一個拉布拉多的靈能覺醒者，覺醒了以後就想加入我的警衛隊，結果被我拒絕了。雖然拉布拉多的鼻子跟蹤罪犯很好用，但我們已經有大橘劉躍進了！貓的鼻子也很好用的。那小子因為被拒絕了，還哭得滿臉都是淚，最後才去海關警署報到呢。

我們警衛隊的主要工作就是處理那些普通警局處理不了的，和靈能者有關的案子，因為靈能者不多，大部分時候都不忙，除了有時候有點危險之外，完全沒有可挑剔的地方。而且警衛隊的福利也是所有靈能者公務員中最高的！

每個月五萬工資打底，完成一個任務就會有相對應的獎金，最重要的是，任務完成得不錯就會有上面發下來的靈能結晶，甚至是靈石的獎勵，特別優秀的還能公費去靈能祕境探險尋寶呢！

靈能結晶能夠快速恢復靈能，長時間使用還能提升靈能者的靈能力量。而靈能祕境就更不用說了，要是運氣好，在祕境裡找到什麼天才地寶的果子，吃了說不定就能直接成為S級的超強靈能者，或者淨化血脈，成為更強大的靈能者！你現在檢測的結果不是大白鵝嗎？要是你能夠去靈能祕境找到一顆洗髓果或造化果吃下去，說不定就能從大白鵝進化成大天鵝，或者鴻鵠了呢！

這可是內部人員才知道的消息，不能告訴外人的。現在隊長我已經提前告訴你了，你不會冷酷無情地拒絕我吧？」

風鳴還能說什麼？這位滿臉真誠的南隊在之前就已經盯上他了不說，在這次大蜥蜴事件中也幫了他不少忙。再加上，他對靈能結晶和靈能祕境很感興趣，而且加入警衛隊還有錢賺，對他這個還在上學，除了房子和十一萬存款之外沒有其他生計來源的人來說，加入警衛隊顯然是很不錯的選擇。

於是，風鳴就成了西區警衛隊的實習隊員。

因為還要上學的緣故，他並不用每天都到西區警衛隊裡值班，只需要在有任務的時候第一時間趕到任務現場就可以了。單論速度而言，他的能力已經屬於A級，去案發現場的話，他一定會是最快趕到的那一個，而泰南要的就是這個「最快」。

等泰南隊長離開，風鳴站在窗邊看著他的背影，伸手摸了摸自己的小翅膀，明白屬於這世界的另一扇大門已經對他打開了。

「唔，希望明天轉學能夠順利……吧？」

風鳴喃喃自語，希望學校不知道他異變覺醒的檢測結果，他想保持低調。

然後，第二天一早，被風大伯和大伯母開車一起送到學校的風鳴和風勃，看著位於市郊的靈能者學校豪華氣派的大門，雙雙沉默了。

『熱烈歡迎龍城第六百六十六和六百六十七位靈能者，鵝系風鳴、烏鴉系風勃入學！』

風鳴：「……」這學校的長官怕是腦子有洞，治不好的那種吧！！！

風勃：「……」我覺得堂弟想得對。

學校大門上掛著的那條橫幅，讓風鳴和風勃第一天上學就深深感受到了來自校方的惡意。兩人看到這個橫幅，幾乎想要扭頭就走，但最終還是被風大伯母強勢地拉著衣領，拖進了學校。

被拉著衣領的風鳴，到現在也想不通大伯母什麼時候和他關係變得這麼好了？昨天下午，大伯母還沒出院的時候就在網路上下單，買了好幾件可以讓他露出後背小翅膀的特製衣服給他，晚上出院後，又叫風勃一定要拉他去家裡吃感謝飯。

好不容易吃完了飯，他以為最終沒事的時候，大伯母就開始幫他和風勃準備去靈能者學校的各種學習用具和注意事項，要不是他自己堅持，大伯母都想讓他住在他們家了。

但是，今天一早，大伯母還是拉著大伯和堂哥，要送他一起來學校，風鳴是真的有點懷疑大伯母是不是傷到了腦子。

但大伯母面對風鳴疑惑的目光，卻很是坦然直白：「之前我和你大伯對你不算好，不過我覺得我也沒有太苛刻。但是，你救了我跟小勃，要是再沒良心，不對你好一點，那還是人嗎？以後，我就把你當成我另外一個兒子，你想怎麼樣對我們都行，不要有心理負擔。不過你要是自己一個人去學校，很容易會被人欺負，被人當做沒有家人的，我和你大伯今天把你們送過去後就不會煩你啦。」

風鳴看著大伯母那十分認真又理所當然的樣子，覺得人真的是很複雜的生物。

最後他還是接受了大伯母的好意，然後，他就和風勃同一個待遇了。

「你媽不是受重傷以後，身體變虛弱了嗎？」她怎麼還有力氣拖著我們兩個走呢？

風勃抽了抽嘴角：「要是沒受傷，她能扛著我們兩個走。」

風鳴十分懷疑他大伯母有成為熊類靈能者的可能。

風鳴和風勃被風大伯和大伯母送到了校長室。龍城靈能學院的古校長早就在那裡等著了，在見到風鳴和風勃的時候，露出了非常和藹慈祥的笑容。

風鳴覺得校長的這個笑容有點魔性。

如果不是校長慈眉善目又圓滾滾的樣子實在和他的覺醒方向差太多，風鳴覺得光是憑這個笑容，他應該能夠猜出校長是什麼系的靈能者，可惜被他的體型騙了，沒能及早做出防備。

古校長十分輕易地就把風大伯母和大伯支開了，然後他看著站在他面前，揹著書包的風鳴和風勃，又露出了那魔性慈愛的笑容。

「哈哈哈，小鳴和小勃對吧？跟著校長爺爺走吧，爺爺帶你們去班上。」

路上，古校長介紹著靈能者學院的大致情況。

「我們整個龍城就只有一所靈能者學院。學生加起來，算上你們也不到五百。按照年紀，我們把這些學生們分成了小學部、國中部、高中部以及社會部。

目前為止，高中部的靈能覺醒者是最多的。專家們說，這和身體及心靈的發育有一定的關係，推測十六歲到十八歲這兩年是靈能者覺醒效果最好、可能性最大的兩年。呵呵，不過這也不絕對，不然就不會有其他的學部啦。

現在高中部的學生是兩百四十四個，加上你們兩個，就是兩百四十六。你們上午就按照你們原本的年級上知識文化課吧，你們兩個都在三年二班。下午就去靈能者一班，學習靈能者相關的知識，呵呵，一班的靈能者們都是動物系異變的靈能者，你們一定會感到很親切的。

順帶一提，靈能者二班是植物系異變的靈能者學生。而三班大部分是身體強化和工具化異變的靈能者學生。不管是哪個異變系的學生，大家都要好好相處喔。」

風勃忍了忍最後還是沒忍住：「那自然操控系和神話系的呢？」

古校長就停下了腳步，笑咪咪地道：「哎呀，我們全校就只有一個自然操控系的學生，他目前在三班。但是神話系覺醒的靈能者？哈哈，全國目前就只有三個人喔。太罕見啦，我是不指望我們學校有那樣的大寶貝。」

風鳴莫名就想到了某個姓后，還擅長亂射箭的傢伙。想到那支能一下就釘死A級大蜥蜴的金色箭矢，他就算不想承認也覺得復仇大業怕是無望了。

「好啦，三年二班到啦，去裡面和新的同學打聲招呼吧！」

風鳴和風勃一起走進三年二班。

剛站在講臺上，和顏悅色的張老師都還沒開口，一個震驚中帶著不可置信，控訴中帶著無盡怨念的聲音就響了起來：

「我靠風鳴！你怎麼陰魂不散！！」

風鳴原本低著的頭緩緩抬起，看著坐在下面最後一排，彷彿見到惡鬼的張飛龍，嘿的一聲咧嘴笑了。

「喲，老同學。」

張飛龍：「……」想到自己打完那一架就被扣了整整一年的零用錢，還有被那天看直播的路人嘲笑了整整一天，差點就上了熱搜的可憐的自己，前校霸覺得今年真是流年不利，冤家路窄啊！

蒼天啊，大地啊，你既然讓我成了靈能者，為什麼還要讓風鳴也成為靈能者啊！既生瑜，何生亮啊！

可惜蒼天大地沒功夫理他，風亮亮同學坐到了張瑜瑜同學的前面。

一整節課，張飛龍都沒聽進半個字，只顧著瞪他前面的那一對時不時就動一下，彷彿在挑釁的小翅膀。

好不容易等到快下課，他們溫柔的班導師張老師又十分冷酷無情地開口：「同學們這兩天要做好準備，我們的第一次月考就在下週一。

不要認為你們成為靈能者之後就不用上學了，最起碼的文化和科學知識還是要有。不然萬一以後見到大人物，你卻什麼都不會就太丟人了。以及，我們學校的規定，如果最後高考的分數不及格的話，就要一直考一直考，考到合格為止。

沒有靈能者學院的畢業證書，就算你的靈能再厲害，去工作也只能算臨時工，不給正式工福利的喔。」

張飛龍張大了嘴巴，這世界怎麼能如此無理取鬧！

然後他前桌的老同學就扭過頭，補了他一刀：「加油啊老同學，我記得你每次考試都……科科不及格吧？」

張飛龍：「……」老同學什麼的真是太討厭了！

學渣張飛龍憤怒了一節課的時間，在中午吃午飯的時候，他的心情又好了起來。

光是成績好有什麼用！想在靈能學院畢業，還要靈能成績也好才可以！！

他的靈能成績在靈能三班能排到前十五名！而就風鳴那個鵝系，嘿，就算完全覺醒了，也只是一隻大鵝而已，絕對是不夠他一拳的戰五渣啊哈哈哈！

而且根本就不用他出手，鵝系和烏鴉系的風家兄弟去了綜合實力最強的靈能者一班，在一群攻擊力極高的猛獸系和防禦力超強的巨型素食動物系裡，他一個鵝系絕對是被全班欺負的份啊！

張飛龍越想越開心，又吃掉了一大塊煎牛排。聽說一班有好幾個麻煩人物，每天都會背著老師以切磋的名義揍其他的同學呢。他今天下午訓練的時候，一定要密切注意一班的情況，嘿嘿嘿！

中午吃午飯的時候，在學校食堂裡風鳴似乎感受到了一點不同尋常的氣氛。

他和風勃兩個人打了飯坐在一起，沒一會兒旁邊又坐了一個看起來很可愛的少年。

這少年有圓圓的臉、圓圓的眼，不過嘴巴和鼻子之間有一道小裂痕，頭頂上還長著兩個不算長的豎耳。

所以這是，兔子異變覺醒？

少年看起來非常友善地笑了兩聲：「你們就是新來的同學吧？一個鵝系一個烏鴉系？我叫

圖途，是兔子系的異變覺醒喔，我們交個朋友吧？」

風勃看著主動送上門來的友好兔子同學，伸出手和他握了握。

「你好，我是風勃。」

「喔喔，你就是那個烏鴉啊？啊，好羨慕你以後能飛啊！你手臂上的羽毛滿漂亮的。」

風勃有些不好意思地摸了摸他的手臂，然後想到堂弟說以後幫自己餵飯要收兩塊錢，他抽了抽嘴角。

「那你就是鵝系風鳴了？」

少年的眼睛亮晶晶的：「你後背的翅膀看起來又白又小，十分可愛啊！我能摸摸嗎？」

風鳴看著這隻兔子精：「不，這翅膀相當於女生的胸部，只能看不能摸，不然你就是耍流氓，懂嗎？」

兔子圖途：「……」神他媽的耍流氓啊！

有一瞬間他的表情就要維持不住了，不過他還是努力憋住了表情：「呃，那不好意思啊，我就是覺得它們很可愛。不過我有點好奇，憑著這兩片小翅膀，你能飛起來嗎？要是飛不起來的話就有點糟糕了呢。」

少年的眼睛在這個時候忽然閃過紅光，笑容也變得有些興奮：「其實我來這裡就是想告訴你們，一班的學生因為是猛獸系的異變覺醒者居多，所以有好幾個人的脾氣都不太好，喜歡下課找新來的同學切磋。之前一個倉鼠系的同學就被欺負到天天往校醫室跑，滿可憐的。你們作為新來的同學，可要當心喔～」

風勃在這一瞬間感受到了巨大的惡意，連放在嘴邊的那塊餅都有點吃不下去了。然後他的餅被自家堂弟狠狠地往嘴巴裡一推，全塞進了嘴裡，差點噎死他。

風鳴慢條斯理地啃完了最後一隻可樂雞翅，點點頭：「喔，多謝提醒。但我覺得，你們對鵜系的力量一無所知。」

圖途：「？？？」什麼鬼？

以及，你自己是鵜還吃雞翅膀，你心不疼嗎！

專門過來提醒，或者說是想要過來看風鳴家兩兄弟變臉的圖途，心情有點微妙。

他在風勃的臉上成功看到了自己想看到的表情，那擔憂中帶著驚悚的樣子實在讓人舒爽，但一轉頭，那股舒爽就被澆了乾淨。風鳴那張臉真的漂亮好看，但那淡定的表情和看待「無知人類」的眼神真是能讓人恨死。

這不太對勁啊，難道這個風鳴並不是橫幅上寫的是單純的鵝系，而是巨大化鵝，或者變異過能放毒的鵝？但橫幅上沒說啊，檢測結果是不會出錯的，這傢伙怎麼能這麼淡定呢？

唔，這新同學可能有點貓膩，他得回去說一聲。別下午沒給新同學一點教訓，反而被新同學教訓了，那就太丟人了。

圖途露出笑容：「好啦，我已經提醒過你們了，就先走啦。我們下午課堂操場上見喔！」

說完，這隻兔子精就一蹦一跳地跑了，風鳴才注意到這傢伙竟然穿的是短袖和短褲。

他看了看自己身上的毛衣加風衣外套，又看了看風勃和自己不同色的同款衣服，緩緩道：

「那兔子精……」

風勃：「什麼？」

「穿得有點少啊。」

風勃：「？？？」

「你覺得他會是什麼品種呢？」

風勃想了想有些不確定地開口：「比較防寒耐寒的品種？」

風鳴臉上就忽然露出了十分微妙的表情。

「仔細一看，雖然他的臉長得很幼稚，但腿滿長的啊。我想到了一個詭異的兔子品種，看動物世界的時候還吐槽過呢。」

風勃：「……」所以到底是什麼詭異的品種？他怎麼不知道？動物世界他也看過啊。

吃完了食堂的免費午餐，風鳴和風勃趴在三年二班的桌子上睡了個午覺。到下午兩點，兩個人就按照分班，走進霸占了對面教學大樓三分之一面積的靈能一班。

當他們兩個人走進教室的時候，就受到了靈能一班將近一百名同學齊刷刷的注目禮。

那一百雙不同顏色、不同大小甚至連眼珠都橫豎不一的眼睛往上一看，整班的氣氛瞬間就變了。

風鳴還沒覺得怎麼樣，只是動了動他背後的小翅膀，但風勃就渾身上下都有點僵硬了。

他能感覺到在這個班上至少有十多種猛獸類靈能覺醒者正在用氣勢對他施壓，那種頃刻之間被狩獵者的殺意包圍的感覺讓他想動都不能動。

不能動！一動就會被吃掉！

他手臂上黑色的羽毛開始不受控制地瘋長起來，此時此刻，他非常想要飛起來躲避這種壓力。當他手臂上的羽翅就要戳破他的毛衣的時候，風鳴拍了拍他的後背。

「別發愣，找空位坐吧。靠窗邊的那兩個位置就不錯。」

風勃被這麼一拍，剛剛彷彿被狩獵的感覺瞬間散得一乾二淨。他有些複雜地看著自己的堂弟，忍不住開始在心裡思考，難道鵝系真的這麼厲害？還是……因為堂弟覺醒了鵝系的力量，連眼睛和膽子都跟大鵝一樣，看誰都比自己渺小，所以誰都能嗆，無所畏懼了？

風勃和風鳴走到窗邊的空位，正要坐下，後座卻突然伸出一隻腳來，正好搭在風鳴要坐的椅子上。

風鳴和風勃一起轉頭，就看到後座那個渾身皮膚有些黝黑，捲起袖子就滿手黑毛的男……同學。

實在是這位同學身高體壯還顯老，怎麼看都不應該在高中部，應該去社會部才對。而且，此時這位同學的表情還十分凶狠，黑亮亮的眼睛雖小卻凌厲，如果不是他的長相是偏憨厚的那種，往外面一站，基本上就是被警衛隊重點關注的對象，果然很有找麻煩的資本和能力。

「這地方有人坐了，你們倆換個地方吧。」黑皮老成男同學開口。

他這一開口，班上其他聚在一起說話，或者拿著手機滑新聞、看直播的同學們就又齊刷刷地看了過來。三分之一的同學一臉幸災樂禍和躍躍欲試，三分之一的同學開心地看熱鬧，剩下最後三分之一的同學有些擔憂，不過還是一言不發。

學校是下午兩點半正式上課，現在距離正式上課的時間還有半個小時，顯然這半個小時的時間很夠一些人找碴作死了。

風勃抿著嘴沒有說話。他能清晰地感覺到自己的靈能力量完全沒辦法和這個又黑又壯的同學較量，但是直覺和本能讓他拒絕以失敗者的模樣退縮。即便他剛成為靈能者，還不了解靈能者的世界規則，但他明白最基本的弱肉強食的道理。

風勃沒退讓，站著的姿勢筆直。

風鳴的狀態相比之下就輕鬆很多，他看了一下班上其他的地方，道：

「可是班上好像沒有其他的位置了。」

「誰說沒有位置啊？講臺兩邊不是各有一個空位嗎？你們坐那裡就好了啊。剛好這樣聽課也能更加清楚，都是同學，就當作是第一次見面，我給你們的特殊關照啦！很不錯吧，哈哈哈不用謝我。」

風鳴轉頭看了一眼在講臺旁邊，一左一右的標準學渣桌，再看向這個黑壯同學。

「我還是覺得這兩個位置順眼，勞煩你抬一抬貴足，然後幫我擦擦椅子如何？」

熊霸就好像聽到了什麼特別可笑的笑話，仰著身子笑得前仰後合。而班上的其他同學也有不少人帶著惡意地笑了起來，只是他們的笑容還沒有持續三秒，就齊齊像是被掐住脖子的雞一樣閉嘴了——

那個後背長著像小雞一樣的翅膀的鵝系同學，竟然直接從他的書包裡掏出了一包堅果，連同包裝袋直接塞到正在大笑的熊霸嘴裡，差點把熊霸噎死。

「請你吃，不客氣，這是作為新同學對你的關照，不用謝。」

風鳴的聲音淡淡的，全班同學卻從裡面聽出了一股嘲諷之意。

被塞了滿嘴堅果的熊霸拍案而起，憤怒地吐出那些堅果，直接大吼：

「新來的你膽子不小啊！有本事單挑！」

不管怎麼說，單挑的目的說出口了！包括熊霸在內的很多麻煩同學都興奮了起來，一個個敲著桌子跟著起鬨：

「單挑單挑單挑！」

「靈能者用拳頭說話！」

「單挑單挑！誰怕了誰就是弟弟！」

風勃這時候要是再看不出來這些人是故意想欺負新來的同學，他就是傻子了，所以他想要拉著堂弟先出去，等到老師來了之後，這些人肯定就不敢起鬨了。

但他伸出手去拉人，卻發現明顯比他還瘦的堂弟竟然……紋絲不動？？？

風鳴看了一眼堂哥：「別拉我，要打架呢。」

風勃：「？」

雖然之前在學校也聽說過自己這個堂弟帶著全班同學，圍毆了前校霸張飛龍一頓，但他真的不知道他弟是個這麼凶殘的好鬥分子啊！

沒反應過來時，風鳴就把書包扔到靠窗的那個位置上，看著激動地開始掰手臂、甩腿、動脖子的熊霸：

「走，黑壯，操場見！」

他剛轉身要走，身後忽然響起一聲大吼，同時還有班上同學的驚呼聲，裡面還包括風勃的尖叫聲！

風鳴卻連轉身都沒有，身子快速向前一躍，後背像長了眼一樣躲開了熊霸的拳頭。

「嘿！小子反應還真機靈！不過光是速度快，你可是沒辦法健康地上課喔！」

熊霸這麼說著，忽然非常有力地捶了捶他的胸口，下一秒他的雙腿就變成了真．熊腿，踩在教室的地板上，都讓地面微微震動了一下，而且他的速度陡然增加，幾乎是片刻就追上了風鳴。與此同時，他的左右雙掌也泛過一絲棕色的靈光，原本長而有力的手指變成短而粗壯又尖銳的熊掌，就這麼往風鳴的手臂上拍！！

這一下如果全力拍上去了，風鳴最輕也是缺手臂斷腿的結果。而熊霸對自己變身以後的速度非常有自信，他確定至少他也能用爪子抓到風鳴背後那巴掌大，像玩具似的小翅膀，他都已經想好之後的結果了——被抓到翅膀的風鳴會被嚇得渾身僵硬，然後跪地求饒，從此以後，見到他就發抖的弟弟就又多了一個！

而這個時候，風鳴已經快速地跑到了教室門口，在路過班導師的講臺時還順手拿了班導師的合金教鞭。

眼看著那黑熊的大爪子就要抓住他的小翅膀，那兩片潔白的小翅膀忽然上下抖動一下，帶起一股微風，黑熊的熊掌便和小翅膀失之毫釐。

風鳴飛了出去，並且在全班同學的注視之下直接升空。

四肢變成熊的熊霸也追了出來，他看到在半空中懸浮著的風鳴臉色微變。

這傢伙的小翅膀竟然真的能用！！他怎麼記得大鵝的翅膀不太好飛啊？

不過，如果這小子認為飛到半空中就沒有危險了，那可就大錯特錯了。

熊霸咧了咧嘴，也不追人了，一屁股坐在地上，從口袋裡掏出一塊蜂蜜糖塞進嘴巴裡，然後用熊掌跟風鳴打了個招呼。

「小鵝你不錯啊，反應速度和身體的行動協調力都滿好的，以前練過是不是？你既然飛上去了，我就不跟你打了，讓兔子和伯勞會會你啊！」

風鳴瞬間眼皮跳了跳，所以這還是車輪戰？

正想著，一個還算眼熟的身影瞬間跳到了教室前面的空地上。

這個人頭上長著不算長的豎耳，臉上帶著可愛的笑，雙眼散發著興奮的紅光，穿著夏天的短袖和短褲。這不就是中午那個好意提醒他和風勃的兔子精圖途嗎？

「嘿嘿！同學你要注意了啊，我的速度和跳躍能力可是很……強大喔！！」

最後那三個字說出口的時候，圖途已經瞬間飛躍到了半空中，而他的目標毫無疑問就是風鳴背後的小翅膀。

只是可惜，他快，風鳴的速度比他更快，直接一個太極迴旋，風鳴手中那屬於班導師的合金教鞭借著迴旋之力，啪地狠狠抽到了圖途的手臂上。

「我靠，嗷嗷嗷嗷！好痛啊啊！」圖途被打得落到地面，呲牙咧嘴地控訴：「你怎麼能用老班的教鞭抽我啊！他那個教鞭是特製的合金，打不壞的啊！！」

風鳴嗤了一聲，沒搭理他。

圖途瞇起了他的兔子眼，再一次飛快地雙腿用力躍上高空，準備撲擊風鳴。

然後被抽了第二次。

圖途被抽到腦袋上的耳朵都纏在一起，憤怒地在原地跺了好幾次腳。

「楊伯勞，你這個假麻雀還在樹枝上蹲著幹嘛？還不趕緊出來揍人！要是連這個新來的我們都搞不定，之後會被多少人嘲笑死啊！！！」

圖途喊了這一聲之後，風鳴的雙眼瞬間鎖定了那個蹲在樹枝上，比一般的麻雀明顯要肥壯很多，眼睛周圍有一圈狹長的黑色絨毛，像極了不幹好事的黑眼罩的伯勞鳥。

這隻伯勞鳥在風鳴的雙眼看向他的第一時間就伸開了翅膀，尖銳地叫了一聲。而後整隻鳥的體型陡然變大，從樹上俯衝過來！他那像是鷹嘴的鳥喙和閃著寒光的腳爪，無一不顯示著他的凶殘。

風鳴這才想起來，伯勞鳥可是小型鳥類中的「猛禽」，凶殘吃肉，還喜歡分屍的那種。

風鳴看著他的樣子，忍不住心想，一個鳥中的小型猛禽伯勞俯衝過來就給人這麼大的壓力了，那個皺臉禿鷲的靈能者撲過來的時候，氣勢會有多可怕？

不過比氣勢，他可從來不認輸！！

風鳴後背的小翅膀似乎也感受到了他的興奮，翅膀開始快速地擺動飛起，彷彿能夠舞出殘影。

小翅膀突然激動起來，風鳴差點沒控制好自己的速度，擦過楊伯勞的翅膀飛了過去。

楊伯勞：「？」大兄弟，你飛過頭了吧？

這念頭剛起，風鳴就重新飛回來了。那速度快得連楊伯勞都沒反應過來，直接就被一教鞭抽到了翅膀上。

「嗷！」

這是怎麼回事！大鵝的速度有這麼快嗎？

楊伯勞還在發楞，風鳴就像一隻竄天猴一樣在半空中竄來竄去，他手中的教鞭也抽空快准狠地抽到了楊伯勞身上。

「這他媽不科學啊！！」

楊伯勞實在受不了像竄天猴一樣的風鳴，拍著翅膀飛遠了，然後圖途和熊霸就遭殃了——這兩個原本一個在吃蜂蜜，一個在啃胡蘿蔔，吃到一半全都被飛在半空中的風鳴揮舞著老班的合金教鞭，抽得抱頭鼠竄。

最後體型大更容易成為靶子，後背都快被打腫的熊霸終於忍無可忍，嗷一聲吼了出來。

「老班！老班，我知道你在這裡！我們的新同學實力測試已經完成了！測試結果他很厲害！你倒是快出來啊啊啊啊！」

在半空中追著熊霸和圖途打的風鳴瞇了瞇眼，眼珠在四周轉了一圈，就看到從一棵大樹後面施施然走出一位個子很高的青年。

這個青年身高至少兩公尺，瘦高、戴著眼鏡，顯得很有學者風範。他手中還捧著一個筆記型電腦，電腦中正在播放一個「社會你鵝哥」的影片。裡面大鵝追著人啄的樣子，和此刻風鳴拿著教鞭抽人的樣子簡直是人鵝翻版。

看起來十分斯文的靈能一班班導師鹿邑推了推眼鏡。

「嘖，校長說這小子的靈能似乎不一般，我還不信。現在看來，我實在是低估了社會鵝的力量啊……」

不過，這種甚至可以和遊隼的飛行速度相媲美的速度，真的只是鵝系的覺醒者嗎？就算是天鵝，也不是飛行速度見長，而是飛行高度最高的鳥類啊。

鹿邑班導師有點慌張，但他還是快步走到教室門口，對還在追著人打的風鳴說話，幫自己的三個麻煩學生打圓場。

「風鳴啊！好了，停下來吧！他們三個這麼做也是經過我允許的，我想看看你和你堂哥的基礎實力和應變能力。畢竟沒有準備時的反應最為真實，也能顯露出最直接的問題和優勢，我才好幫你們制定適合的訓練方法。之後我也會讓人跟你堂哥對戰，這也算是必要的測試吧，就不要跟他們計較啦。而且他們三個人出手都有分寸，不會真的重傷你的。

還有，圖途之前是不是跟你說過班上有學生欺負倉鼠系同學的話？那傢伙是個習慣性說謊精，我們班上根本就沒有倉鼠系的學生，有個巢鼠系的學生，但大家都不可能欺負他的。那傢伙的特長是尋寶，家裡還是龍城大富豪，不會有人想不開欺負他的。

我們一班是相親相愛的一個大家庭，雖然有猛獸猛禽類的學生在裡面，但是大家都是毛絨絨嘛，毛絨絨之間怎麼會有衝突呢？」

所以別追著人打了，沒見到你都快把人家打到崩潰了嗎？

風鳴聽了班導師的一番話有些無語，所以這場架是設計好的？

不過，現在班導師說什麼都晚了，他覺得他好像有點控制不住後背的小翅膀，想要停下來竟然都停不下來。

風鳴努力讓自己面無表情，不要慌。但是翅膀出賣了他，他想要停下來，翅膀卻帶著他上下左右地飛，而且越飛越高，越飛越快，在眾人目光的注視下，他覺得自己就像個竄天猴一樣竄上了天。

班導師鹿鳴：「……」

全班同學加風勃：「？？？」

不是，鵝系的異變覺醒這麼厲害嗎？輕輕一飛就上天了？

「嗯……如果鵝系都是這樣的覺醒者的話，那我覺得鵝系還不錯啊……」

「……對啊，你看剛才，風鳴打熊霸和圖途他們打得多帶勁啊！讓我想到了小時候被大鵝追趕的童年噩夢。」

「難道就只有鵝系是覺醒後背長翅膀嗎？嗳，這樣的話，我也想要鵝系覺醒。」

日後才來到靈能一班的真．天鵝覺醒者：不不不！我們真的鵝系覺醒者也不是後背長翅膀的！！他是個偽裝大白鵝啊！！

在整個靈能一班都為鵝系的力量而震撼，大肆討論的時候，還在不停往空中飛的風鳴簡直生無可戀。

他看著因為震驚自己的出現，直接亂了隊形的大雁；看著看到自己後在空中剎車，罵出鳥語國罵的禿鷹；最後苦中作樂，還遠遠地跟一架飛機裡視力非常好的小男孩招了招手。

飛機艙裡的小男孩瞬間張大了嘴巴，把整張臉都貼到玻璃上，貼成了十分可笑的樣子。

旁邊的媽媽發現孩子不對：「小明啊，你在看什麼呢？外面有什麼漂亮的飛鳥嗎？」

王小明想了想，點點頭又搖了搖頭：「媽媽，我剛剛看到了長著翅膀的鳥人。」

小明媽媽：「……」這孩子是在家還沒被他爸打夠吧？

風鳴在這個時候已經放棄了抵抗。

隨便這對小翅膀想飛到哪裡吧，厲害的話，你就直接突破大氣層，帶我上宇宙啊！媽的，缺氧以後我們倆同歸於盡，你使勁找麻煩！現在我就當作高空一日遊了，真沒想到我還有不坐飛機就能俯瞰整個世界的一天，想想就厲害。

不過，天上好是好，空氣也算新鮮，就是有點冷？

「我靠，你是不是真的想和我同歸於盡啊？別往那片步滿閃電的雷雲裡衝啊！！」

風鳴實在是無法再裝淡定了，就算他背後的小翅膀想死，他也不能允許自己英年早逝啊！

於是風鳴開始努力調動身體內所有的靈能，控制那個發了瘋的小翅膀，不讓他帶著自己衝進雷雲渡劫。

當他把自己的意識鎖定在他的身體當中時，像是不經意間打開了什麼封鎖的大門，一股可怕又混亂的能量鋪天蓋地地壓了過來，瞬間的衝擊讓他的意識都有些不清楚了。

他就像是在一片颶風中努力飛穩的小鳥，又像是在洶湧的海嘯裡拚命掙扎的小船，只有咬著牙死命地堅持著，才能控制自己不被那股混亂的力量吞沒。

不知是過了多久，也不知他飛了多遠，當他終於用盡所有的意志力，從那片混沌之中找到了縫隙，找到了屬於自己翅膀的力量的時候，他終於不在空中繼續亂晃了。

而後，筋疲力竭的風鳴看著將要落下地平線的金烏，有點傻住。

所以他這一飛飛了一整天嗎？還有，這是哪個地方啊？他現在還沒有載入空中導航好嗎？

最重要的是……感覺好累好累，渾身上下哪裡都痛，就連翅膀和後背也痛得厲害啊……

糟了，可能沒有力氣再繼續飛下去了，他怕是要墜機了。

就在風鳴覺得自己怕是要成為第一個從空中摔死的飛行類靈能者時，忽然，他看到一個巨大的黑影從下方沖天而起，往自己這方向而來。

風鳴這時候別說躲了，他都快要栽下去了，就只能眼睜睜地看著這個黑影幾乎要衝到自己身前，在風鳴剛看清這黑影的樣子，面露震驚之色的時候，一道熟悉的金光像一顆流星劃破天空，從太陽落下的地方而來。

這描寫是不是有些熟悉？

還有更熟悉的那支金色箭矢呢。

這金色的箭直接從後面貫穿了快要飛到他面前的那個女人的黑色翅膀，並且穿過翅膀，直接射穿了她的肩胛。金色的箭尖上還有血珠滑落，風鳴光是看到就忍不住替這個女人覺得痛。

只是比起這個，風鳴更震驚於這女人的樣子。她背後的黑色翅膀並不是鳥類的羽翅，而是像蝴蝶一樣薄而輕的雙翅。她的翅膀看起來非常大，每一邊幾乎都有一個人那麼長。

一個蝴蝶系的靈能覺醒者應該是很美的，可面前的這個女人卻滿臉都是縫合的傷疤，而且她的身體瘦弱得可怕，用皮包骨來形容也不誇張。

為什麼這個靈能覺醒者會是現在這個樣子？

風鳴的腦海中剛升起這樣的疑問，那個被射中的女人就痛苦地慘叫了一聲，掉了下去。臨墜落之前，風鳴的雙眼和她對上，清楚地看到了她眼中的怨毒和……嫉妒。

風鳴：「？？？」

不是，我就在這裡飛我的，妳自己撲到我面前被射中了，還怨我啊？

這想法在腦海中一閃而過，風鳴忽然噴出一口鮮血，然後渾身的力量全部散盡，也跟著墜落下去了。

於是，在下面等著抓捕逃犯的青龍組組員們就發現自家的隊長越來越厲害了——他明明只射了一箭，竟然一箭「雙雕」了。

警衛隊的力量擔當，獵豹林包穩穩地接住了從天空中掉下來的蝴蝶女，原本他還想走幾步把那個掉下來的也接住，結果那個長翅膀的傢伙掉下來的位置太尷尬，正對著他們隊長的腦袋，他就拒絕上前了。

后熠最終還是抽著嘴角，伸出雙手後退一步，穩穩接住了那個可能是被他不小心打下來的傢伙，哪怕是從空中掉下來那麼可怕的加速重力，也沒讓他的身體晃動半分。

不過人雖然接住了，后隊長卻在心中表示，他的箭術絕不可能誤傷任何一個人，搞不好這個長翅膀的傢伙是想碰瓷他，然後跟他要錢。

不過，在把人接到懷裡之後，后熠看著懷中那張有過一面之緣，還讓他滿喜歡的臉，以及更讓他喜歡，才兩天就已經長大到半個手臂長的潔白羽翅，原本打算直接把人扔到地上的動作特別自然地一轉，變成了更加溫和的公主抱。

以為隊長下一秒就會冷酷無情的青龍組隊員們：「？」隊長這是怎麼回事？

等他們看清那個落下來的人的樣子，隊員們集體對視了一眼，都看出了對方眼中的感嘆。

隊長真是喪心病狂啊！肯定是看人家好看就抱著不撒手了啊！！

林包和花千萬甚至還認出了風鳴。

「咦！這小子不是之前龍城的小傢伙嗎？怎麼突然出現在這個地方？而且他的翅膀……是不是我的錯覺啊？他的翅膀好像長大了兩三倍的樣子？飛禽類的翅膀都長這麼快嗎？不是說至少也得兩三個月嗎？」

花千萬頂著他那一頭燙捲的粉毛在風鳴左右看了看，然後伸出手幫他把了把脈。

「竟然是力竭昏迷？而且他體內的靈能似乎有些混亂，像是靈能暴動之後的結果。」花千萬的表情變得嚴肅了一些：「通常在靈能覺醒的生長初期不會出現靈能暴動，生長初期的靈能本就不足，怎麼可能暴動。他這個樣子有些不正常，最好去做一下靈能梳理和詳細的檢測。」

然後花千萬對著后熠嘿嘿笑了一聲：「不過我倒是可以確定，他不是隊長你射下來的啦。隊長你不用擔心被碰瓷了。」

后熠眉梢一揚，然後露出了一個迷人卻又奸詐的笑。

「碰瓷什麼啊，這已經是我第二次救他了。對待救命恩人，他怎麼也該湧泉相報才對。」

還在昏迷中的風鳴忽然非常生氣地皺了皺眉毛。

了解自家隊長尿性的三名隊員撇了撇嘴，運氣要有多不好才會被你碰瓷救命之恩啊。

不過之後，他們還是坐上了車，帶著抓回來的逃犯和天上掉下來的小可愛一起回到了滬城的靈能者基地。

作為和龍城並肩的一線大城，滬城的靈能者基地的設備還是非常齊全的，更因為滬城是有名的商業之城，靈能者基地還建設得特別豪華。

當后熠他們一組四人回來的時候，滬城靈能者基地的負責人都親自出來迎接，然後林包和老富一起去處理那個蝴蝶女，后熠則是抱著還在昏迷的風鳴，後面跟著花千萬，一起去了基地裡的高級檢測室。

因為在路上花千萬已經幫風鳴做了最基礎的靈能修復，所以當他被放入檢測室的時候，一種莫名的戒備感讓他陡然睜開了雙眼。

然後他就一臉傻眼地看著這個像是水晶籠子一樣的房間，抬頭就看到了站在玻璃牆外面的后熠。

這個賤人穿著一身迷彩服，正一邊吃著炸雞翅膀，一邊跟他打招呼。

「喲，小鳥兒，你從天上掉到我懷裡了，我想了想，準備把你關起來賣錢。怕不怕？」

風鳴：「怕我一會兒出去就先打死你。」

又不是智障，沒看到房間裡貼著的那幾個大字——「特級靈能檢測艙」。

風鳴沒有露出任何害怕和驚慌的表情，讓原本準備看戲的后熠有那麼一點失望，但是看到在玻璃檢測艙內醒來以後十分有精神的小鳥人，后熠的心情又好了起來，這臨危不亂的氣度很有他的風範。

於是，后隊長就嘴賤地來了一句：「那你一會兒可要堅持住，不要喊痛，掉金豆豆喔。」

風鳴用死魚眼看著他。覺得這個箭人真是兩天不見，越來越賤了，和他偷偷上網查的青龍組隊長的資料嚴重不符。

什麼強大、冷靜、有責任心、狂霸酷帥屌，一人射殺了從一個監獄中逃出來的百名窮凶極惡的靈能者罪犯，單槍匹馬踹了一個巨大的靈能者販毒點之類的……那個人和眼前的這個，哪裡像了？他甚至懷疑眼前這個是照著青龍組隊長整容的無賴。

這當然不可能，所以說，那些網路上公布的靈能者資料就跟明星的身高和年紀一樣，都不值得相信。

風鳴這樣想著，房間內忽然就響起了一個溫和的聲音。

『風鳴同學你好，這裡是滬城靈能者基地。我是墨子一號，負責接下來對你的全方位靈能檢測。

因為靈能者保護法，我們十分鐘前已經和龍城的靈能者學校取得聯繫，告知了你的班導、校長以及你伯父伯母你的消息。他們很擔心你，收到消息以後很高興，並且安心。

你的班導師要我轉告你，有機會能做一個詳細的覺醒檢測是好事，回來以後他會幫你制定發展鍛煉方法。不要怕曠課，靈能者忙起來一周不上學都是很正常的事情。』

風鳴在心裡翻白眼，那個班導師怎麼看都是不可靠的樣子，回去之後要再跟他好好地聊聊新生入學後的注意事項才行。

『那麼風鳴同學，在檢測之前，我需要詢問你本人的意見。你願意接受全方位靈能檢測嗎？如果你不願意，我們不會勉強。』

風鳴有一瞬間的猶豫，不過他想到自己突然失控飛上天的小翅膀，還有之前彷彿進入了一片可怕的意識世界的情況，最終點了點頭。

他也想知道自己的身體到底是怎麼回事，就算現在不檢測，之後他也會去查資料或者找人詢問這件事情。如果能夠把所有的問題都檢測出來，那也不錯。

於是，風鳴就按照墨子一號的要求，坐在房間正中央那張設計十分複雜的椅子上，然後整個玻璃檢測艙裡的儀器和各種燈光都開始運作。

這麼大的陣仗讓風鳴有點慌，然後他有點傻的樣子就被站在他對面的后熠看光光了。這不是重點，重點是這位青龍組的隊長，正拿著他最新的手機，眼中帶笑地錄影呢。

風鳴：「……」就沒人管管這個傢伙嗎？還有，為什麼他檢測，對面有那麼多人圍觀啊！

風鳴的臉拉得更長了，后熠旁邊的花千萬都有點看不慣自家隊長這氣死人的行為，用手臂肘撞了撞他：「后隊啊，別太過分了，沒看到人家小朋友都快被你氣成馬臉了嗎？萬一這小傢伙檢測出來是什麼厲害的異變覺醒，我們青龍組還能再招收一個隊員呢，你這樣做，日後怕會被打啊。」

后熠就像是聽到什麼笑話似的笑出聲：「就他這種小嘍囉，他能打我？他怕是連追都追不上我。」

花千萬就在心裡呵呵兩聲，移開了視線。有些人趕著作死，他幹嘛要勸呢？他家隊長厲害是真的厲害，但不幹正事的時候，煩人也是真的煩人。

當風鳴已經在腦海裡想好了一百零八種搞死后熠的方法的時候，房間裡運行了二十多分鐘的各種檢測器終於發出了「滴——」的一聲鳴響。而後，檢測艙裡面突然響起特別喜氣洋洋，讓風鳴覺得十分熟悉的鑼鼓樂隊的聲音，不過這道聲音很快就停止，取而代之的是讓人完全摸不著頭腦的西方鋼琴曲。

風鳴：「……」光是聽音樂，都讓他有種不祥的預感。

『恭喜風鳴成為B^+級混合靈能覺醒者。

靈能等級：A

穩定性：D

成長性：A

危險性：A

混合覺醒方向：天使50％、鵬系40％、鴻系10％。

根據覺醒方向和百分比，暫定為西方神話傳說系。

基礎資料：力量75、速度96、防禦79、靈能1500

綜合實力評定：優

註一：三系覺醒混合者，穩定性差，危險性高，建議淨化血脈。血脈淨化之前不建議參與高危險任務，極易引發靈能暴動，可參與所有低危險速度型任務。

註二：已錄入靈能者血脈覺醒檔案，恭喜我國又增加一位神話系高等靈能者。
註三：請謹防西方教廷前來要人，建議偽裝成鵝系。』

風鳴看著在空中雷射螢幕上的字，看到最後那個註三有些哭笑不得。這個墨子一號只是一個人工智慧吧？怎麼想得出最後的那個損招啊？

不過，果然大基地的檢測就是比在醫院裡隨隨便便的檢測還可靠。想到之前檢測出來大白鵝可能性八成的結果，風鳴現在還覺得牙疼。

終於在今天揚眉吐氣了！就算是西方天使，也是神話系超級厲害的高等靈能者啊！！哪怕風鳴自認為是沉穩的性格，這時候也忍不住有些小激動，覺得自己和人生巔峰只差一個天使的距離了！

但是風鳴還是沒想出他家裡到底誰有西方血脈，這件事得回去問問他大伯。

風鳴有點高興地從玻璃檢測艙中走出來，打算低調地接受來自箭人和檢測基地其他人員的祝賀和羨慕。結果他走出去之後，就看到了以后熠為首，總共八個圍觀檢測的傢伙齊刷刷地對他露出「少年英才，命不久矣」的沮喪表情。

風鳴：「……」

不是，你們對西方大天使就這麼不待見嗎？你們要是這樣的話，我就要離國出走了啊！

風鳴那不可理解的表情太過明顯，后熠趕緊上前揉了揉風鳴的腦袋：「沒事沒事，不過就是三系混合，其中有一個還只是百分之十，等哥哥我去出個任務，順帶去一趟祕境，就能幫你帶回一顆洗靈果，保你長命百歲啊！」

風鳴：「我本來就長命百歲，要你替我擔心？還有，我跟你不熟，別亂攀關係，我沒有你年紀這麼大的哥哥。」

后熠抽了抽嘴角。

「我也才二十八。」

風鳴呵呵一聲：「我今年剛十八呢。」不算上輩子的年紀。

這時候，旁邊的花千萬走過來幫自家隊長圓場，並且拉著風鳴往基地的餐廳走。

「走走走，先去吃飯，然後我和你解釋一下一些你不知道的靈能者事情。」

之後，風鳴才知道為什麼這些人都用看死人的眼神看他了。

「其實靈能者的覺醒異變方向是非常複雜的，到現在，國內外的科研者也沒有研究出靈能者覺醒易變的規律。只能暫時把他們分為六大系，這個你是知道的對吧？」

風鳴點頭，花千萬吸著橘子汁，繼續開口：

「但這些覺醒者也不過是覺醒者裡的二分之一而已。還有一半的覺醒者，都死在覺醒異變的開始，或者是『靈能暴動』之中，還有一些是死於『人性吞噬』。因為怕這個消息公布出來會造成恐慌，上面就沒有把這個消息告訴民眾，只會在靈能者學校裡教給已經覺醒的靈能者們。

其實，我們每個人的覺醒異變都不是純粹完全的。畢竟在異變覺醒之前我們是人，而異變覺醒不過是我們體內的血液，或者是基因，又或者是其他不知名的地方因為靈能而發生了異變，而後才有了靈能者。但本質上來說，我們體內的血脈也好、基因也好或者其他東西也好，都不純粹。靈能異變最終會覺醒成什麼樣子，看的就是體內的哪一部分能量占上風而已。

通常情況下，地球的靈氣會比較溫和地只激發我們體內最為強大的那部分力量，讓我們完成覺醒異變，這就是那六大類的覺醒者。但還有一些人，不知是幸或是不幸，他們體內強大的力量很多、很混雜，靈力進入他們的體內，會直接激發他們所有強大的血脈或基因的力量，這些人就是『混合靈能覺醒者』。

這些人和只有最強力量覺醒的單一覺醒者，也就是我們通常所說的靈能者不同，『混合靈能覺醒者』的覺醒力量通常是比較強大的，幾乎沒有低於B級的。但是，因為體內的靈能混雜又無法融合共處，這些靈能者的壽命都非常短暫，一半是死於覺醒期的靈力爭奪，四分之一死於之後的靈能暴動，剩下的那一小部分會因為體內力量混亂，導致精神混亂，不是沉迷殺戮就是失去人性，最終都只有一條路。」

花千萬的聲音中帶著幾分低迷。

「之前那個差點殺了你的大蜥蜴，就是鱷魚、變色龍的混合靈能覺醒者，他的樣子你也看到了吧？」

風鳴：「……」所以，這是混血不得好死的意思嗎？

他抹了一把自己的臉，還算淡定地問：「那我問一下，混合靈能覺醒者最長活了多久？」

花千萬的表情有點複雜。

「三個月。」

風鳴：「……」這誰還能淡定下去啊！！！

就算風鳴再怎麼有所準備，面對最長只剩三個月壽命的結果，他也一時無語。更別說坐在他對面的四個人裡，有三個都十分隱晦地用「可惜英年早逝」的同情眼神看他，風鳴只想翻白眼。

「別用這種眼神看我啊。都已經是靈能時代了，這世界上每天都在發生以前覺得絕對不可能發生的奇跡，說不定下一個奇跡就是我呢。就算是癌症患者也不是必死的，更何況只是靈能混雜。」

花千萬聽到風鳴的話，還想說些什麼，風鳴就看著他道：「看在我只剩下三個月壽命的份上，能在我死前多說一點好聽的話嗎？」

花千萬：「……」

林包、富友：「……」

突然覺得不想同情這小子了。而且，還能拿自己的壽命開玩笑，這小子的心理素質很不錯嘛。

旁邊的后熠就笑出了聲：「可以可以，少年，我看你骨骼驚奇、天賦異稟，實在是難得的人才，怎麼樣，要不要加入我們青龍組小隊？以後就可以跟著隊長我吃香喝辣了。」

風鳴心情放鬆了一些，「多謝隊長抬愛，只是我現在畢竟也是重病患者，還是過養老穩定的生活吧。」

另外三人看著這兩個互相皮的傢伙，同時在心裡呵呵。

不過，很快后熠就收斂了神色：「不開玩笑了，說一下正事。因為這兩年內，國內也陸續出現了不少的混合靈能者，怎麼說他們都是國家的一份子，而且還是不可多得的戰鬥力量，所以國家有專門的科研小組研究讓混合靈能者存活下去的方法。」

「現在你有兩種可以選擇的解決方法。」后熠看著風鳴：「第一種，是服用我之前說過的『洗靈果』。這種靈果只生長於A級以上的靈能祕境之中，並且有十分凶猛的靈能獸在守護，想要得到比較困難，但如果你運氣好、實力強，也不是完全沒有機會，吃一顆洗靈果就能夠淨化掉體內的一種靈能。

我們國內的朱雀組隊長，那條騷包男魚就是自己去了一趟祕境『深海墓地』，在靈能暴動之前吃掉了洗靈果，把他的大雁血脈洗掉了，現在是一條純魚了，嘖！」

風鳴：「呃。」

那位隊長的血脈混得真的有點遠，魚和鳥是怎麼搞在一起的？不過，美人魚啊！！風鳴還沒見過活著的美人魚呢，也不知道那位隊長會美成什麼樣子。

后熠似乎看出了風鳴的渴望，嗤了一聲就潑了這個小鳥人冷水：「你別想了，那傢伙洗掉大雁血脈之後就是一條純魚，魚離開水就活不了嘛。那傢伙雖然不至於活不了，但也不會離海很遠，他就在國家的南部沿海區域活動。搞不好等你死了，都見不到他一面。

而且，雖然池霄在海中的力量會翻倍，但是離開水後，老子一箭就能射死他。比起陸海空全能的我，他差遠了，懂嗎？」

風鳴看著這個滿臉寫著「老子天下第一」的后隊長心想，要不是他長得實在英俊，身材實在完美，估計早就被人在背地裡打死了吧。

「喔，懂了。那另一種方法呢？」

就算從沒去過靈能祕境，但他也知道憑他現在的實力，恐怕都不夠送菜給靈能野獸們。

「嘖，還有一種方法就是服用國家研製的靈能弱化藥劑。這種弱化藥劑是國家根據那條魚帶回來的洗靈果果核研究出來的東西。因為藥劑材料的限制和研究能力所限，國家本來是想要研究淨化藥劑的，結果就弄了一個弱化藥劑出來。喝了弱化藥劑，可以整體削弱你體內的靈能能量，減少靈能暴動。雖然到最後很有可能把你削弱成一個弱雞，但也算保住了性命不是嗎？最差也不過就是重新成為普通人而已。」

風鳴撓了撓下巴：「那個弱化藥劑多少錢一瓶？」

后熠俊眉一揚，露出一口大白牙：「十萬。」

風鳴的手指差點戳爛他自己的下巴。

「十萬一瓶弱化藥劑？」

這本就不是什麼好東西，讓靈能者重新成為普通人已經是非常難以選擇又痛苦的事情了，偏偏還要花費鉅資去購買。想想吧，你花了一百萬，讓自己最終變成了一個普通人，工資福利都要全部降低，還要背上一百萬的欠款活著？

風鳴嘆了口氣：「那可能很多人都會選擇去死。」

這樣說著，他就想到了那個在他面前被射下去的黑色翅膀蝴蝶女，想到她那滿臉的縫合傷疤及皮包骨的樣子，他突然開口：

「那個後背長著蝴蝶翅膀的女人，是不是混合靈能覺醒者？」

如果活到最後會變成那副鬼樣子，嗯，他還是當個普通人吧。

聽風鳴提到蝴蝶女，桌上的氣氛又變得有些奇怪。后熠這回沒主動開口，只是伸出自己的大長腿，吃著紅燒排骨飯，排骨在他嘴巴裡咯吱作響，聽得風鳴想打人。

最後還是那位三十三歲左右的和藹大叔富友開口：

「她的情況有點複雜，按理說，這算是警衛隊的機密，不能隨隨便便跟別人說。不過你手上戴著警衛隊的白銀腕錶，就說明你也算是警衛隊的一員了，那你以後遇到這類人的情況可能會很多，就多少跟你說一點吧，也好讓你提前有個準備。

那個蝴蝶女不是混合靈能覺醒者，是單一靈能覺醒者，但因為各種原因，她覺醒失敗了。

一般覺醒失敗的人只要按照國家在靈能者官網上發布的鍛煉方法鍛煉，就能夠把覺醒失敗的靈能擴散到身體各個地方，也算是免費得到了一次靈能大保健吧。雖然他們失去了覺醒者的力量，但是比起普通人也是幸運了幾分。可是，有些人就是比較執著於力量。」

富友嘆口氣：「他們覺得在靈能時代，只有成為靈能者才算是跟上時代的步伐，才能過上人上人的好日子。他們明明有機會成為靈能者，卻和這種機會擦肩而過，自然是不甘心的。不甘心的不光是這些人，還有那些完全不可能成為靈能者的普通人、富豪，甚至是權貴們。這些人集合在一起，有錢的提供錢，有權的提供權，有技術的提供技術，就形成了讓各個國家都頭痛的混亂組織。

這些組織的重點就是研究如何讓普通人成為靈能者，當然還有所有關於靈能者的研究。比起各個國家官方溫和的研究派，他們瘋狂且無所顧慮。偏偏，因為絕大多數的人都想要成為靈能者，這些組織總是無法完全剿滅乾淨，很讓人頭痛。

順帶說一句，基本上各國警衛隊重點關注的對象，就是這些從混亂組織裡出來的各種惡意犯罪者，而這個蝴蝶女就是國內『黑童』組織的人。她在滬城已經利用她的能力，抓走了三個低等級靈能覺醒者了，這次要不是隊長的箭快，恐怕又要讓她跑了。反正接下來應該能夠通過她，找到『黑童』的一個據點，希望被抓走的那三個靈能者不會有太糟糕的結果吧。」

風鳴第一次聽到這些內部消息，一時間感覺訊息量巨大，然後他抓到了重點：

「等等，之前你不是說這個蝴蝶女覺醒失敗了嗎？她怎麼還能長出翅膀？她……該不會自己也參與了實驗研究？」

旁邊的花千萬就冷聲道：「當然，在她身上我感受到了非常濃郁、讓人作嘔的血腥味，甚至還有恐懼和憤怒的味道。雖然我們不清楚她到底是怎麼二次覺醒成功的，但是她一定是用非常殘忍邪惡的手段。不過，她自己也不好受就是了。看看她現在的那副樣子吧，滿臉的疤不說還瘦得跟鬼一樣，連我的頭髮都比不上！」

風鳴下意識地看了一眼花千萬的頭髮，嗯，順滑粉亮，確實好看，就是……娘了一點。

「所以啊，小鳴你回去龍城之後一定要小心一點，千萬別被壞人盯上了。我們隊長已經跟剛剛那幾位研究員說過了，讓他們不要把你是神話系靈能者的消息告訴別人，墨子一號也已經修改了你的檢測結果，就是天鵝系，嗯，總比家鵝好一點吧？

畢竟你雖然可能只能再活三個月，但也算是混亂組織裡最容易能抓到的『神話傳說系』覺醒者，而且你還非常幸運地度過了一次靈能暴動，研究價值大過天了。不管從哪方面來說，你都要好好保護好自己才行。」

風鳴有些意外地看了一眼已經在吃最後一塊排骨的后熠，這個人完全看不出來是那種細心周到的性格啊。

后熠看到風鳴的注視，又特別噁心地對他眨了一眼，然後風鳴聽到後面傳來了幾個基地女研究員的興奮尖叫聲。

「……」

真的，要不是你這張臉，你都不知道被人打死多少次了，就因為當街耍流氓。

「好的，多謝花哥，我知道了。」風鳴開口：「那我暫時就先、呃，先裝成大天鵝吧。」

誰能想到呢，靈能暴走一次，翅膀長大了三倍，他還得是個鵝系。

吃完這頓晚飯，風鳴就要坐車回龍城了。堂哥已經打好幾通電話來問他情況，並且表示他爸媽明天要繼續送他們上學，看看他的身體情況。

風鳴想到自己的西方天使翅膀，也就接受了好意，剛好明天能夠問問大伯他家有沒有西方人的血統。

而在進車站的前幾秒，風鳴感受了一下自己已經很大的小翅膀，想到這對翅膀死命地往雷雲裡飛的瘋狂模樣，突然問送他來的花千萬和林包：

「花哥，靈能者靈力暴動的時候，還能保留自己的意識嗎？」

花千萬揚眉：「當然不可能了。暴動是靈能在體內互相吞噬、排斥的力量，是非常痛苦的，就算是美男魚隊，喔，就是池隊啦，他也只撐了一分鐘就吃下洗靈果，才渡過一劫的。有什麼問題嗎？」

風鳴搖搖頭：「沒有，我就是沒有之前飛起來的記憶了，想想就頭痛才問的。」

花千萬就笑：「那是正常的，也是幸運的，快走吧！有什麼事就直接打電話，花哥看你順眼，為你空出時間喔！」

風鳴笑了起來。轉過身之後，他才無法掩飾自己疑惑震驚的眼神。

不太對啊，他靈能暴動時，基本上從頭到尾都是清醒的啊。

風鳴坐在車上想了一整路，都沒有想出個什麼所以然。他最後只能把自己的清醒歸功於他可能天賦異稟，又或者是穿越者大軍的福利，再或者是神奇的太極讓他體內的能量陰陽相和了等等，反正他自己想不出來，就只能腦洞大開了。

但這應該算是好事？花哥說很多靈能暴動的人都死於無意識的自毀行為，而如果在靈能暴動的時候留有一絲清明，他或許就能夠控制自己，挺過暴動，就像……這次一樣。

想通這點後，風鳴心中輕鬆了不少，或許他能成為活得最長的混合靈能者呢，但還是要為下一次靈能暴動做準備，他決定回龍城之後，就去龍城靈能者基地買一瓶「弱化藥劑」，在他下一次靈能暴動的時候喝下去，看看效果。

不過一想到弱化藥劑的價錢，風鳴就心肝痛。一瓶藥劑就賣十萬，真是太貴太貴了啊！雖然因為材料稀少，這已經是官方成本價了，但他還是有點承受不來。

他的存款不算房子就只有十一萬，只夠買一瓶弱化藥劑。而作為龍城西區警衛隊的實習隊員，他不能領正式隊員的工資，每個月只有兩萬塊人民幣，要存半年才能買一瓶弱化藥劑。也就是說，如果他半年內靈能暴動兩次，可能就直接負資產，要賣房子了。

風鳴不想賣房子。

「所以，還是要打工賺錢啊。」

風鳴嘆了一口氣，作為神話系的覺醒者，混到他這個地步總覺得有點淒涼，他都有點想出國去西方當國寶了。

他剛剛才在靈能者官網上查過，現在西方有教廷的那些國家裡，還沒有一個覺醒成大天使的靈能者呢，倒是有聖騎士和血族的覺醒者。前者渾身冒聖光，後者背後揹著兩個像大蝙蝠的翅膀，都不如他雪白的翅膀好看。

風鳴正想著，忽然感覺到自己的翅膀被人摸了一下，他非常敏感地轉頭，就看到一個圓圓臉圓圓眼的小女生正在用特別崇拜羨慕的眼神看著他：「大哥哥，你是天使嗎？」

風鳴：「……」

他很艱難地微笑：「不，大哥哥是天鵝覺醒者喔。」

小女生瞪大了眼睛：「就是啄人特別痛的大白鵝嗎？」

風鳴：「不，是飛得特別高的大天鵝。」

然後小女孩似懂非懂地點點頭，最後總結：「哥哥，你的翅膀好漂亮啊！以後囡囡也要長翅膀！！」

風鳴就笑著揉了揉小女生的腦袋，「好啊，那妳要多多吃飯，多多鍛煉身體喔。」

小女孩靦腆地笑了。

風鳴聽了一路小女孩的媽媽和她說天鵝的知識，十分微妙。

出了車站之後，風鳴意外地看到了大伯一家，或許是覺醒的緣故，他的視力和聽力都有大大增加。顯然風勃也是如此，所以也一眼看到了他。

風大伯母手裡還提著一個保溫盒，上車之後就塞給他，怕他餓到。

「怎麼突然就飛上天跑到滬市了？這麼遠的路，你是怎麼過去的？有了翅膀就亂飛了？」

風鳴失笑，算是接受了大伯母這不太順耳的關心：「就是當時有點太激動，然後腦子一熱就飛了。後來碰到了上次來救我們的那幾位大哥，他們帶我去做了檢查，說是靈能爆發。這也算是因禍得福吧，原本需要兩個月才能長好的翅膀，現在一個月估計就能長好了。」

風大伯和大伯母當然也發現了侄子背後的翅膀長大了很多，現在它已經能夠完全覆蓋風鳴的脊背了。收攏起來的時候也很好看，張開的話肯定更顯眼。

風勃忍不住露出了羨慕的眼神。

今天風鳴飛出去之後，他們全班都愣了很久，然後班導師鹿邑懊惱地打了電話給校長，就講了一節「靈能量操控課」。在講課時，鹿邑提到了「靈能爆發」和「靈能暴動」這兩種截然不同的概念，前者就像是武學上的頓悟，爆發之後靈能大漲，是每個靈能者都想遇到的事情。而後者就比較危險了，暴動表示體內的靈能不純並且相互排斥，一個弄不好就是爆體而亡或者失去意識的結局。

他之前還擔心堂弟是靈能暴動呢，結果現在堂弟竟然是靈能爆發，真好啊。

「噯，你這樣省了多少事，我的翅膀在學校的檢測器做了檢測，估計要七十天之後才能完全長好。」風勃開口，不過他又像是想到了什麼得意的事情一樣，看了風鳴一眼：「老班已經告訴我了，就算我雙手到最後羽化沒辦法拿筷子，但是只要我掌控好靈能的變化，就可以短時間把羽翅變成雙手吃飯！所以，你別想從我這裡賺到兩塊錢了！」

風鳴聞言嘴角一抽，他在開玩笑，這傢伙也這麼當真，可見風勃這小子多小氣。

然後大伯母又看著風鳴的翅膀，神來一句：「不過小鳴，你這翅膀長這麼大了，回去怎麼睡覺啊？躺著睡不會壓到翅膀嗎？得趴著睡吧，那不會壓到你的小弟弟嗎？」

這靈魂三連問，問得風鳴整個人都不好了，他深覺大伯母就是個神人，迅速轉移話題：

「大伯，我去檢測了一下，機器判定我是天鵝系覺醒，不過體內有一定的西方血脈。我就奇怪了，我們家不是都是地地道道的中國人嗎？西方血脈是怎麼回事啊？我們家以前的祖輩裡有外國人？」

風大伯聽到大侄子被判定是天鵝系，而不是大鵝系就滿高興的，不過他還沒開口說話，大伯母就又驚訝地拍了一下大腿。

「哎呦，難不成以前弟妹說的是真的？我還以為她在胡說呢！」

風鳴和風勃齊齊看向風大伯母，後者非常得意地挺起胸：

「你媽之前跟我炫耀，說她身上有八國血統，是八國混血公主。還說你奶奶那一輩甚至是英國、法國或者義大利？反正就是算得上是西方一個地方的皇室貴族血脈。

哎呦，當時我聽了笑得要死，就她那樣算是八國混血？她長得哪有半點外國人的樣子，我就說她要是八國混血，我就是十六區域混血，她就笑得說不下去了。不過，之後有一次我倒是見過你外祖母，那位女士確實是個優雅，有些異域風貌的美人。就是有點早去世，你從來沒見過。估計你媽應該確實是有外國血統的，她倒是沒說錯。」

大伯母說著，就又看了一眼風鳴背後的大白翅膀，忽然福靈心至：「你後背的兩個翅膀要是再長大一點，倒是不像天鵝，更像外國那些天使鳥人什麼的。」

風鳴只能微笑。

大伯母又摸了摸下巴，看著自己的兒子：「會不會是因為你有西方的血統，所以才後背長翅膀啊？要是這樣，早知道我也和外國人結婚了，這樣小勃的翅膀或許也會長在背後，多好看啊！」

風大伯的臉色一下子變得十分精彩，風勃看了一眼他爸，趕緊道：「媽，我覺得雙手變翅膀滿好的！至少睡覺的時候我不會壓到啊！」

「說得也是！」

風鳴：「……」媽的，老子要下車！！

第二天早上，風鳴到學校，就收到了同學們的一致歡迎和關懷。

果然，靈能一班的氣氛就像班導師鹿邑後來說的那樣子，大家都是毛茸茸，相親相愛的一家人。尤其圖途、熊霸和楊伯勞三個，還特別認真地向風鳴道了歉，要不是他們三個想試試風鳴的小翅膀，之後風鳴也不會飛上天，雖然是他們三個被追著打，而風鳴是靈能爆發不是暴動，但他們還是覺得心有餘悸。

風鳴看著站在自己面前的大中小三個人，最後還是十分大度地原諒了他們，然後知道了他們三個人是靈能一班最大的棘手三劍客，棕熊、北極兔以及伯勞鳥三種靈能覺醒者。

嗯，和他們的外型很相像。

之後風鳴又被這三個人帶去認識了班上的其他同學，整個班將近一百個同學，超過B級的高等級靈能覺醒者也只有十三個，大都是森林蟒、棕熊、犀牛這類猛獸系。其他的則都是比較溫和，靈能等級C以下的覺醒者，可見高等級靈能覺醒者還是很稀有。

不過值得一提的是圖途和楊伯勞，按理說，北極兔和伯勞鳥都是溫和中小型的靈能覺醒，但這兩個人就彷彿是小動物中的變異體，一覺醒就是B^+級，而且圖途覺醒時還直接靈能爆發，變成了比棕熊還大的巨大長腿北極兔，生生撞毀了三個臨街店鋪才被控制住，所以這小子現在比風鳴還慘，欠債五十萬。

圖途一邊啃著雕花胡蘿蔔一邊拍桌：「這能怪我嗎？啊？是我想撞他們房子的嗎？當時連我自己都控制不住我自己，我已經努力讓自己不去撞有人的店鋪了，我盡力了好嗎！結果竟然還讓我還款一百萬！！鑒於我是初覺醒，幫我減了一半的賠款，我真是謝謝他們全家啊！偏偏我爸媽還說我是個成年兔子了，讓我自己欠的債自己還，氣死我了，我現在每天放學之後都得去送夜間外送打工，我多慘啊！

我窮得只能吃起胡蘿蔔了！現在我作夢都想要一個白富美包養我，結果，熊大竟然還說我長得太離奇，不可能被包養！！」

圖途越說越激動，眼眶都有點泛紅：「大長腿有什麼不好！我去應徵主播賣萌，他們竟然說只能把我分到獵奇項目！呸！！老子才不受這種侮辱！！」

風鳴看著激動的圖途，忽然對他產生了同是天涯淪落人的難友感。

「對，我們不受這種侮辱。咳，我問一下，你那個夜間外送的打工賺錢嗎？在招飛行類的員工嗎？」

現在我也缺錢啊！

第四章　大翅膀進化

因為不打不相識，即將欠債的風鳴和已經欠債的圖途產生了心心相惜的革命友情。

圖途沒有什麼猶豫，直接答應要幫風鳴介紹他那個夜間外送的工作了。

「噯，風鳴，你也缺錢嗎？要是缺錢，你跟我一起做這個滿好的，我們靈能者送外送，每一單都比普通的外送小哥貴上五塊。有些單子還會特別要求靈能者幫他們送，會額外附加十到五十不等的指名費。所以別看一個晚上從七點到十二點就五個小時，速度快的靈能者賺的可比普通外送小哥一天賺的多呢。」

圖途眼疾手快地從熊霸的盤子裡搶了一塊蜜汁烤肉，塞進嘴裡，又看了看風鳴收攏在後背的中型白翅膀：

「你要是去幫他們送外送，應該會更賺錢吧，主要是你的外形特別拉風，估計會有不少大款指名你送外送。而且，還有一種特殊的單子也非常需要你這號人才，我只能送六樓以下的這種外送單。」

風鳴揚揚眉毛：「什麼特殊的單子？」

那邊風勃忽然靈光一現：「大半夜想吃外送又不能讓父母發現，就讓快送小哥放在門口，不要出聲的那種？」

圖途的兔子眼笑得彎了起來，一臉同道中人的表情：「鴉兄弟，看來你深有感觸嘛！」

風鳴盯著風勃，風勃咳了一聲，轉頭看天花板。

他可是正在長身體的時候，偶爾熬夜還是會想要吃點什麼嘛，但是他媽咬定了外送都不是什麼健康衛生的食物，尤其是晚上吃東西違背養生學，就明令禁止他晚上點外送。但是，他還是明知故犯了好幾回，慘痛的是幾乎每次領外送都被他媽逮個正著。

都是淚啊。

風鳴就明白了：「所以，我可以飛到他們的玻璃窗前，遞外送給他們？我的翅膀是這樣大材小用的嗎！」

圖途直接拍了一下他的肩膀，頭上的耳朵動了動：「就問你要不要賺錢吧？」

一句話戳到了窮鬼的弱點。

至少，他要先湊夠兩瓶弱化藥劑才行，不然活著都覺得不保險。

「……那他們必須給我更高的工資。」

圖途咧嘴笑了，「當然！不行的話，你要追著他們啄都可以！靈能者利益不能被侵犯！」

等平安上完了下午的靈能課，風鳴在鹿邑老師帶著一點小虧心的特別照顧之下，差點累成了狗。風鳴十分不能理解這位看起來又高又斯文，實際上是個冷血大魔王的老師想法——越看重你、喜愛你或者虧欠你，就越往死裡鍛煉你？要不是他最後吃了一顆鹿邑老師給的，聞起來十分香甜甚至帶著絲絲靈氣的果子，他晚上恐怕都沒力氣去打工了。

而那個靈果，據圖途說至少值五千塊錢。

「老班肯定也覺得對不起你啦。畢竟你昨天那一飛，在全校都出名了，你看現在有好多人都在偷偷看你後背的大翅膀呢。不過這也算是因禍得福啦，之前除了我們三個，二班的植物系、三班的其他工具系的幾個麻煩人物都想和你比一把，誰讓你之前的小翅膀和鵝系太有意思了。」圖途笑嘻嘻。「不過現在他們已經打消這個想法了。能夠靈能爆發的人，即便是鵝系也絕對不容小覷，更何況……」

楊伯勞在旁邊搖頭：「更何況我們三個都被追著打了，其他人在沒有制空或者降速的條件下，都不會是你的對手，都是被大鵝追著啄的結局啊。」

偽裝成大白鵝的風嗚：「……」這時候真的想說我不是鵝，是天使啊！！

「我之前在滬城那邊又檢查了一下，其實不是大白鵝系的，而是天鵝系的。」

熊霸完全不在意，大手一揮：「都是鵝系嘛！」

楊伯勞補充：「據說天鵝啄人更痛，而且飛得更高。怪不得你飛走了。」

風嗚：「……」算了，跟他們說不清。「我跟圖途是要去打工的，你們三個幹嘛也跟著我們啊？」

熊霸和楊伯勞就一臉自來熟：「打過架以後，我們就是兄弟了，兄弟去打工，我們當然要去幫忙撐場子啦！」

風勃欲言又止：「我得去看看你打工的環境怎麼樣，總不能讓你被人騙了或者壓榨勞力，好歹是一家人。」

其實他更想問風鳴哪裡缺錢了，他家裡雖然不是大富大貴，但是這幾年也有一百多萬的存款，對，就是他媽之前為了騙走風鳴家的房子，而喪心病狂存的錢。現在他媽在家拍板不買堂弟的房子了，轉手用一百萬買了個小戶型給他，剩下的五十萬還沒用呢。如果風鳴需要，他們家肯定能拿出來。

不過，風鳴應該是看出了他的想法，他下午好幾次都想開口說錢的事，都被風鳴岔開話題了，他就知道這位堂弟並不想靠別人生存。

但他還有一點想不通，堂弟現在已經戴上警衛隊的銀色腕錶了，臨時工的工資每月兩萬，他怎麼還缺錢呢？風勃就想到一些電視電影上播的「孤兒沒有父母誤入歧途！」、「孤兒被騙子騙得傾家蕩產！」等情節，決定一定要看著他堂弟，免得真的出問題。

風鳴看出了風勃的好意，只能翻個白眼：「閉上你的烏鴉嘴吧，我肯定不會被騙的。」

風勃也翻白眼：「你那啄人的鴨子嘴能比我好多少！」

這是風家兄弟互相嫌棄的日常。

不過，圖途說的話還是很可靠的，當這個夜間外送團「夜貓子」的西區負責人看到風鳴背後的翅膀，第一眼就激動到搓手了。

「這位大長腿的帥氣小哥哥！你是不是來我們這裡應徵的？天啊，我們『夜貓子』西區終於也有飛行類的外送小哥了！！基礎外送費我給你一單十塊錢！額外指名費最低三十，最高無上限！保底一個月一萬塊，有獎金加成還有人身保險，你覺得怎麼樣？有什麼其他要求還能再提喔！天使小哥哥你相信我，你來我們這裡工作有天然的優勢，絕對能讓你輕鬆賺大錢！」

風鳴看著他的樣子，莫名想到了西區警衛隊的泰南隊長。所以，西區是有多缺飛行類靈能者？他忽然看向楊伯勞，主要是他之前才發現這個人手腕上竟然也有和他一樣的銀色警衛隊聯絡錶。

楊伯勞接收到他的眼神，頂著黑眼圈笑了笑：「你好啊同事，我是南區警衛隊的實習在編隊員，畢業以後就會直接進入南區警衛隊了。」

風鳴了然，就說泰南怎麼樣也不會放過任何飛行類的靈能者才對。

既然待遇從優，上司也非常熱情，風鳴在說明自己有緊急情況時會請假，負責人也同意之後，他就正式成為了一位……夜貓子外送小哥。

他在手機上下載了夜貓子外送ＡＰＰ之後，打開首頁竟然就看到占據了首頁頭條的一個消息──

『熱烈慶祝龍城夜貓子外送再添強大助力！鵝系靈能者風鳴入駐！！』

點開這個頭條，裡面不出意外有一張剛才負責人用十級濾鏡幫他拍的全身照。就他的臉和翅膀，再加上氣勢，真像個純潔無瑕的大天使啊。

如果沒有旁邊的「優雅天鵝靈能者」幾個大字的話。

風鳴沉默了，所以就避不開鵝系這個詞了是吧？好吧！

然後就是照片下面即時滾動的用戶留言。

『啊啊啊啊！小哥哥好帥好帥好帥！還有禁欲的感覺！我要指名他！！』

『一直在想西區夜貓子怎麼能沒有飛行類的靈能者小哥，現在一來就是大天鵝，真棒！』

『喜大普奔啊！我已經打開窗戶默默下單了！這樣我媽就不會發現我偷吃了！！』

『十分鐘內，我要這個小哥哥的全部資料！』

『翅膀給摸嗎？雖然小了一點，但還是超美的啊！一百塊錢摸一次可以嗎？雖然是天鵝系，可是好像天使啊！我從小的夢想就是嫁給一位天使！』

風鳴默默退出了這條訊息。

然後他開了接單後臺，就發現在「靈能者外送」這個特別選項當中，已經刷出了幾十條外送單子了，而且有十幾條都是指名要他送的。

其中最不缺錢的那個土豪買家，竟然給了一百塊的指名費，這位不缺錢的姊姊點了……最大份的麻辣香鍋。備註是：**『感謝天使小哥哥！坐月子憋了我一個月！我住十九樓，家人嚴防死守，不讓我吃辣，湖南人快瘋啦！求一份微辣鍋，感激不盡！』**

風鳴失笑搖頭，接了單。

第一單送出十分順利，風鳴忍不住慶幸自己是晚上兼職送外送，只要飛高一點就不會被人發現。要是在白天，肯定會有很多人看到他。

當他飛到十九樓的窗邊，輕輕敲了敲那位土豪姊的窗戶時，等在窗邊的少婦就露出了無比夢幻的表情。

「天啊……老公！媽！我看到了活的天使啊！！」

而住在十八樓，在自己臥室直播的一個小網紅突然發現她的直播螢幕上彈幕炸裂。

『我靠！！！』

『我靠，剛剛一閃而過的那個影子是我眼瞎了嗎？』

『啊啊啊天使！！』

『我靠活的鳥人啊啊啊啊！』

『主播，快看妳樓上！！有個大活人揮著翅膀，從月中而來啊啊啊！』

小網紅一臉呆滯，然後她快速拿著手機，推開窗戶往頭頂上一看，正好和送完外送的風鳴低頭的視線對上。

少年後背的一雙潔白翅膀張開，淩空而立，映在月光下的目光清澈而深邃，他唇角微揚，對發現他的小網紅點點頭，轉身而去，就像是夢中最美的畫面。

彈幕炸了。

「啊！我戀愛了！」小網紅一把捂住了胸口。

她喊出了所有人的心聲。

風鳴上了熱搜，他還是第二天早上上學的時候被圖途和熊霸告知的。

熱搜的話題是「我和天使戀愛了」。

只不過是一小段風鳴在月光下低頭微笑，然後轉身離開的短片，發布的當天晚上就衝上了熱搜榜，第二天發酵後闖入前十。

§

而熱搜榜的前九名裡，都是已經名聲大噪的靈能者的相關話題消息。

有北方玄武組隊長胡霸天又破獲了一起大型靈能犯罪者狩獵野生動物的消息、西方白虎組零傷亡，找到一個製造販賣毒品窩點的消息，還有某個迎春花靈能者為了求婚，把周圍所有的樹木都變成迎春花的消息等等。

不過排在熱搜第一的，還是南方朱雀組隊長——池霄在海中獵殺鯊魚靈能者逃犯的影片和照片。

風鳴點開了這個熱搜，就看到一位有著深藍魚尾的「鮫人」手中握著三叉戟，在初曦的晨光中從海面一躍而起的照片，哪怕這個「鮫人」因為迎著初生的日光而無法看清他的容貌，但是驚心動魄的力量和美感沒有減少半分。

無論是誰見到了這樣的照片，都會被它深深吸引。

風鳴顯然也不能免俗，直愣愣地看著照片好一會兒，才忍不住感嘆：「這照片絕了。」

然後主動搬座位，坐到風鳴和風勃前面的圖途就迅速扭過頭：「那當然了，每次只要是有關這位朱雀組隊長的影片和照片，必然能夠登上熱搜榜首，基本上沒人能撼動他的榜首地位。而且你知道嗎？池霄隊長的粉絲有四個億，不是四百萬也不是四千萬，是四個億啊！

據說就因為池霄隊長的存在，許多人都搬到南部沿海生活了，就為了能偶遇池霄隊長。嘖嘖，所以說這年頭，什麼都不如臉長得好看啊！」

圖途說著，就看著風鳴的臉嘖嘖了兩聲，伸手拍了拍同學的肩膀：「同學，我看好你的臉和翅膀啊。你看你被拍到一次就能進入熱搜前十，實在非常有潛力！日後要是有哪個大公司找你拍廣告，或者你一不小心成了粉絲超過八位數的靈能者網紅的時候，請一定不要忘了小弟啊！好歹我們都是一起在外送團打工的危難兄弟！」

風鳴對他翻了一個白眼。

然後旁邊他堂哥忽然伸出手機到他面前：「你的熱搜排名又漲了。不過，嗯，漲的方式有點奇怪。」

風鳴低頭一看，他從原來的熱搜第十，瞬間跳到了熱搜第三。

熱搜的話題是「海天日月」？這是什麼鬼？

仔細一看，這裡面是他在月空中低頭的照片和池霄隊長在晨曦海洋裡抬頭的照片，兩張照片被巧妙地拼合在一起，看起來彷彿就像是他們隔著黑夜白天、天空和海洋對視一般。照片十分唯美，留言全都是「啊啊啊我死了」一類的尖叫。

風鳴只看了一眼就想抽嘴角。看來不管是哪個世界，純愛大軍永遠存在。不過話說回來，因為靈氣異變，國家對結婚對象的性別限制也都解除了，現在限制最嚴格的就是跨物種結婚。

圖途就在旁邊哈哈笑：「嗚啊，你要是真的能夠勾搭上池隊長，那就是嫁入豪門啦！」

風鳴翻了個白眼：「閉嘴吧，鳥和魚是不會有好結果的。這是悲劇劇本，我不會參加的。」

他剛說完這句話，一直沒有吭聲的熊霸突然激動地拍了一下桌子，差點就把桌子拍碎了。

「喔喔喔！后熠隊長空降熱搜啊！快看快看！！」

風鳴聽到后熠的名字，心中微微一動。他拿出手機繼續看靈網平臺，果然看到這個國內最大的交流平臺熱搜排名又變了。

青龍組的隊長后熠，憑著千里之外的一箭，射殺了東海章魚靈能者，幾乎是隔了一座城的距離拯救了一所小學的學生，驚人的箭術登上了熱搜榜榜首。

他在暴風驟雨之中一箭劃破長空的照片，開始被迷妹們瘋狂舔屏。

風鳴看著那張在烏雲密布、電閃雷鳴之下，那個人手握金色巨大的長弓，眉眼深沉專注的側臉，一時間有些怔愣。他實在沒有辦法把這個英俊強大到讓人無法直視的男人和前兩次見到的傢伙聯繫在一起。

只能說，看人不能看表面啊。

不過這樣一來，熱搜就變成了「后熠射魚！」、「晨曦鮫殺！」以及「海天日月」。

風鳴看著因為蹭了池隊長的熱度而衝到第三位的自己，莫名有點羞恥。

結果，他刷新了一下手機螢幕，熱搜第三就換了！變成了「困羽之箭」。

風鳴：什麼東西？？

風鳴看著這個空降到第三的熱搜，一打開，就看到了差點閃瞎他的眼睛，他本人和后羿的合成圖。

那是后羿舉弓，風鳴低頭的合成圖。他還是那張月下照片，而后隊長則是一張帶著志在必得的笑容射箭的圖，也是在晴朗的夜空下。

風鳴想到了第一次見面差點被射死的畫面，覺得脖子好痛，然後他發現所有的一切都來自於某個傢伙的一句話。

『鳥和魚是不會有好結果的。但是箭和鳥滿配的不是嗎？畢竟，飛到哪裡我都能把他打下來。』

然後就有了那個熱搜。再然後，箭鳥情緣和海天日月的CP粉、青龍隊長和朱雀隊長的腦殘粉在網路上以他為中心，進行了無比慘烈的靈網戰鬥。風鳴只能慶幸，他的基本資料被靈網保護著，任何人都不能透過靈網肉搜他。

但是，已經有很多人透過夜貓子APP找到了他的基本資訊，他怕是真的要出名了。

風鳴在圖途一臉「你這個禍隊妖姬」的表情下，牙疼地關了手機。

鳥和魚是不會有好結果的，但是，鳥和箭就更不會有好結果了！當個單身狗不好嗎？天空之大，哪裡不好飛呢！

風鳴沒再理會靈網上的「戰鬥」，但在下課的時候，也敏銳地發現到注視自己翅膀的目光和人更多了。這個時候，他就十分想要把後背的翅膀藏起來，可惜，雖然翅膀長成後是可以收回體內的，但在長成之前他藏不起來，只能讓人看了。

而他背後的半大翅膀似乎也感受到了他的焦躁，不怎麼高興地拍了拍，彷彿在嫌棄那些注視的眼光。

「啊！他的翅膀動了！好可愛！！」

「對啊對啊，我好想摸一把！」

風鳴面無表情地去上廁所，後背的半大翅膀也沒感情地收攏起來。

到了晚上，去兼職外送小哥的時候，風鳴發現指名他送外送的單子突然暴增，數量加起來高達五百六十五單，就算他一個晚上把翅膀飛斷了，也不可能完成這麼多訂單，因此只能就近開始接單，反正這些單子長時間等不到接單的話，應該就會自動取消。他再怎麼樣也比不過美食的魅力啊。

然而，他還是小瞧了靈網熱搜的力量。在接下來的一個多小時裡，指名他送外送的單子數量不但沒有減少，反而在穩定上升中，他還收到了來自隔壁縣城的單子，人家給了指名費一千塊，就讓他送一盒小蛋糕過去。

風鳴：「……這種有錢的土豪真是太招人恨了。」

他當然不會接這個要飛上幾百公里的單子，還是按照就近的原則接單。夜晚的龍城繁華而熱鬧，從高樓中穿梭而過，看著下方的燈火長龍會有一種微妙的奇幻之感。

風鳴很喜歡且享受這種感覺，他一人在空中靜謐而自由，無論速度快慢、高低都沒有人能夠約束他，彷彿整個夜空都是獨屬於他的。

然而，刺耳的尖叫聲陡然在耳邊響起，差點讓風鳴沒控制好翅膀，直接從半空中栽下去。

『嘎嘎！！！救命救命！』

『嘎嘎！那個奇怪的雜種鳥人又來了！』

『嘎嘎嘎！大家團結起來，啄死他，啄死他！』

『不行！嘎——烏十九被吃掉啦！！嘎嘎！！救命！快點去叫那個鵜人救命！！』

風鳴聽著耳邊烏鴉的嘎嘎叫聲，看到瞬間飛到他面前拍著翅膀求救的十幾隻黑豆眼的烏鴉們，差點被牠們聒噪得炸了腦袋。

他用手按了按頭：「閉嘴！」

面前的十幾隻烏鴉們齊齊閉嘴。

「幹什麼？什麼醜八怪雜種鳥人？在哪裡？」

烏鴉們震驚地張大了鳥嘴。

『嘎！！！烏老大，這個白鳥人聽得懂我們的話！！！』

『嘎嘎！閉嘴，別耽誤時間，那個醜八怪鳥人追來啦！』

『鵝人！我作為龍城西區烏鴉族的老大，誠懇地請求你幫助我們度過這次難關，之後必有重謝！』

風鳴聽著眼前這隻頭頂一撮小白毛、體型最大的烏鴉的話，饒是已經聽了好幾天的鳥語還是有點反應不過來。

不過，很快他就無法想這麼多了。

他看到了在夜色中俯衝而上，那個有著黑色腐爛的翅膀，眼神猙獰、滿臉血汙的人。

四目相對的瞬間，風鳴再一次感受到了讓人從心底發寒的極致殺意。

「殺了你……」

「殺了你、殺了你、吃了你！」

「咯咯……吃了你！！」

烏鴉們已經在瞬間散了個乾淨。

風鳴：「……靠。」天下烏鴉一般黑！！！

風鳴沒辦法像那群烏鴉們一樣拍拍翅膀就跑，他目標太大，已經被鎖定了。他在烏鴉們飛離的時候就已經嘗試著往相反的方向飛，結果被那個滿臉血汙腐爛的鳥人緊緊地追著。

顯然，比起那群黑黢黢的烏鴉們，腐爛的傢伙覺得吃了他更補。而且，讓風鳴覺得危險的是，就算跟在他背後的鳥人翅膀腐爛了大半，他的速度竟然和自己有得拚。要知道他的飛行速度在靈能者學校裡是已經認證的最快，身後這個人竟然能夠追著他不放，他的速度至少也是九十以上。

在快速飛了幾分鐘後，風鳴決定不能再這樣飛下去。他縱然可以再加快速度逃離這個人，但他現在是西區警衛隊的實習隊員，怎麼樣也不能放任這麼一個理智全失，弄不好就會大開殺戒的靈能者殺入熱鬧的人群裡，否則後果怕是不堪設想。

好在他們現在的位置在西區近郊，再往前一些就是西區體育館，夜晚的體育館空曠安靜，就算是打架也能把損失減到最小。所以風鳴後背的翅膀在空中微微轉變方向搧了搧，就往前面的體育館而去。

同時，他按下了手腕上的腕錶預警，把這個消息告知了南隊。雖然南隊他們從警衛隊趕過來至少要半個小時的時間，但風鳴覺得，半個小時的時間，他還是可以拖的。

打架什麼的，他從來沒怕過。雖然在空中打架還是第一次，但是他相信自己的小翅膀！

風鳴的小翅膀彷彿感受到了他心中湧起的戰意，又開始有些激動地拍了拍，以至於風鳴在空中的飛行軌跡直接變成S型，讓飛在他身後的那個鳥人也傻愣愣地飛了S型。

風鳴剛剛還覺得自己那樣有點傻，轉過頭一看，就覺得他的智商還是不錯的。

此時，他胸前還揹著可愛的貓頭保溫背包，裡面放著至少三位顧客點的宵夜，還有他今天剛買的一小瓶弱化藥劑，以及一把和他們老班鹿邑同款，只多了一個尖銳的合金箭頭的合金教鞭。

在那個黑色鳥人俯衝過來的時候，風鳴手速飛快地打開了胸前的貓頭背包，一碗地獄辣的麻辣燙被他暴力開蓋，直接潑向這個已經伸出可怕黑色利爪的鳥類靈能者。

那個黑色翅膀的靈能者似乎對這一碗麻辣燙非常不屑，他的速度沒有半點減弱，反而更加快了一些，而風鳴也沒有閒著，在潑完麻辣燙之後，他手中已經多了一把合金加長教鞭，他把教鞭拉長，猶如一根細長的金屬棍橫在胸前，叮叮兩聲脆響，那個黑翅靈能者的鳥爪就直接打在了合金教鞭上。

風鳴在空中倒飛了兩公尺，才堪堪擋住了這個人的攻擊。

風鳴的臉色不變，心裡卻非常震驚。即便他剛剛用了太極中卸力的方法，也差點沒握住手中的合金教鞭，由此可見這個人的力量有多大。

風鳴忍不住在腦海中想速度極快、力量又大的鳥類。可是那樣的鳥類靈能者，又怎麼可能在西區偏僻的地方吃烏鴉呢？

風鳴百思不得其解，但戰鬥還在繼續。

讓風鳴忍不住勾起嘴角的是，在一擊不成之後，這個黑翅靈能者顯然又想進行第二次俯衝攻擊，然而他的翅膀忽然開始輕微地抖動了幾下，速度也忽然慢了下來。

風鳴見狀，眼中露出得逞的笑容。

你以為那只是一碗麻辣燙嗎？不，那是地獄辣的麻辣燙！是可以作為毒藥使用的化學武器啊！

在黑翅靈能者抖翅膀的時候，風鳴背後的小翅膀精神抖擻地拍了起來，他的速度又快了一個檔次，直接拿著帶著箭頭的教鞭衝了過去，攻擊的點就是這個靈能者雙翅中轉彎的骨關節，只要打碎了那個地方，這傢伙就算是損失了三分之一的戰鬥力。

風鳴的速度非常快，幾乎片刻就到了那個黑翅靈能者的面前，眼看著他手中的教鞭長棍就要狠狠地砸在那腐爛了一半的翅膀中間，這個靈能者眼中忽然閃過猩紅殘忍的光。

那眼神一閃而過，風鳴卻本能地感到了危險，那是讓他忍不住又想炸毛的感覺！

瞬間，風鳴後背的翅膀狂長，潔白的羽翅伴著紛落的白羽舒展而開，並狠狠地向前一搧，帶起一陣狂風，連帶著他本人迅速後退。

而就在風鳴後退的同時，他前面的黑翅靈能者口中忽然噴出了密密麻麻的飛蟲類生物，那些小生物在空中迎風而長，漸漸地露出了牠們凶殘的面貌——那竟然是一隻隻金黃中帶著墨色的蝗蟲！

這些蝗蟲長相猙獰，頭部的口器中外露著閃著黑色寒光的獠牙，而那六對足上也長滿了倒勾，顯然要是被這些蝗蟲黏上，必然會被牠們狠狠地吸食血肉。

哪怕風鳴已經反應非常快了，他的手臂上也被飛得最快的四五隻蝗蟲勾住，狠狠地咬了幾口，風鳴眼角跳著，用最快的速度拍死了這幾隻蝗蟲，但牠們足上的倒刺還是嵌在了他的手臂裡。

好在這些蝗蟲似乎因為見風長而透支了生命力，那些沒有沾到風鳴身上的蝗蟲們在空中飛舞了一會兒，就一個個僵硬著翅膀墜落了下去。

這個時候，風鳴就只能慶幸他的翅膀反應太快了，不然被那至少幾百隻蝗蟲撲到身上，他不死也得脫層皮。而且下方就是體育場的草地，他也不用擔心那些蝗蟲們落到人群裡，再啃咬人的血肉什麼的。

這個時候，風鳴和那黑翅的靈能者對峙著。風鳴看到對方盯著自己後背翅膀的眼神越加熾熱瘋狂，彷彿那是什麼絕世大補丸似的。風鳴也在心中斷定這個人絕對不是普通的靈能者。他很有可能是那個混亂組織「黑童」的一員。

畢竟再怎麼厲害的靈能者，他也不可能一邊搧著翅膀，一邊從嘴裡噴出一堆蝗蟲啊！！

再想想那群烏鴉們說的「雜種醜八怪」，風鳴都不敢細想這傢伙體內到底有多少種靈能異變。

但是，顯然他極度的危險，絕對不能輕視。

於是在接下來的幾分鐘裡，風鳴和這個黑翅靈能者就僵持了起來。

風鳴是想把時間拖延到南隊他們過來，而對面的那個靈能者似乎也在拖延時間，只是不知道他在等什麼。

這個時候，風鳴聽到了蹲在不遠處體育場的頂棚上那幾隻烏鴉的叫聲。

這群烏鴉好像從剛剛開始就在叫了，只不過他沒有仔細去聽牠們的話。

『嘎嘎嘎！！別在這裡耽誤時間啊，鵝人！！快跑啊，你有危險啦！』

『嘎嘎！這個傢伙什麼都吃！西區最聰明的燕子已經被他吃掉啦！！原本那隻燕子是跑

得最快的，可是被他的蝗蟲咬了一口就暈過去啦！！』

『他一直在進化嘎！剛開始見到他的時候，他的翅膀全都爛啦！』

風鳴在這群烏鴉的叫聲中敏銳地把握到了重點，臉色驟然一變。

這個人吐出來的蝗蟲有毒？

他剛想到這點，就感到一陣眩暈，而對面那個一直都沒有說話的靈能者終於嘶啞著嗓音開口：

「蝗母的毒蝗之毒是你現在解不了的，認命吧……吃了你之後，我就能再多撐幾個月的時間了，說不定還能夠再度進化呢哈哈哈！」

風鳴的翅膀開始在空中晃晃悠悠地飛，顯然被那幾隻蝗蟲咬的毒已經開始在他體內蔓延開來了。

而這個時候，時間只不過才過去了十分鐘而已，他彷彿等不到南隊他們過來了。

「嘖，死在這傢伙手裡也太丟人了。」

他還沒看看自己長大了的大翅膀，還沒有看今天晚上賺到的工資，還沒有走上人生巔峰，甚至還沒好好地報復那個箭人呢，怎麼能在這個時候委屈地死了！

忽然，天空中陡然劃過一道紫色的閃電，頃刻間照亮了漆黑的夜空，並把它一分為二。隨之而來的是沉悶而轟鳴的雷聲，風鳴聽著這道雷聲，看著頭頂上方漸漸密布的烏雲，感受著那漸漸溢滿整個天地的風和雷的力量，抿了抿唇。

他再次感受到了背後小翅膀突然間興奮又激動的渴望。

風鳴抬頭看天。

腦袋的眩暈越來越厲害，最後他忽然轉身，對那個黑翅的靈能者比了個中指。

「傻子！有本事來追我啊！！」

說完，他便像是利箭一樣，直衝入電閃雷鳴的雲霄。

風鳴往密布著閃電的雷雲衝去，他背後的白色羽翅雖然振動得不頻繁，速度卻越來越快。

而黑翅靈能者吳燕來自然不可能看著自己即將到嘴的鴨子飛掉，在風鳴轉身飛逃之後，他也毫不猶豫地搧著雙翅追了上去。他體內融合了燕子和烏鴉兩種鳥類的血脈靈能，因此擁有燕子的速度和烏鴉的腐食吞食性，也正是因為他擁有烏鴉的腐食吞食性，他才能夠在那樣可怕的實驗當中存活下來，成為「黑童」之一。

他只要不停地吞噬、吸取其他相近鳥類靈能者的靈能，或者異變的燕子和烏鴉類的血肉，就能夠中和他體內那兩種異變的力量，不會讓他靈能暴動、理智盡失或者爆體而亡。

他之所以來到龍城，就是因為知道龍城這邊出現了一個烏鴉系和鵜系的覺醒者。那個鵜系的先不說，但烏鴉系的那個靈能者他勢在必得。只要能夠吞噬掉那個烏鴉系靈能者的靈能，壯大他體內異變烏鴉的血脈，他或許就可以徹底吞噬掉燕子的血脈異變，最終成為完整的烏鴉系靈能者。這怎麼說都比冒著生命危險，千辛萬苦地去靈能祕境找「洗靈果」來得安全且快速。

吳燕來原本打算這兩天就行動的，卻沒想到體內的靈能又忽然互相排斥起來，兩種力量在他的經脈和骨骼當中瘋狂地攻擊排斥著對方，以至於他的雙手和雙腿都開始因為這樣的排異暴動而變得鮮血淋漓，甚至是腐爛。所以，他只能白天咬牙撐著，夜晚就瘋狂地尋找一些有覺醒跡象的燕子和烏鴉吞食。

眼見今天晚上只要吞食那一群疑似覺醒異變的烏鴉就能徹底恢復了，卻沒想到會遇上那個鵜系的風鳴。

吳燕來原本以為鵜系的風鳴和自己不是同一個血脈覺醒，他應該用不上他的力量。但讓他震驚的是，在看到風鳴背後羽翅的第一眼，他就知道他之前的想法大錯特錯。他看到風鳴，便從骨子裡的血液裡騰升出一種渴望！滿腦子都在叫囂著吃了他！只要能夠吃掉這個人、吸收吞噬他體內的靈能，他不光能夠洗掉另一條弱小的異變血脈，他甚至還能夠進化！！

在最初的震驚和瘋狂之後，恢復理智的吳燕來才開始思考，他隱隱覺得，這個叫風鳴的鵜系異變覺醒者或許並不是單純的鵜系。

而這個猜測在風鳴後背的雙翅陡然爆長，幾乎完美地躲掉了他的必殺攻擊「飛蝗吞噬」之後更加篤定。

普通的鵜系根本不可能有這樣的力量和速度！比起什麼家鵜天鵜一類的，吳燕來看著幾乎已經飛到雷雲下面的風鳴，雙眼中露出狂熱之色：「神話系！大天使！！」

吳燕來幾乎在心中狂喜，他有多麼幸運，才會遇到一個還沒有完全長成的神話系覺醒者！這是多麼千載難逢的一個機會！若是神話系的靈能者長成，他一定調頭就走，絕不敢肖想半分。但一個剛覺醒不到半個月的神話系，有什麼好怕的呢？

「哈哈……哈哈哈哈……」

吳燕來已經忍不住愉快地笑出聲了，他馬上就能吞噬掉神話系的靈能者了！

吳燕來在下面瘋狂地笑著，風鳴在上面聽著他的笑聲，起了一身的雞皮疙瘩。

此時，他已經有些看不清眼前的景象了，體內的蝗蟲毒素讓他很難再掮動翅膀向上，此時那密布著閃電的雷雲似乎已經觸手可及。只是比起他和雷雲的距離，在他身後的吳燕來與他的距離卻更近一些，屬於吳燕來的巨大利爪已經要鉗住風鳴後背的雙翅。

而後，從這片雷雲之中驟然打出一道紫色閃電，生生砸在了風鳴的翅膀上！

三秒後，轟鳴之聲大起，震耳欲聾。

風鳴先是被如手臂粗的閃電狠狠劈在翅膀上，渾身僵硬的時候耳朵又差點被可怕的雷鳴聲震聾，連大腦都有數秒的空白，一時間不知道「我是誰？我在哪裡？我在幹嘛？」。

他想像中的被雷劈的疼痛感倒是沒有多少，就只感到翅膀被劈了一下有點疼，渾身像是過了電，但又不是會死人的高壓電的酸爽。

甚至在被這道雷劈了之後，除了他覺得自己的頭髮全炸起來了之外，其他的地方竟然都沒什麼問題。就連之前讓他渾身難以動彈的蝗蟲毒素似乎都……被消失了一點？？？

風鳴有點不懂，怎麼樣也沒想到被雷劈之後的結果會是這樣的。

然後他才感到身後翅膀的疼痛，那是被鷹鳥類的勾爪抓住的疼痛感，他這才意識到剛剛被雷劈的時候，那個黑翅膀的靈能者似乎已經抓住他了。

風鳴頓了一下。

所以他們兩個是同時被雷劈了嗎？他剛剛在聽到雷聲的時候，好像還聽到了人的慘叫聲？

風鳴還不由自主地浮在雷雲之下思考，緊接著頭頂的雷雲閃電就像是發現了什麼特別招它劈的東西，紫色的電光圍繞著雷雲轉了一圈之後，也就是一秒不到的時間，它們就開始像是九天玄雷一樣，開始瘋狂地對風鳴劈了下來！

短短瞬息，風鳴又挨了兩道雷劈。

「我靠！」

「啊！」

「我靠我靠！！」

「啊——！！」

那種不致死卻特別酸爽的感覺就像是無數細長的牛毛針紮在身上，讓風鳴控制不住地大喊出聲。

但比他喊得更大聲的，是風鳴背後那抓著他的吳燕來。

甚至，吳燕來的聲音已經不能叫做喊了，那像是淒厲的哀嚎、聲音裡夾雜著無比的痛苦和不可置信。伴隨著這樣的聲音，風鳴感到那抓著他的，像是鐵鉤一樣的爪子鬆開了。

風鳴下意識地轉身，因為被雷劈得全身麻痹，他的動作非常艱難，不過當他看到身後那個被雷劈得渾身皮膚焦黑、手臂上的羽翅和身上的衣服已經燃燒起來的吳燕來的時候，瞬間就感到一種劫後餘生的幸運和……驚悚。

這個人竟然被劈成了這副德行！眼看著就要被雷劈死了啊！！

甚至風鳴都沒時間想更多，就看著這個黑翅膀、現在全身都焦黑的傢伙在無比怨毒的眼神中直愣愣地往下墜。顯然他現在依然渾身麻痹著，完全無法行動分毫，而他們頭頂那團巨大、幾乎覆蓋了大半個龍城的雷雲雨團還在不要錢似的放著電，一道又一道地劈在風鳴和吳燕來的身上。

彷彿在大聲怒吼，大自然的威力你不要小看！

吳燕來徹底被劈了下去，後果最好的就是有個全屍，但在幾千公尺的高空中落下去、渾身又麻痹著沒辦法行動，估計是肉餅或者肉渣的結局了。

這樣一對比，雖然還在持續不斷地被雷劈，但好歹翅膀還能時不時地搧動一下，維持他的凌空。雖然頭髮越炸越厲害，像個海膽，但接連挨了十幾道雷之後，他反而適應了那種酸爽的感覺，能夠行動四肢的風鳴真是好太多了。

他忍不住在心中小小地鬆了口氣。還好他的小翅膀，喔不，現在應該是大翅膀，感覺沒有騙他，就算被雷劈了也沒死。不然現在掉下去成為肉餅的人，就不只是那個黑翅的靈能者一個了。

但現在的情況也沒好到哪裡去——他想控制翅膀飛離這片雷雨雲，卻發現他完全無法控制自己的翅膀，他那雙已經長大的翅膀長大了，也更任性了，就死死地貼在雷雲下面，完全不挪窩，彷彿那能讓人瞬間心臟麻痹死亡的恐怖雷電是什麼大補之物似的。而他，就像個人形行動電源？

在挨第二十？或者三十道雷劈的時候，風鳴胸前的夜貓子外送小背包著火了，他心疼地扔掉小背包前，看著裡面還沒送到的炸雞全家桶沉思了片刻，開始掀開蓋子，自己啃雞翅雞腿。反正現在也跑不了，那就不如先吃點東西吧。

在挨第四十道雷的時候，風鳴的衣服和褲子也都著火了，風鳴嘴裡叼著雞腿，俐落地把衣服和褲子都脫了，然後繼續一邊挨雷劈，一邊淋雨吃雞腿思考人生。

他現在思考的是，這雷雨雲什麼時候能散，他後背的大翅膀什麼時候能充完電，總不至於到第二天早上他還在天上吧？那樣的話要是有人抬頭看天，他不得尷尬死？最重要的是，他現在想尿尿了。

風鳴：「……」

可惡喔。

在風鳴沉痛地思考人生的時候，龍城西區警衛隊的隊長和隊員們站在西區體育場中央，看著那從天空中被砸得四分五裂，還電得黑焦的靈能者一臉驚悚。

泰南隊長抹了一把落在臉上的雨水，抬頭看天，覺得他真是太他媽難了。

而和他一樣抬頭看天，或者說抬頭看閃電的龍城市民們一邊瞇著眼看閃電，一邊在靈網的龍城區域板塊中發言。

『我靠！龍城的道友們快點幫我看看天空！我彷彿看到有個道友在渡劫？』

『今日電閃雷鳴、大雨傾盆，小僧掐指一算必定有人在渡劫，而且彷彿是個鳥人。』

『我靠我靠我靠我靠，我真的看到雷雲下面好像有人啊啊啊啊！這是突然覺醒的雷系靈能者嗎？』

風鳴身上的手機早就因為雨水和雷電的關係報廢了，不然，他一定能夠刷一下靈網，淡定地幫他們拍張自拍照，表示渡劫的不是雷系靈能者，而是他這個天使。

然後，吃完了最後一根雞翅的風鳴有點不自在地轉了一下身。

奇怪，從剛剛開始就覺得好像有誰在看他。錯覺吧？幾千公尺的高空，還電閃雷鳴地下著雨，誰能隔這麼遠看到他啊？

——盛城某別墅頂樓。

花千萬看著從剛剛就一直站在屋頂看著龍城那邊雷雲的自家隊長，一頭霧水：

「隊長你怎麼回事？什麼時候這麼喜歡看閃電了？你都盯著看了半個小時吧？還準備看多久啊？」

后熠聞言嘴角一勾，那雙漆黑的眼瞳此時微微泛著金色的光。

「唔，難得美景，看到最後吧。」

花千萬十分不理解自家隊長又要什麼蠢。不過，讓他覺得驚悚的是，他家隊長真的從晚上十一點多就坐在頂樓陽臺上，喝著啤酒、面帶迷之微笑，看著龍城那邊的閃電到大半夜。以至於他半夜起來上廁所的時候都差點忍不住要撥打一一九，之後才想到他自己其實就是個靈能治療者，可以幫隊長治治腦子。

結果他剛伸出手幫隊長把脈，就看到后熠露出布滿血絲的雙眼，差點讓他嚇到尿出來。

「我靠！隊長你的眼睛是怎麼回事？自從你上次從S級靈能祕境回來，還沒見過你這樣用眼睛啊！龍城那邊的閃電是出了什麼事嗎？讓你這麼……上火？」

花千萬臉色突然變得扭曲，他不可置信地再次捏了捏后熠的脈，下一秒氣到一頭粉毛都炸開了。

「我靠，你這個老流氓！你一整晚不睡覺，都在妄想什麼，怎麼能把自己憋得渾身氣血翻騰，邪火不下？你是不是又在用你的眼睛偷看小樹林裡的祕密？你怎麼能這麼流氓！你知不知道你這副嘴臉要是被你的粉絲們知道，她們一個個都會自插雙眼啊！！！」

后熠低低地笑了兩聲，聲音還帶著莫名的沙啞，整個人看起來都有點邪氣，卻魅力驚人：「她們不會，應該會紅著臉偷偷看我吧。」

「……」花千萬氣得頭髮都掉了一大把。「滾吧，老流氓，總有一天你會被打的。」

花千萬非常崩潰地離開了。

這個時候，同樣雙眼布滿血絲的風鳴更加崩潰。他從昨天晚上十一點多已經被雷劈了三個小時，他現在整個人都是傻的，還渾身瑟瑟發抖。

他記得有一句古詩怎麼說來著？高處不勝寒啊。

就算現在已經開春了，但是在數千公尺的高空待這麼久，還被雨淋雷劈，就算他的身體素質已經被靈氣強化了不少，現在也真的快撐不下去了。

「快、快凍死老子了……哈、哈啾！」

風鳴緊緊抱著自己的手臂，恨不得蜷縮成一團，然後又一道閃電劈到他身上。風鳴現在已經完全適應了被雷劈的感覺，就是抖了一下，就過去了。

「不、不行，再這麼下去會死的。」

風鳴深吸了口氣。現在他渾身上下唯一完好的，除了自己的身體和警衛隊的腕錶之外，就只剩下手裡拿著的那個水晶試管了。那是風鳴今天買到的弱化藥劑。他在思考如果喝了弱化藥劑，翅膀會不會就不吸雷了？

只是在他把弱化藥劑放到嘴邊的時候，又頓住了。十萬塊不是這樣浪費的！不就是停止充電嗎？翅膀是他自己的，他憑什麼控制不了！

風鳴在這一瞬間發了狠，不管他現在到底是什麼情況，不管他的翅膀到底是怎麼回事，無論是靈能爆發還是靈能暴動，既然是他的東西，那就必須要聽他的！！如果連自己都不能控制自己，他不就和那些被混雜的靈能控制的惡徒一樣了？

風鳴閉上雙眼，開始輕輕吐納運氣。他的意識再次內視自己的身體，感受著身體中每一分每一毫的力量，然後再一次被拖入了彷彿黑洞的力量漩渦之中，身體驟然緊繃。

一直注視著他的后熠忽然輕輕地咦了一聲。

風鳴後背的羽翅上開始緩緩流過一層淡紫色的光，這道光芒初始忽明忽暗，在一片雷雲當中並不明顯突兀。但很快，他翅膀上的紫色光芒越加耀眼起來，從原本一片翅膀上閃爍著紫色流光，到最後，幾乎每根白色羽毛上都閃動著如閃電一樣跳躍的紫色光芒，幾乎成了雷雲之中最亮的紫色雷光。

而後，原本在空中一動不動的風鳴猛地渾身一震，之前那對不受他控制，已經暴長到三公尺多的雙翅陡然張開到極致，在下一道閃電即將劈到他身上的時候，被風鳴的翅膀瞬間揮開，打了個粉碎，或者說在頃刻間，那道閃電就已經被他的雙翅吸收了。

至此，在雷雲之下的風鳴終於重新收回了自己對翅膀的控制權，這個時候他的翅膀就像兩片紫色的閃光雷雲，在漆黑的夜空中無比炫目。

這炫目的光讓一直注視著他的后熠都下意識地閉上眼，等他適應過後再睜開雙眼的時候，瞳孔驟縮。

他看到了原本只給他看光溜溜屁股的小鳥兒已經轉過身來，正坦蕩蕩地在雷雲之下、雙眼如鷹一般銳利地和他對視，然後冷笑著對他比了個摳瞎雙眼的手勢。

「老流氓，等老子打死你。」他說。

從來不幹偷窺別人裸體的事，第一次做就被當事人發現的后隊長難得覺得臉疼。

他想解釋一下，其實他會一直關注著他，也是怕他在那裡出了什麼事，萬一他不小心掉下去了，他能第一時間打電話給泰南，讓他們接應不是嗎？也不是完全在偷看嘛……

但那個翅膀已經長成的小鳥兒做出摳眼的動作之後，直接揮著翅膀從雨幕中俯衝下去了，顯然非常記仇。

「唉……」后隊長嘆氣：「我也是好意陪了你一整晚，怎麼能光是記仇呢？」

他說完又自己笑了起來，摸了摸有些發熱的耳朵：「身材真不錯。屁股渾圓還有四塊小腹肌，皮膚也很白。」

正俯衝往下飛的風鳴渾身抖了一下，然後磨著牙繼續「問候」那個表面狂霸跩帥，背地是老流氓的青龍組隊長。

他決定了，從今天開始他就是青龍組隊長的黑粉，聽說青龍組隊長和朱雀組隊長不怎麼合得來，那他就是池霄隊長的粉絲了！

風鳴這樣想著，已經能看到下方漆黑的體育場了。他無比慶幸現在還是晚上，還下著雨，他可以偷偷飛下去之後等南隊他們過來。不然如果是大白天的，他或許就要選擇飛到一個人跡罕至的山林裡，自製樹葉當衣服等人了。

這時候就得感嘆靈能者商品的品質了，他現在渾身上下的衣服都沒有了，但手腕上的腕錶被電了那麼多次，還好好的，能聯絡、能傳訊息呢！

風鳴原本想到了體育場之後坐在板凳上躲雨，再傳訊息給隊長，結果遠遠就看到了下方在

黑夜大雨中撐著棚子，打著信號燈望天的他家隊長和隊員大哥們。

顯然這些人已經在這裡等了他一夜，這讓風鳴心中無比溫暖。

他咧開嘴笑了笑，即便渾身疲憊，還是揮手跟南隊他們打招呼。

結果，南隊第一時間就轉頭對他的隊員們大吼：「快給老子轉身！那小子現在在裸奔呢，你們一個個成年人都別耍流氓！」

隊員們一個個都嘻嘻哈哈地大笑了起來。

「隊長，都是男人，有什麼看不了的啊！他有的我們都有，不是嗎？哈哈哈。」

「對啊，我還比他大呢，都不稀罕跟他那小屁孩比大小！」

「不對不對，風鳴比我們多了一對翅膀呢！哎呦，他翅膀變大了啊，這下肯定是我們龍城飛得最快的啦，哈哈哈！」

風鳴：「……」

雖說這群傢伙說的都對，但是，怎麼就覺得他們這麼欠揍呢？

最後，不講究的隊員們還是被南隊罵回棚子裡了。風鳴落地之後，十分自然地用自己的大翅膀裹住身上的重點部位往這邊走，然後剛剛還讓他覺得很溫暖的隊員大哥們又一陣捶地爆笑。

「不行，笑死我了！他走路的架勢讓我想到了那張暴走的老鷹，哈哈哈哈，大長腿！」

「不不不，很像是老母雞夾著翅膀、縮脖子的樣子啊！」

「翅膀還能這樣用，冬天肯定不會冷啊，就怕夏天熱。」

風鳴黑著臉，穿上了南隊遞過來的新衣服，之後瞬間張開大翅膀，對還在笑的隊員們呵呵一笑。

隊員們：「……」呃，突然笑不出來。

風鳴像戰鬥大天鵝一樣，追著李樹、劉躍進和蒼志豪打了十多分鐘，直接把這三個人追打成了原形，抱頭求饒。

等打完了，風鳴才靠在李樹的樹幹上說了他今天晚上遇到的事，不過沒說烏鴉們的求救。

泰南點點頭：「我知道了。我們剛剛已經檢驗了一下那傢伙的DNA，確認他確實是黑童組織的靈能者通緝犯之一。危險等級是A級，你能從他手下逃命也是好運了。不過，你怎麼在空中待了那麼久？那片雷雲把外面遮得嚴嚴實實，我們覺得你在裡面，但用望遠鏡也看不到，就只能在外面等了。你沒事吧？」

風鳴想到被雷劈的三個小時，抽了抽嘴角。

「沒有什麼大事，就是被雷劈了，然後渾身麻痹動不了，在雷雲裡也飛不出去，就耽誤到現在。」

另一邊，變成倉鼠蹲在劉躍進這隻橘貓身上的蒼志豪就笑起來：「你被雷劈了，竟然沒被劈死？小子，你厲害啊，你看看你現在有翅膀，還不怕雷劈，要不然再去檢查血脈異變吧？說不定你也不是天鵝系，而是雷震子呢，哈哈哈？」

風鳴露出了假笑。

說真的，現在他也一頭霧水。西方天使有哪個是揮著翅膀吸收閃電的？雷霆大天使？？還是他又變異了啊？

心累。

風鳴在淩晨四點的時候總算回到了家，原本想要直接沖個澡就睡覺，卻在路過穿衣鏡的時候停了下來，他微微側身看著自己後背已經長成的大翅膀。

純白、沒有一絲雜色的羽毛緊密地排列在一起，按照由小到大的順序，帶著一種整齊的美感。它已經不是之前只有巴掌大的小可愛了，即便是收攏的時候，羽翅前端的羽毛也會微微垂落在地上，而它張開的時候，就像兩把純白華麗的大羽扇，幾乎占據了半個客廳。即便是靜止著，也讓人感到震撼。

風鳴看著自己張開的大翅膀，想了想，微微前後搧動。

呼——

客廳中憑空出現一股風，風力不大，卻吹動了窗簾和窗邊的綠蘿葉子。

風鳴忍不住感嘆了一把：「這樣子還真拉風，像極了西方鳥人啊。」

然後他看到手臂上還有飛蝗的咬痕，臉上露出幾分疑惑和思考。

他把潔白的大翅膀攏到身前，像抱了兩個巨大的抱枕一樣摸了摸：「今晚多虧了你，不然不是被毒死吃掉就是被雷劈死，哪一個結局都滿慘的。」

大翅膀感受到了風鳴的撫摸，再次像是成了精似的，特別高興地抖動了兩下，風鳴又摸了兩下，它又抖了抖。

風鳴覺得有意思，又摸了兩下，然後……潔白的大翅膀上忽然迸發出細小的電花，特別激動地把風鳴和自己電了個爽。

差點被閃電劈出後遺症的風鳴：「我靠！」

風鳴再次感受到被電的酸爽滋味，整個人都有點不好了，他迅速放開了摸翅膀的手，開始陷入人生的思考。

他的翅膀難道真的是個大型行動電源？充了電還能放電？

不是，西方那邊的神話裡，有哪個天使的翅膀是能充電和放電的啊？墨子一號真的沒有檢測錯誤的話，他現在連自己都懷疑自己是雷震子的後代了！

然而，風鳴打開電腦查了二十多分鐘都沒有查到西方放電大天使的資料，再想想這個世界本來就很不科學，沒有的都能變異出來，以前記載的什麼也不能全部相信。

想那麼多幹嘛，反正，翅膀長成了，還很厲害的樣子，就當作是件好事了。

風鳴雙眼一亮，翅膀長成了，應該就可以收起來了！他終於不用每天晚上趴著睡覺了啊！天知道這半個月來，他每晚的睡眠品質比以前差了多少，如今可以把大翅膀收回體內，他終於可以躺著睡覺了！！

然後風鳴就開始努力控制自己的翅膀力量。

如何控制體內的靈能異變，是靈能者入學資料裡的第二課。他已經學到了，想來應該很容易就……

半小時之後，風鳴黑著臉，拖著冒著小電花的大翅膀去洗澡。

媽的，太累了，精神不濟，明天他再收拾這不聽話的翅膀！！

嘖，明天打電話問問楊伯勞，鳥類的翅膀是不是和貓的尾巴一樣，和身體都不是同一種生物。風鳴從他的翅膀很小的時候就發現大白不怎麼聽話。

風鳴要開淋浴頭，黑著臉拍了一把翅膀：「把電花給我收回去，不知道水能導電嗎？電死我對你有什麼好處！」

他說著，控制著體內的靈力，後背的翅膀微動，電花消失。

好不容易洗完了澡，風鳴實在沒力氣去管他暫時收不回去的大翅膀了，拖著彷彿天然防水防塵的大翅膀直接撲到床上，睡了過去。

風鳴後背的白色翅膀微微動了動，把風鳴整個人完整地蓋好才安靜下來。而後，晨曦的微光悄悄透過窗戶，照在合攏著的羽翅上，羽翅閃過絲絲流光，下一秒，便逸散成了銀色和紫色的靈能光點，沒入了風鳴的體內。

取而代之的，是風鳴背上陡然多出來的銀紫色羽翅印記，以及那個印記下面幾乎微不可查的兩個小包。

晨曦的光芒繼續向上，掃過少年的臉頰、眉眼和有些淩亂的黑髮，最後才依依不捨地升高離開。

風鳴醒來之後，就發現自己的睡姿不對。

他竟然從原來的趴床睡著，變成了正正經經的吸血鬼躺！

他猛地坐起身來，伸手往後背一摸，果然已經摸不到那對比他還高的大白翅膀了！他從床上蹦下來，跑到穿衣鏡前，果然看到了正常人的自己！

「哈哈哈！我的老天……」

風鳴還來不及激動完，後背的大翅膀瞬間就像雄鷹展翅，冒了出來還抖了抖，風鳴臉上的笑容瞬間僵硬。此刻最慶幸的是還好他沒穿上衣，不然又多了一堆破布。

之後，風鳴整個下午都在鍛煉收回翅膀和控制翅膀、釋放雷電的方法。他休息夠了，腦子也回來了，覺得他的翅膀不可能有自己的思想，所有的表現都是他沒有控制好靈能的緣故。

所幸到了下午四五點的時候，他已經可以成功地控制自己的大白翅膀收放了，不過他情緒激動的時候，似乎就會忍不住冒出翅膀，但這應該就和人覺得恐懼的時候會忍不住冒雞皮疙瘩和炸毛一樣，你也不能說雞皮疙瘩和頭髮有自己的想法，對不對？

他也明顯地感受到體內多了一股屬於雷霆的力量，想必之後可以作為殺手鐧用。

風鳴很高興，最高興的是他不用穿大伯母幫他買的，後背有兩個大洞的衣服上街了。剛好這個時間可以出去囤點貨，順帶吃個晚飯以及……

重新買個手機。風鳴嘆氣。

一個晚上就廢掉一台手機，他得打電話給南隊問問有沒有什麼防雷手機或者防雷背包、防雷衣服的裝備，他實在是承受不了被雷劈一次的經濟損失。

國家應該有這方面的研究成果才對，聽說朱雀組的副隊長雷戈就是雷系自然系靈能者，這位要是沒特殊裝備，豈不是每次用電都得廢掉一身。不過，也不知道這位雷副隊要不要充電？

風鳴用最快的速度補辦了電話卡，而且存了話費，得到一支兩千塊左右的智慧手機。開機之後，各種訊息一條條地冒出來。

風鳴先看的是夜貓子西區經理和班導師的訊息。他們表示南隊已經跟他們說了他的情況，允許他休息兩天再上班、上學。西區經理還特別貼心地跟他說有一筆五千塊的人身保險，已經匯給他了。

風鳴感嘆了一下這個時代保險公司的效率，然後打開了靈能一班五劍客聊天群組。群組裡的聊天記錄是四個人先依序標註他，然後又一一問候他平安。風勃表示課程筆記他都記了，還邀請他晚上去他家吃飯，他媽燉了老母雞湯。

圖途和熊霸則是在十分興奮地聊著隔壁班新來的轉學生大美人，問風鳴對美人的審美。而楊伯勞是私訊他，問他昨晚是不是遇上了混亂組織的人。

風鳴先婉拒了堂哥的邀請，他對大伯母的中藥味雞湯實在是敬謝不敏，小時候喝過一次，簡直終身難忘。然後跳過了花痴的圖途和熊霸，回覆了楊伯勞一些不算洩密的消息，順帶還問了一下翅膀不聽話的原因，得到了和他想得差不多的結論。

楊伯勞：很多靈能者在覺醒初期都有無法控制自己靈能力量的情況，圖途那傢伙剛來的時候沒事就拍腳，跑著跑著就跳起來了，熊霸也是一激動手就會變成熊爪，拿個杯子都能把杯子捏到變形，所以這是正常情況。

楊伯勞：體內靈能越強大的人越難以控制靈力，你只要多多練習就行了，不用想太多。

風鳴看著訊息點了點頭，回覆了一個咧嘴笑表情。

這時候也已經到了超市，他打算收起手機大採購一番，耳邊就忽然響起了烏鴉的嘎嘎聲。

風鳴頓住了腳步。

超市周圍的人們驚奇地發現天空那邊飛來了一群烏鴉，少說也有一兩百隻的樣子。牠們成群結隊地飛到超市旁邊的電線杆上，烏壓壓的，幾乎占滿了電線，一個比一個叫得還開心，彷彿在開集會。

普通人聽不懂烏鴉的話，一個個驚奇地拿出手機拍攝這個奇景。還有少年笑嘻嘻地說烏鴉成群結隊是不祥的預兆，然後就被十幾隻烏鴉一個個飛過頭頂，天降鳥屎砸了一身，叫罵著跑遠了。

而聽得懂鳥語的風鳴抽了抽嘴角，轉身往沒人的小巷走。

『嘎嘎嘎！鵝人！還記得我們嗎？我們是龍城西區的烏鴉嘎！』

『鴉三，你不要亂說話，你不能喊他鵝人，從此以後要喊他恩人，或者老大知道嗎？鴉大說了，是他殺掉了那個雜交的醜鳥人，解決了我們西區鳥族的大患，滴水之恩當湧泉相報，救命之恩的話，我們以後就都是恩人的小弟啦！』

那個頭最圓最大，腦袋上還有一搓白毛的烏鴉鴉大飛到了風鳴的肩膀上站好，然後一邊嘎嘎一邊用翅膀拍著胸脯。

『恩人放心，從此以後，你就是我們西區鳥類的老大了。在龍城西區，除了那一群傻得要死的喜鵲和只知道吃的白鴿之外，所有鳥兒都會賣我鴉大一個面子。要是有什麼跑腿或者監視的小事老大抽不開身，只要老大你說一聲，我們西區烏鴉都會隨叫隨到噠嘎！』

風鳴咧了咧嘴：「然後讓你們一看不對勁，就全跑了？」

鴉大嘎了一聲，有點小心虛，不過很快又挺了挺胸脯：『老大，我們能活到現在，成為西區最大的鳥類族群，除了特別聰明之外，最重要的還有一點，你知道是什麼嗎？』

風鳴揚眉：「什麼？」

『打不過就跑，不多管閒事嘎！』

鴉大嘎嘎叫了兩聲，『反派死於話多，好奇心害死鳥。能打的時候不多說直接圍毆，打不過就跑，找機會反咬一口，這就是烏鴉們的生存之道嘎！』

風鳴聽到最後，竟然覺得這群烏鴉簡直比大部分人都還聰明，忍不住伸手摸了一下鴉大的白毛：「你是烏鴉裡的老大，也異變覺醒了嗎？」

小說注目新書

戏1938

風花雪悅

21年11月出版

悅細膩揪心的民初文代表作

繪製絕美封面，上下集同步推出

忍辱負重大漢奸

「以後我陪著你」的時候，

記》。

演到那圓滿終幕的鏡合釵圓？

典型戀人養成法

作者：OUKU

即將於2021年11月出版

Love板人氣作者OUKU商業出道作！

窗內不聚焦》知名漫畫家MN跨刀封面繪製

障脫線總裁╳奮力一搏健氣小演員

一覺醒來，誤以為自己和小鮮肉演員林澈睡過了。

下(？)只好將錯就錯，

錯誤百出的關係就此開始——

晚除了吐，跟吐，還有吐以外，其他什麼都沒做！」

投資一定有風險

作者：本生燈

即將於2022年2月出版

★創作社團「凱薩」作者本生燈超人氣代表作

★跨海邀請日本繪者尾賀トモ繪製精美封面

★作者傾力全新修訂，收錄全新撰寫獨家番外篇

李恕謙好意收留待業的舊識學弟何馨憶。

兩個男人同住屋簷下，總會發生些什麼……？

「投資一定有風險，你是想流落街頭還是想愛上我？」

更多新書訊息請上三日月書版IG

鴉大想了一會兒，嘎了一聲：『隔了很遠也能聯繫算不算？一開始只是我和鴉三能這樣，但是這次殺鳥事件之後，鴉二、鴉六和鴉九也可以遠遠地在腦海裡說話啦。其他的就沒有什麼變化啦，可惜這種變化不厲害嘎。』

風鳴微微一頓，這是族群內心靈相通的技能嗎？這種異變還算不厲害，那什麼才厲害？想想看，這幾乎是最隱蔽且可怕的監視和傳遞消息大軍了。

風鳴摸了摸鴉大的腦袋：

「這已經很厲害了，怪不得你們是西區鳥類的老大。或許我真的有需要你們的時候，那到時候要怎麼找你們呢？」

鴉大對於這樣的回答顯然非常高興，搧了搧翅膀。

『嘎嘎！不用你找，我們知道你家和學校在哪裡，每天會派一個小弟跟著你噠！有什麼事你喊一聲就行啦，恩人！以後我們就是互惠互助的一大家子，爭取幹掉北區的那一群鴉，統治整個龍城！』

風鳴禮貌地微笑。看不出來，這個鴉大還是個有野心的開創者鴉啊。

心滿意足地吃了一頓不被人注目的火鍋，採購了一大批零食和泡麵、蔬菜水果，風鳴就在家好好休息了兩天。

第三天上學，當他跟正常人一樣出現在班上的時候，風勃、熊霸還有圖途他們都露出了驚喜的表情，而坐在風鳴後面的張飛龍則是一臉不可置信。

「老天，風鳴，你的翅膀竟然長好了？這才多久的時間啊，你的翅膀是吃了激素還是打了雞血？別跟我說你又靈能爆發了，這麼好的事怎麼讓你連續碰上兩次！」圖途最先喊出聲來。

風鳴就想到他可怕的靈能暴動和被雷劈，露出假笑：「要是羨慕的話，你也可以哪裡危險就往哪裡去，生死關頭之下，不是爆發就是掛，肯定得選一個不是。」

圖途瞇起眼，彷彿有點意動，不過很快就被楊伯勞打了。「別作死。」

圖途翻了個白眼。

風勃有些羨慕地看了一眼自家堂弟，然後從抽屜裡拿出一個保溫盒，在風鳴震驚的眼神中無奈道：「我媽要我特地帶給你的，老母雞湯。」

風鳴：「……」這種關愛真的是消受不起啊，就不能回到從前嗎？

就在風鳴瞪著那個飯盒，思考之後要怎麼偷偷把盒子裡的雞湯解決掉的時候，原本還有些熱鬧的教室忽然安靜了下來。風鳴發現包括他同桌堂哥、後桌張飛龍、斜後桌熊霸在內，班上的大部分男同學忽然間坐直了身子，安靜下來，齊齊用一種彷彿陷入了初戀的純情眼神看向門口。

風鳴：「？？？」

風鳴抬眼看去，忽然感覺到鼻尖泛起一陣幽香，他怔愣了一下，片刻後倒抽一口涼氣。

這個女生太漂亮了吧？什麼花精變的？

第五章　奇蹟與二翅膀

風鳴昨天沒有上學的時候，就透過劍客群組知道靈能二班轉來了一位新同學。圖途和熊霸兩個人在群組裡刷了一百多條關於那位新同學長相和魅力的討論。

不過，風鳴因為不感興趣，所以直接跳過了他們的對話內容。

這年頭長得好看的人多得是，或許是靈氣滋潤的，就算是普通人皮膚狀態也好了不少。再加上一些靈能者的異變覺醒，基本上覺醒後的靈能者就沒有特別醜的——

圖途完全是萌系小奶狗（會狂暴），楊伯勞就是眼鏡菁英帥學霸，哪怕是熊霸，也是個特別有金剛、喔，不是，是陽剛氣概的男子。他堂哥差了點，但也算是中人之姿。

而班上的那些女生們，從清純到嫵媚妖嬈再到可愛靈動，實在是各個種類都有，完全滿足了班上男生的大部分幻想。

就連他自己多了翅膀，照鏡子的時候都覺得自己彷彿有神棍的氣質，頭上戴個髮圈，就可以去騙人了。光是氣質就不知道甩了其他人多少條街，臉就更不用說了，所以美人有什麼好稀奇的呢？

然而，當風鳴看到那個從教室門口走進來的大美人的時候，他真是被打臉了。

這真是個大美女，她有一張和靈網評選出來的十大最美靈能美女不相上下的美麗臉龐。

這位美人肌膚白皙光滑，一頭金色的波浪捲髮看起來魅惑動人，眉毛細長像是彎月，眼波在流轉之間彷彿帶著鉤子，彷彿只看你一眼就會把你的神魂勾過去。

最重要的是，這位大美人身材好到爆炸。標準的S型體型，腰肢纖細、胸部豐滿，卻又不會過於豐滿，顯得媚俗。她輕輕一撩頭髮，從講臺上走到自己的課桌旁，就已經幾乎吸引了全班的目光。

風鳴忽然意識到了一個奇怪的點，他轉頭看向班上的其他女同學，發現女同學們竟然對這樣的美人也很痴迷。

不是說美女和美女之間是相互排斥的嗎？這位新來的靈能二班同學，魅力竟然這麼大？所以她到底是什麼花精呢？牡丹？玫瑰？百合？看氣質都不太像，風鳴在心裡盲猜了罌粟，之後又否定了。他伸手捅了一下還沒回過神的同桌堂哥。

「這位新來的同學是什麼靈能者？」

風勃被捅了一下後回過神，臉色有點紅輕咳道：「迎春花。」

風鳴掏了掏耳朵，「不是，你再說一遍？這位新同學是什麼靈能者？」迎春花是什麼鬼！那路邊的金黃色小花能有這樣可怕的魅力嗎？

風勃摸了摸鼻子：「她來的時候，學校橫幅掛的就是迎春花啊。雖說大家都有點驚訝，不過仔細想想，迎春花也滿好看的不是嗎？」

風鳴看著自己的烏鴉堂哥，覺得他可能是烏鴉系裡罕見腦子不好的傢伙。鴉大看見他，估計都會嫌棄他的智商。

「放棄吧，烏鴉和迎春花是不會有好結果的。」更何況，打死他他也不相信這個大美女會是迎春花。有他的例子在，這位美女估計也是檢測不準。

風勃對堂弟翻了個白眼：「快閉上你的鵝嘴。」

風鳴揚眉：「總比你的烏鴉嘴好啊。」

兩人正在鬥嘴，旁邊忽然就響起了輕笑聲。

風鳴覺得頭皮一炸，回頭就發現那位大美人竟然就坐在自己的斜前方，正隔著一條走道看著他們笑。

風勃一瞬間紅了臉，風鳴則是一瞬間就想炸翅膀。

他忍不住伸手撓了撓後背，怎麼一看見這個美人，他就想拍拍翅膀呢？難不成色字頭上一把刀？

「你們兄弟感情真好。」美人笑了起來：「你就是這兩天請假的風鳴同學吧？聽說你是天鵝系的靈能者？我特別喜歡美麗的天鵝，就想有機會看到你。現在見到你了，和我想像中的一樣帥氣呢。下午有機會的話，能讓我看看你的翅膀嗎？啊，我是迎春花異變覺醒的靈能者，我叫屠迎迎。」

風鳴看著屠迎迎伸出來的纖纖玉手，又覺得鼻尖彷彿掠過了一抹暗香，他下意識就伸手回握，在和漂亮手指接觸的瞬間，屠迎迎臉上露出了一絲笑容，然後驚訝地縮回了手。

「啊，剛剛我好像有……觸電的感覺？」

風鳴嘴角一抽。

不知道為什麼大翅膀突然放電……又不好解釋他現在是個帶電的天鵝了。於是，全班男生就震驚地看著他們班被女生評為班草的風鳴，說出了特別不要臉的話。

「這或許就是特別的緣分吧。以及，翅膀的話，下午有機會會讓妳看看的。」

圖途：「這混蛋不是說翅膀就等於胸嗎？他讓一個女生看他的胸，難道不是耍流氓嗎？我真是看錯了他！！」

熊霸：「女生都喜歡小白臉嗎？我長得這麼有男子氣概，有安全感，怎麼就只看臉呢？」

張飛龍則是特別沉痛地跟他的同桌道：

「你看，我就說他不是好東西吧！之前在三高的時候也是，所有的女生都喜歡這傢伙，這小子背地裡不知挖了多少人的牆角啊！簡直陰魂不散，我以為終於擺脫這傢伙的陰影了，結果我到哪裡他就到哪裡啊！」

總之，因為大美人屠迎迎，全班男生看風鳴的眼神都有一種下課別走的凶殘。

等上完了上午的課，下午上靈能課時，班上的男同學總算有機會展示他們的凶殘了。

三個靈能班被安排一起上室外實戰訓練課。

一班班導師鹿邑、二班班導師宋蒼、三班班導師周曉華站在總共兩百多個學生的面前，笑咪咪地道：

「我們三個人一致認為實戰就是最好的教學。前幾天，我們已經把理論、知識都教給你們了，其他的就沒有什麼好教的了。說實話，我們也是半吊子老師，只是比你們對靈能力量的掌控更深更熟練而已。而想要更加熟悉自己的力量，最好的方法就是戰鬥！

不停地戰鬥，用不同的方法戰鬥，和不同的人戰鬥，這樣才能在戰鬥中找到自己的弱點和強項，在戰鬥中一點一點進步，然後揚長避短，讓自己成為更厲害的人。

另外，我們要提前讓你們知道，不要因為靈能覺醒的種類和等級就看輕了自己，或者驕傲自滿。這世界上沒有絕對最強的能力和最弱的能力，只有最適合的能力和使用方法。哪怕你只是一個野草靈能者，用對了方法，你依然強悍得可怕。」

這樣說著，二班的宋蒼老師就打開了雷射顯示幕，操場上憑空出現一個巨大的雷射螢幕，螢幕當中播放著靈能網站上的百大戰鬥畫面之一。

那是一個看起來毫不起眼的老人。他正在和一個猛獸系的短嘴鱷對戰，那個短嘴鱷身長五公尺，身形巨大，嘴巴上的利齒看起來一口就能咬斷老人的脖子。

當牠咆哮著衝向老人的時候，老人周身開始瘋狂地生長出翠綠的野草，野草先形成了一堵綠色的牆，擋住了鱷魚人的攻擊之後，草又變得柔軟起來，開始包裹住鱷魚人的嘴巴和全身。

最終，這些看起來特別細小，輕輕就能拔斷的野草一根纏繞一根，漸漸地纏繞成粗壯又無比韌性的長繩，而那個看起來特別凶殘的鱷魚人就這樣被野草纏成了鱷魚串，動彈不得。

「想必靈網上的這些影片你們有不少人都看過，不過我們特意把這個拿出來給你們看，就是想讓你們明白，沒有什麼最差的靈能，只有不會使用靈能的最差靈能者。接下來你們要做的事情就是找到你們能力的最佳使用方法，然後努力提升靈能等級！所以，明白了嗎？」

三個班的學生們同時站直大喊：「明白！！」

三位班導師滿意地點了點頭。

「這樣的話，我們就可以開始對戰了。分為個人對戰和分組對戰，個人對戰不用解釋，自己尋找對手打一場，不過最好是靈能等級相差不多的人對戰，不然只會是單方面的毆打而已。至於分組對戰，可以自由組合，五人一組，先適應一下合作戰鬥吧。」

三位老師下了命令，學生們就開始自由組隊。

毫無疑問，風鳴、風勃、圖途、楊伯勞和熊霸五個人組成了一隊。

靈能一班的學生們看到這五個人的組合，都忍不住扭頭覺得牙痛。說真的，這簡直就是他們班的最難搞組合啊！三個制空靈能者、一個暴力兔子和一頭能踢能打的熊，這組合就差個治癒者就要上天了！

看到這個組合之後，靈能一班剩下幾個B級以上的高等級猛獸系靈能者就組成了一隊，怎麼說也不能讓這五個人稱霸他們班！

而另外兩班的學生們表情和一班差不了多少，基本上三個班的最強者都組成了一隊，靈能二班則是有兩組為了爭奪屠迎迎，差點打起來了。

屠迎迎就輕笑了一句：「不然你們先打一場，誰贏我就跟誰一組？」

於是，風鳴他們就先圍觀了一場植物系靈能者們的戰鬥。

看完之後，他覺得他低估了這群植物啊！

看看那在空中飛舞，能夠炸開的豌豆、堪比化學武器的爆裂辣椒，還有轉一圈就能回血的向日葵妹子……他突然想到了普通世界裡某個紅極一時的遊戲。

真實體驗的時候，發現植物可以很厲害地幹架。

最後，還是豌豆、辣椒、玉米以及大王花的帥哥們贏得了戰鬥。

實在是那個大王花一出場，整個戰鬥區就被可怕的氣體覆蓋了，風鳴他們班的一個靈犬系學生直接被熏暈了過去。其他人的鼻子雖然沒有這麼靈，也迅速後退十公尺，圖途捏著自己的鼻子感嘆一聲：「這種生化武器也就只有我們的黃鼠狼能夠一較高下吧！」

楊伯勞在旁邊推了一下眼鏡：「風系的也可以，我們有風鳴。」

然後熊霸忽然開口：「看三班的那個學生！我靠，他手臂變成了吸塵器啊！」

眾學生集體看了過去，發現三班的那位男生面不改色地用左手臂變成的大黑管，吸走了遍布全場的大王花異味，然後用他的右手臂大黑管，對那個大王花男生噴出了他自己的花香。

大王花男生：「我靠，這什麼屎味！！」

這就是特別奇葩的工具系靈能者了。

風鳴覺得，這兄弟沒覺醒前肯定天天在家被逼著打掃，不然也不會怨念這麼重，變成一個吸塵器！

吸塵器的異變靈能者一出現，直接搞掉了大王花靈能者。這讓被自己的味道熏得快吐的大王花靈能者十分不能接受，他特別不憤地衝到那個吸塵器靈能者旁邊跳腳：

「你這個靈能到底是怎麼回事？我本身對我自己的味道應該是免疫的，怎麼你噴了我一臉之後，我竟然聞到一股屎味！」

哪有靈能者會被自己的靈能刺激到的！

吸塵器小哥聽到他的話，抱著雙臂特別高冷地嗤了一聲：

「如果你把我的力量看作普通的吸塵器，那你就大錯特錯了。我真實的靈能技能是可以吸收對手的所有攻擊，然後反攻回去。也就是說，雖然一開始攻擊我的是你的力量，但是只要被我吸收之後再打出去，那就是屬於我的力量了。那是被我加入了我力量的大王花味道，是大王花氣味攻擊二點零版，當然能夠熏到你自己。明白了嗎？」

大王花帥哥一臉震驚：「我靠，你這技能真厲害啊。」

吸塵器小哥就哼了一聲。天知道他剛覺醒成吸塵器這種工具性靈能者的時候，周圍的人有多瞧不起他，他可是在家刻苦鑽研練習了一個多月，才練成這種最厲害的攻擊和防禦方法。

就像老班說的那樣，沒有最差的靈能技能，只有不會運用靈能的差勁使用者。

然後，植物系靈能二班的學生們都對吸塵器小哥伸出了大拇指，有個和大王花帥哥特別不合的水仙花帥哥甚至還和吸塵器小哥加了靈能通訊。

「兄弟，我謝謝你了，從此以後我總算有修理這傢伙的方法了！你知道這傢伙有多賤嗎！仗著他自己聞不到自己的該死屎臭味，天天在我們這群有香味的人面前放他的味道，誰要是跟他不合吵架了，他就連吃飯都跟著那個人，簡直煩死人！我們之前還打算在靈網上湊錢，找一位厲害的靈能者大哥狠狠給他一個教訓呢，現在不用啦！兄弟，以後就靠你了！你放心，讓你出馬，我們一定會給你出場費的！」

吸塵器小哥聽到這番話，揚揚眉毛看了一眼對他翻白眼的大王花帥哥，特別乾脆俐落地點了點頭：「沒問題，前三次免費，之後給你依照市價打五折。」

大王花帥哥：「……」

吸塵器什麼的真是太討人厭了，回去他就買十個，然後砸到稀巴爛。

不過，雖然大王花帥哥得到了吸塵器小哥的教訓，但他們這一組還是二班實力非常強的一組。據說大王花帥哥還有個好兄弟，黑鐵樹的靈能者去執行任務了，不然他們的戰鬥力還能再強一點。

於是，大王花帥哥王程他們就迎來了高中部靈能者們最想要組隊的女神屠迎迎大美女，隊裡的四個男生一個比一個興奮，一個比一個激動。

然後玉米靈能者黃騰飛就有些害羞地問屠迎迎：「迎迎啊，我能問一下妳的靈能技能是什麼嗎？等等我們戰鬥的時候好配合。」

在他的想像當中，像屠迎迎這種大美人的靈能技能肯定是又美又仙的，說不定是轉一圈，滿天飄落小黃花，然後讓所有人回血或者加狀態的。

結果，屠迎迎眨了眨那雙又媚又美的大眼睛，笑著道：「迎春花算是比較普遍並且生長迅速的花，花朵是金黃色，味道清香。可惜我並沒有覺醒出什麼增益性的能力，只是占了細藤長得比較快這一點而已。我可以控制靈能潛入地下，然後生長出細藤，困住對方的行動，其他的就幫不上什麼忙了。」屠迎迎這樣說著，露出了有些歉意的表情：「好像不是很厲害，給你們拖後腿了。」

大王花王程和黃騰飛幾個立刻搖頭：「哪有哪有！這種靈能技能已經很不錯了啊！之前老班他們不是也放了那個野草靈能者的戰鬥影片嗎？野草都能把鱷魚人禁錮得死死的，妳的迎春花藤肯定更結實更厲害！」

「對對，我們剛好沒有控制系的人，妳來剛剛好！」

於是，屠迎迎加入了大王花這一隊。

之後一下午的時間，三個班的靈能者就在組隊戰鬥中消耗了他們的時間和精力。

在最開始的兩小時對戰裡，三個班的靈能者先在自己的班上互相對毆，等比出優勝之後，再代表班級去和另外兩個班的同學對毆。

這麼一打，大家很快就發現到自己的弱點和不足之處，並且發現了某些看起來很弱小、但實際非常麻煩的靈能者對手。

輕小說新星
碰碰俺爺
韓國知名手遊繪師
woonak
華麗奇幻腐系力作
12冊好評熱銷中
MISFORTUNE † SEVEN
夜鴉事典
三日月書版
三日月書版 facebook 粉絲團
《夜鴉事典》©碰碰俺爺/woonak/三日月書版2021

MISFORTUNE † SEVEN
夜鴉事典
13集
即將上市!!
【夜鴉事典 1-12冊】
1～12冊
精彩試閱！
三日月書版
三日月書版 facebook 粉絲團
《夜鴉事典》©碰碰俺爺/老大/三日月書版2021

兔子圖途就是一個麻煩的代表，明明是最弱小的兔子系，能啃的就是草。但在戰鬥中卻異常的暴力，他還沒靈能獸化的彈跳力就很驚人，配合他的速度，哪怕他手中的巨大狼牙棒只是學校特製的軟木武器，砸到身上也差不多像是挨了一記天馬流星錘。

而且這傢伙的雙腿實在是又長又有力，當他跳起來，雙腿蜷縮再蹬出去的時候，他竟然直接蹬飛了犀牛系靈能者。當犀牛系同學狠狠地砸在地上，連大地都跟著震動了幾下的時候，旁邊幾個正在對戰的小組都面色驚悚地後退好幾公尺，不可置信地看著那個長著一張娃娃臉、大眼，看上去完全無害的少年。

不過，這時候的圖途也不能說是完全無害——他興奮地咧著嘴角，一雙眼睛散發著危險的紅光，看起來就像是……馬上就要異變的瘋兔子精。

在之後的對戰裡，不管是靈能一班、二班還是三班的小組，第一攻擊目標都換了人。

既然瘋兔子打不過，楊伯勞和熊霸又都是出了名的厲害，那打烏鴉和鵝總可以了吧？烏鴉那種鳥怎麼看都沒有厲害的地方，無論是攻擊力還是防禦力都一般，就是比其他鳥類稍稍聰明一點，象徵的意義差了一點，其他肯定沒有危險。

至於那個鵝系的風鳴，據說他到校第一天就靈能爆發了，而且還單挑了圖途三人，但還是有很多人都覺得這是誇大了風鳴的力量。同班同學之間的鄙視能有多凶殘？那只不過是一次測試而已，而且鵝系能有多厲害？別看網路上大鵝追人的影片那麼紅，但是大鵝追的是普通人，而且大鵝那麼厲害，還不是被人抓住脖子就能燉掉吃下肚？

所以，風鳴和風勃就成了其他小組的重點關注對象。大王花小組的人就打算先搞定風鳴和風勃，然後再聯手搞死熊霸和圖途，最後射殺楊伯勞。

然後，他們就被風鳴光速打臉了。

當兩個小組的對戰開始，風鳴身後那潔白如玉，沒有一絲瑕疵的巨大雙翅從後背張開的時候，操場上所有對戰的靈能者們都露出了震驚的表情。

男生們集體在心中罵了句我靠，女生們則是一個個忍不住尖叫起來。

「老天！天使啊！啊啊啊啊我死了，他好好看啊！！」

「天鵝系的覺醒者這麼美的嗎！！校草校草校草！！他怎麼這麼好看啊！！」

「這張臉配這雙翅膀，不行，我要倒追他！我好想摸他的翅膀嗚嗚嗚嗚！」

當風鳴騰空而起，大王花小組感受到了巨大的壓力。

豌豆系同學和大王花對視一眼，決定在風鳴還沒完全升到高空的時候用最快的速度攻擊，當那股讓人厭惡無比的氣味如柱體一樣，送像是小炮仗可以炸開的豌豆升空到達風鳴面前的時候，風鳴嘿了一聲。

後背的雙翅緩緩往後一收一揚，一陣狂風便從他周身而起，直接把那淡黃色的氣體和一堆小豌豆都搧了回去！

大王花王程：「我靠！！」

豌豆竇海波：「我靠！！」

兩人和小組的其他人迅速躲避，很快就被拿著特製軟木教鞭的風鳴追著滿場打到最後，徹底讓同學們見識到了大天鵝的可怕力量。

風鳴以一敵二，楊伯勞對付那個辣椒系的同學，而圖途和熊霸看著那個玉米系的同學，露出了他們閃亮亮的兔牙和巨大熊掌。

圖途：「我特別會啃玉米。」

熊霸：「我特別會折玉米。」

玉米系黃騰飛：「……」謝謝，我特別討厭熊瞎子和瘋兔子啊！！

然後，只剩下風勃看著屠迎迎，一臉羞澀。

風堂哥覺得以男欺女不太好，更何況對面是個大美女。結果，這位大美人眼光閃爍，看了一會兒追著大王花和豌豆打的風鳴，轉頭對風勃燦爛一笑：「聽說你和風鳴是堂兄弟對嗎？」

風勃一時之間沒理解屠迎迎的意思，他剛點頭，屠迎迎就對他伸出纖纖玉手：「那我倒是有些好奇你……」們的血脈到底有什麼祕密呢！

風勃在屠迎迎伸出手的瞬間，心突然狂跳起來，之前被屠迎迎用迎春花藤捆住的幾個學生的樣子在他腦海中飛快閃過。他雙臂上羽翅的毛陡然浮現，一股非常不好的預感在他腦中出現——

絕對不能被她捆住！！

風勃急速後退，而那看起來無害，還帶著幾朵小黃花的細藤飛快地在風勃腳下聚集，眼看風勃就要被花藤纏住時，天上忽然傳來了幾聲刺耳的嘎嘎聲，然後屠迎迎的攻擊陡然停止。

風勃看過去，就看到了宛如石化，被淋了三坨鳥屎的屠大美人。

屠迎迎：「……」

啊啊啊啊啊啊啊啊啊！！老娘要殺了所有的烏鴉！！！！

屠迎迎僵硬地站在原地，臉上瞬間沒了表情。同樣沒了臉部表情的，還有周圍不停偷瞄大美人的純情男女同學們。

誰能想到大美人會出現如此尷尬的情況呢？就像你不會去想你的男神拉屎，不會去想你的女神摳腳丫一樣，這畫面真的是一想到就神格破滅啊。

場面一度非常尷尬。

操場上的大家現在都還不算是社會人，還不懂如何優雅地化解尷尬。男生們只能在心中特別焦急，並且憤怒地仰頭瞪視天空中飛過的那幾隻烏鴉，恨不得當場打鳥。

你們這群該死的烏鴉！女神的頭頂是你們能拉屎的地方嗎？果然烏鴉就不是什麼好鳥，黑黢黢的，看起來就不吉利！

但問題是，現在該怎麼辦呢？如何安慰臉色僵硬，眼中含淚的大美人？

有男生已經從口袋裡掏出了紙巾，準備用自己最帥氣的一面去幫美人擦掉頭上的鳥屎。結果他還沒行動，就有一個男生臉色激動地衝了出來，衝到屠迎迎旁邊就直接一跪，使用了他的靈能技能。

然後，匡、匡、匡、匡。

隨著四聲脆響，屠迎迎周圍升起了四面閉合的牆壁，一下子就擋住了外面所有人的視線。

那個用靈能變出了四面牆的男生在牆裡面，神色十分靦腆地道：「那個，迎迎，妳、妳可以趁這個時候把頭上的鳥屎取下來。我、我這裡還有水系靈能者的清潔水球，妳要用嗎？」

屠迎迎看著這個對自己變成牆還臉紅的男生，沉默了片刻，臉上露出了一個非常非常假的微笑。

「啊，那真是多謝這位同學了。我還是趁這個時候整理一下吧。」

李強趕緊點頭，同時忍不住在心裡沾沾自喜，洋洋得意。看！誰都沒辦法化解掉的尷尬就這麼被他解決了，這個時候大美人的心裡一定特別特別感激他的出手，然後他就可以和大美人互加微信、越聊越開心，最後進入熱戀啦！

在牆外的同學們一個個都忍不住嘴角抽搐，此時，風鳴和大王花的小組因為已經分出勝負就不再打了，大王花捂著自己被軟木棍抽到有點腫的臉，瞪了一眼風鳴，又走到吸塵器小哥旁邊捅了捅他：「這個牆人也是你們班的吧？這個人工製造小黑屋的能力實在妙得很，嘿嘿嘿，而且要是走到哪裡找不到廁所，還可以自己建一個，好能力啊！」

吸塵器小哥和三班的同學們都覺得有些丟臉。

「李強的能力是借用大地的力量升起防護牆。我們自己測試過，他的牆基本上可以抵抗B級靈能者的全力一擊。還算實用吧，不過如果同時升起四面牆，他的牆體防禦力肯定會降低不少，但……這樣用，我們還是第一次看見。」

只能說美人的力量實在是太大了，直接激發了李強同學做出小黑屋的想法。

然而，周圍的人看不到被牆擋住的裡面，風鳴現在卻還在空中飄著，雖然他距離那四面牆的距離還有點遠，可他只要把靈力專注於雙眼，就能清清楚楚地看到牆內的畫面——

已經整理好頭上鳥屎的屠迎迎正在向李強道謝，李強紅著臉揮手，剛要撤掉四面牆時，這個大美人竟然非常主動地撲到李強的懷裡，主動地和他來了個深吻！！！

風鳴：「？？！！」

我靠，這麼刺激嗎？解決一個尷尬事件就俘虜了美人的芳心？這美人也太好俘虜了吧！

然後李強同學理所當然地全身僵硬了，屠迎迎伸出手指，括了一下他的下巴：「不要說出去喔，這是我們的祕密～」

處男李強能怎麼樣？他只剩下滿面通紅地點頭了！然而在他的心裡，連他和屠迎迎以後的孩子要叫什麼都已經想好了。

等四面牆消失，望眼欲穿的大家就只看到了面色如常的屠迎迎，以及面色很紅的李強。

不過同學們都沒有多想，這些純情的男生女生都理所應當地認為和美人共處於四牆內，臉紅是標配。

只有風鳴冷著一張臉，在屠迎迎笑咪咪地上前伸出手恭喜他們勝利的時候，看著那隻白嫩嫩的手遲遲不伸手。他突然覺得自己彷彿得了潔癖！

而他身後剛收回去的大翅膀瞬間伸展開來，拍了一下就直接帶起一陣風，順帶把他自己和風勃都帶走了。

屠迎迎：「……」

熊霸見狀，趕緊上前伸出自己的熊掌：「美人別介意啊！我們風鳴肯定是害羞啦哈哈哈！他現在還沒能完全控制好他的大翅膀呢！」

屠迎迎微笑起來：「原來是這樣啊，我還以為風鳴同學不喜歡我呢。」

熊霸的大手上下晃動著屠迎迎的手：「那不可能，誰會不喜歡妳啊！」

另一邊，被自家堂弟帶著飛到樹上蹲著的風勃一邊抽動嘴角，一邊開口：「我不喜歡屠迎迎，我覺得她不太對勁。」

風鳴帶風勃飛到樹上之後，翅膀就收了回去，然後兄弟倆就蹲在大樹枝上說話。

「屠迎迎在和我對戰時伸出來的迎春花枝讓我感覺非常危險，而且，我覺得她似乎對你的翅膀和靈能非常感興趣，你之後還是離她遠一點比較好。」

風鳴揚著眉毛，看了看農民蹲的堂哥，垂著雙腿坐在樹枝上。

「之前你不是還一臉春心萌動的樣子嗎？我都以為你要回去跟大伯母說你戀愛了呢。」

風勃嘴角一抽：「我才不會跟我媽說任何我的戀愛關係！還有，我說真的，你別不當一回事，我這半個月來滿神的，但凡我有什麼不好的預感，之後就全部應驗了，沒一個不靈的。就之前大蜥蜴那次，我離開家之前就渾身不舒服，之後好幾次都是感覺有什麼壞事就發生什麼壞事。」

風勃一邊說著，一邊露出牙疼的表情問他堂弟：「弟啊，你說我是不是還連帶覺醒了烏鴉嘴的靈能啊？」

風鳴臉上頓時露出了感興趣的神色，他正要細問，今天親自帶著小弟來守衛老大的鴉大三隻烏鴉也拍著翅膀，落在樹枝上。

『嘎嘎！！他體內有我們老烏家的血脈力量，能夠預知糟糕的事情不是很正常的嘛！我們烏鴉本來對於快死的人和糟糕的事情就會有感應，但是烏鴉嘴就是汙蔑了嘎！我們烏鴉從來不烏鴉嘴！』

風鳴沒忍住，噗了一聲。

風勃這時候卻滿臉震驚地看著旁邊這三隻烏鴉，手指都開始抖了。

「我、我靠，我好像聽到這隻烏鴉說話了？」

風鳴十分淡定地撓了撓頭：「喔。」烏鴉說話有什麼大不了的，他還聽過老鷹的國罵呢，就是那次飛上天和飛機肩並肩那次。

十分鐘之後，風勃才適應了他的新能力，然後對於自家堂弟能夠完全聽懂所有鳥語表示羨慕嫉妒恨，不過他還是很認真地表示：「放心吧，我不會跟任何人說的。」

他能聽懂烏鴉的叫聲並不算什麼特異能力，畢竟烏鴉自己都說他具有烏鴉血脈的力量了，他們本質上都快差不多了。

但風鳴能聽懂所有鳥語就不太尋常了，事實上，風鳴不光是這一點不尋常，他後背長出翅膀、翅膀巴掌大的時候就能提著兩個人飛、接連兩次靈能爆發，翅膀飛速地長成，哪一個都讓風勃覺得這個堂弟不尋常。

只是風勃覺得，他作為堂弟僅剩的血親，而且風鳴對他和母親還有救命之恩，不管風鳴是哪一種不尋常，他都能夠接受，並且會用自己的力量保護這個弟弟。所以，在放學之前，風勃又對風鳴叮囑了一番：

「之後你離那個屠迎迎遠一點啊！她給我的感覺真的很不好。聽我的沒錯，我已經是官方認證的靈了。還有，你今天晚上送外送的時候小心點！最好帶上鈕扣記錄器，我覺得你今天晚上有血光之災。」

風鳴抽著嘴角，趕這個新晉神棍離開。這傢伙還真以為他是鐵口直斷烏鴉嘴啊？鴉大都說了，牠們從不烏鴉嘴的好嗎！

然後，在當天晚上十一點，風鳴看著窗戶內死得相當驚悚的訂單顧客，一邊聯絡南隊，一邊在心裡詛咒鴉大。

神他媽烏鴉從不烏鴉嘴！！！

在等待南隊他們的過程中，風鳴先是打了個電話給夜貓子西區負責人，說自己遇上了緊急事件，所以今晚請假，自己的單子需要別的靈能者代替完成，之後他會支付剩下的外送帳單和寄幾張自拍照給訂單人作為補償。

西區負責人沒有任何為難地答應了。前兩天，他還有點擔心風鳴突然請假後下單顧客的精神撫慰問題，結果那些顧客收到了風鳴的自拍簽名照之後，一個個都喜笑顏開，表示這樣的事情再來幾回都沒問題。所以只要風鳴自願貢獻出他的大翅膀美照，請假什麼的隨便請。

但是，夜貓子西區負責人心裡也有點小慌，計算了一下風鳴同學開始兼職上班的時間，這才不到一周就已經發生兩次突發事件了，總覺得他們西區夜貓子外送可能很快就裝不下這尊已經是小網紅的大翅膀美少年了。

解決完外送問題，風鳴一邊打開警衛隊腕錶的監控功能，拍下對面房間內的景象，一邊掀開他最新的夜貓子專配防雷保溫胸包。對，是胸包，不是背包。畢竟背後有兩扇張開比人還長的大翅膀的他，基本上已經杜絕所有背包了，從此以後他都要和胸包為伍了，幸好他長得帥。

嘖。

在小胸包裡有一份超豪華全套煎餅果子搭配全家福奶茶，然後是一大份麻辣小龍蝦和兩罐冰啤。煎餅果子和奶茶就是他正在拍攝的已經死亡的顧客的宵夜，而麻辣小龍蝦和冰啤則是下一位顧客點的餐。

風鳴想了想，揮動著翅膀到窗戶旁邊，然後他背後的雙翅微動，潔白的羽翅就陡然消失不見了。風鳴輕輕一躍，就從開著的窗戶進入了房間。如果這個時候仔細觀察風鳴周圍的話，眼力好的人就能看到在他周圍漂浮著極為細小的銀紫色光點，那是逸散的大翅膀靈能。

風鳴先看了一眼彷彿被什麼東西啃咬得亂七八糟的沙發和桌椅家具，又看了一眼趴在床上已經成了「人乾」的訂單顧客，才抿著嘴唇把超豪華全套煎餅果子和全家福奶茶放到床對面的電腦桌上，就當作是對於死者的慰藉。不過，在風鳴剛放下煎餅果子和奶茶，目光掃過桌上電腦螢幕的時候，他的身體驟然僵硬，面色變得難看至極。

電腦螢幕上是一組照片，照片的內容讓風鳴覺得異常熟悉——那正是今天下午，他們三個靈能班互相對戰練習的照片和影片。

這些照片和影片有一些是三位班導師傳給他們，讓他們回去觀看學習的，還有一些應該是這間房間的主人自己拍攝的。

風鳴微微吸氣，輕觸螢幕，極快速地瀏覽了所有圖示照片，然後他確定了身後趴在床上，已經面目全非的顧客身分。

「李強。」那個可以用自己的靈能製造出四面土牆的靈能三班男生。

之所以記得這個男生的名字，實在是因為他的能力特殊，而且今天下午的存在感極強。但風鳴怎麼也沒有想到，他竟然會在這個時候以這種方式再見到這位同學。

風鳴的心情變得有些陰鬱。

如果死者只是一個他不認識的人，他或許不會有太多感覺。畢竟人有旦夕禍福，總要看得開，但下午剛記住的同學晚上就死在他面前，這讓風鳴忍不住開始後悔，是不是他飛行的速度再快一些就能趕上了？又或者他不是按照接單的距離遠近排序，而是先過來送外送給李強，他是不是就能夠阻止李強的死亡？

這讓風鳴有些懊惱和自責。雖然他不會因為懊惱和自責就把錯誤攬在自己身上，但在這個時候，他也堅定了要把這件事情查清楚、抓到那個殺人犯的心。

二十分鐘之後，泰南隊長帶著三位男隊員到達現場。

和風鳴不一樣，泰南隊長他們是從正門走進屋裡的。不過不管從哪裡進來，看到的景象都是差不多的，畢竟李強住的房子就是一間能一眼望到底的精裝公寓，基本上沒有客廳和臥室的區分。

而看到屋裡亂糟糟的景象，泰南直接抹了一把臉，一張苦瓜臉加上嘆氣：「我真是太他媽難了。」

這一看就不是普通的入室搶劫殺人類的案子，能把房間糟蹋成這個樣子，還把死人糟蹋成「人乾」的，絕對是靈能者犯案了。而且，李強還是偏防禦系的靈能者，到底是多厲害的犯人才能讓李強都防禦不行，死成這樣呢？

橘貓異變覺醒的劉躍進看著滿地狼藉，皺起眉毛和鼻子，他在屋裡轉來轉去，鼻頭聳動，然後露出一臉無比糟心的表情。

「呸！這小子的房間裡怎麼一股屎臭味？好噁心！我鼻子都快不能用了！不過，我除了屎臭味，還聞到了一股死老鼠味，我靠，倉鼠你過來聞聞，到底是哪個品種的老鼠？」橘貓劉躍進喊倉鼠蒼志豪。

蒼志豪一臉不滿：「你別死老鼠死老鼠的喊！老鼠也是大自然的一員，存在就是合理！而且我們鼠系也是有益的好鼠！」蒼志豪話說到一半，臉色驟變：「呸！該死的下水道死老鼠！」

橘貓劉躍進：「……」你看，你自己不也喊死老鼠嗎？

泰南走上前：「所以能確定這是鼠類異變覺醒者做的案？你們兩個可要確定啊，我們龍城有記錄的鼠類靈能者不算多。而且，這個人的死狀也十分奇怪，剛檢查了一下，他體內的血液全都被吸乾了，鼠類的靈能者有能吸乾人血的技能嗎？」

劉躍進和蒼志豪先點頭又搖頭。貓和老鼠都不會聞錯鼠類的氣味，但是鼠類有沒有吸乾人血的技能他們就不清楚了。

泰南的苦瓜臉更苦了一點，他擺了擺手：「那就再仔細搜查一遍這裡，看看有沒有其他的線索吧。如果沒有，明天我們就開始排查鼠類靈能者。」

案發現場雖然看起來凌亂，又帶著詭異的驚悚，但犯案的人卻除了氣味之外，精明地沒有留下任何蛛絲馬跡。

風鳴看看像是被鼠群啃咬掃蕩過的客廳家具，再看看沒有半點啃咬痕跡的大床，總有一種彆扭的割裂感。他走到已經被翻過來的李強旁邊，發現他那乾癟如枯樹皮的臉上，嘴角竟然是微微勾起的。

風鳴：「……」

「你也覺得很奇怪吧？」風鳴耳邊響起了李樹有些粗獷的聲音。

「這小子除了被吸成人乾的樣子蹊蹺，他臉上的表情更不對勁。我以前就是幹刑警的，見過不少被入室搶劫的人的樣子。每一個人的臉上幾乎都是驚恐憤怒的表情，但這個人就算臉皮都乾了，他的表情卻真真實實是笑著的。另外從他的衣服上來看，他根本就沒有反抗的動作，所以我懷疑這是熟人犯案。

而且，就我所知，動物中會主動吸血為食的種類很少，但很多植物異變覺醒了的靈能者都可以把人血當成養料吸食，最常見的就是寄生類的植物。雖然這種感覺非常微小，但我覺得這屋子裡有植物系靈能者的人來過。」

風鳴心中微動。

「所以，樹哥你更懷疑是植物系寄生類的靈能者犯案的？可這樣的話，這些家具就不好解釋了，除非……」

「除非這不是單人作案，而是團體犯案。」泰南的聲音響起，「我剛剛已經用最新型的靈能掃描器掃描過了。這屋子裡至少在今晚兩小時內，有三種我們之外的靈能存在。除了李強自己的靈能，剩下的兩個應該就是我們主要要找的人了。

嘖，我現在倒是希望是吸血老鼠幹的了。如果是兩個人的話，死一個人怕還不夠他們塞牙縫。」

風鳴心中微沉，他想到了之前那個追著他，想要吃了他的黑翅膀鳥類靈能者，又想到了在天臺殺人的大蜥蜴。前者三個晚上幾乎吃掉了東區一半的燕子和烏鴉，而後者殺了不下二十人才被后熠一箭釘死。

那麼現在殺了李強的人，又做了多少壞事呢？

風鳴決定明天請個假，和南隊他們一起去調查這件案子，哪怕早一天抓住他們也是好的。

當天晚上，風鳴回到家時已經將近凌晨，他和老班、鹿邑說明了情況，請假得到了批准。在睡覺之前，他躺在床上忍不住拿起手機，打開五劍客群組傳了一條訊息。

戰鬥鵝：烏鴉出來受死，我之前怎麼沒有發現你的烏鴉嘴那麼靈？以後風勃你就修閉口禪吧，免得話說多了會被人打死。

戰鬥鴉：？？？

戰鬥鴉：怎麼回事？我怎麼了？我就算是烏鴉異變覺醒，你也沒資格讓我閉嘴啊！還有你怎麼到現在還沒睡？啊，是不是被我說中了，你是不是遇到血光之災了啊！！

戰鬥兔：怎麼回事？什麼血光之災？

戰鬥熊：怎麼回事？什麼血光之災？

戰鬥伯勞：……發生案件了？

戰鬥鵝：反正以後烏鴉少說話！我只能告訴你們，今天晚上西區死人了，死的還是靈能三班的人。其他的就不能說了，上來也是讓你們小心一點，最近不管去哪裡都不要落單，結伴而行最好。還有，緊急報警電話一定要設置好，最好再去買個防禦靈能卡什麼的，便宜的B級防禦靈能卡五千塊就能買到，直接找班上擅長防禦的同學現場製作還能打對折，兔子、熊和伯勞我還比較放心，烏鴉你趕緊叫大伯母給你錢買卡吧！

戰鬥伯勞：聽起來這個案子很凶啊。要是鬧大了，我們南區警衛隊估計也要加入，到時候一起。

戰鬥兔：啊啊啊啊，每到這個時候，我都憤怒得想去拆了警衛隊的牆！！他們歧視我是個兔子覺醒！

戰鬥熊：知道了，明天就去找三班同學買卡。其實二班的植物系的也滿好的，烏鴉要一起嗎？

戰鬥鴉：……去吧，我有不好的預感，還是買幾張吧。

戰鬥鵝：都說了讓你閉嘴！還說！！

【群主戰鬥鵝把戰鬥鴉改名為烏鴉嘴。】

烏鴉嘴：……

烏鴉嘴：你有考慮過這樣對我的後果嗎？就算打不過你，但是……

【群主戰鬥鵝把烏鴉嘴踢出群組。】

風勃在床上直接扔了他的手機。

然後門被敲了敲：「兒子！這麼晚了還不睡覺！你是想禿頭還是想早衰啊！這樣你以後娶不到媳婦，不要來找我哭啊！老娘可不養你一輩子！」

風勃憤怒地掀起被子蓋住頭。他完全可以自己養活自己！還是高薪的那種好嗎！

然後第二天，靈能三班的李強死於家中的消息就傳遍了全校。

雖然警衛隊沒有對李強的死亡詳細說明，但還是有人透過各種方法得知了李強的慘狀。其中就包括被警衛隊詢問過的一班學生錢超超，因為他是巢鼠的異變覺醒，也屬於鼠類，就在第二天被詢問了。結果自然是一問三不知，然後他就把他知道的傳了出來。

之後，更多似是而非的消息從不同人口中傳出，鬧得學校的學生們心中不安。

但這還只是個開始。

風鳴連續請了一周的假，和南隊他們一起調查這件事情，可調查遍了西區，甚至是整個龍城有登記的鼠類靈能者，都沒有找到符合靈能檢測器上記錄的靈能波動。

而且，在這一周之內，龍城又分別在東、南、北三個區域死了三個靈能者。而這三個人竟然全都是靈能者學院的學生，只不過三個學生分別是社會部、國中部和高中部的人而已。

但這也足以讓龍城靈能者圈震動了。

龍城的靈能者總共也不到一千人，現在就接連死了四個。而且從第二個人死亡的時候，龍城的東、西、南、北四區的警衛隊以及各個警局就已經開始聯合調查了。就算是這樣，警衛隊加上員警那麼多人，都沒抓到犯案的兩個凶手。

對，現在已經確定犯案的人有兩個了。

在最後一位榕樹系靈能者死亡之前，他拚死留下了自己的一段靈能根鬚，保留了線索。在那節根鬚之中清楚地顯現了三個指認凶手的關鍵字——

老鼠、菟絲子、美女。

所以，現在能夠斷定殺人的是兩個人，並且有一位菟絲子異變的美女靈能者。他們兩人應該是先由菟絲子美女消除掉被害者的戒心，控制住被害者，然後菟絲子和老鼠異能者一起殺了被害者。

可就算是這樣，也沒什麼用。

普通的監視器對靈能者基本上沒用，靈能者只需要在身上裹著一層靈氣，就能擋掉監控。而靈能監視器只在主要街道上有，那兩個人殺人的時候，選擇的都是人跡罕至的地方，監視器沒有拍下他們兩個人的樣貌，最多就是兩個背影。

他們有心隱藏，大家也很難抓到他們。

不過，比起沒有什麼頭緒、腦袋都快被自己揉禿了的四區警衛隊隊長們，風鳴還是有一些額外的發現。畢竟他還有一群純天然、最懂得隱蔽和追蹤，還不會被人輕易發現的監控大軍。

儘管鴉大牠們目前的勢力範圍只有龍城西區，但在牠們和西區其他鳥類如天網的監控下，牠們還是發現了那兩個人可能隱藏的地點。

「又是西區體育館？」

風鳴聽到體育館這三個字就下意識地渾身一抖，那種渾身通電的酸爽感又回來了。

『嘎嘎！應該就是那個地方沒錯啦！鴉十九就住在那邊，牠晚上有兩次都看見體育場裡出現了一男一女。他們好像在體育場草坪上翻找什麼東西，還說要找烏鴉呢！』

『嘎，要不是鴉十九天生就是啞巴，叫不出來，牠估計早就被嚇得叫了出來，然後被吃掉啦！』

風鳴越聽，臉色越沉。

西區體育館、找東西、還找烏鴉，這讓風鳴不可避免地想到了那天晚上被雷劈死的烏鴉和雨燕系混合覺醒者吳燕來。

吳燕來是墨子一號記錄在案的黑童組織成員之一。他原本是西霞城人，在半年之前靈能覺醒，原本他和他的家人都非常高興，但是覺醒一個月後，他突然靈能暴動、差點死亡，吳燕來不甘心用弱化藥劑弱化他本來就不算強的靈能、成為普通人，透過靈網找到了黑童組織，為了黑童組織化解靈能暴動的方法，而成為了黑童組織的一員。

他幫黑童組織殺了很多人，也抓了很多人去研究，被列為一級通緝犯。

原本吳燕來的行動都非常小心，各大城的警衛隊都沒有他的消息。結果，因為風勃覺醒的是烏鴉異變的靈能，把他引了過來，然後好死不死地被風鳴碰上，最後死於雷劈。

那是一個相當危險的人，要不是他僥倖遇上了雷雨天，他的大翅膀剛好又可以當充電器，他十有八九是要死在吳燕來手上的。而現在，風鳴忍不住開始懷疑龍城新來的那兩個殺人犯也是黑童組織的人。而且，他們還是衝著吳燕來，或者說……衝著能夠殺死吳燕來的他來的。

風鳴在糾結要不要去西區體育場看看，當然，光是他自己肯定不行。但就在他要委婉地把這件事情跟泰南隊長說的時候，泰南隊長卻先傳來了訊息。

泰南：風鳴，你明天可以正常去上課了，這件事情我們不用管了。

風鳴：怎麼了？人抓到了嗎？

泰南：不是，我們已經請青龍組后隊長他們過來了。這件案子不能再繼續拖下去了，到現在死亡的靈能者已經五人，還有幾十名員警受了重傷，北區的項隊長還遭到了偷襲，也受了輕傷。敵暗我明，再讓他們繼續下去會引起人們的恐慌。

泰南：而且，那兩個人很有可能是黑童組織裡排名前十的菟絲花阿盈和碩鼠陳碩。他們兩個都是A級的靈能者，非常危險。為了避免不必要的傷亡，還是讓后熠隊長他們來處理吧。要是你受了什麼傷，我們可就損失大了。

風鳴回覆了一聲表示知道，然後盯著手機上的「青龍組后隊長」這六個字好一會兒都沒說話。

這個時候，他忽然無比清楚地意識到靈能者世界的危險性、靈能者力量等級上的巨大差異以及自己的弱小。

現在這個世界已經不是曾經他所在的那個無比和平的世界了。

它變得凶險又神奇，它讓這世界上的一切都發生了改變，甚至讓不可能變成了可能。

他不該把目光放在都是靈能初學者的靈能者學校裡，不該安逸地滿足於現狀。這世界之大又如此神奇，他該努力讓自己變強，看看更危險和廣闊的世界。而且危險不知何時就會降臨，他總該有保護自己，也戰勝對手的力量。

風鳴看著窗外被烏雲遮蔽的新月，站起了身。

他摸了摸後背的翅膀印記，拿起外套，決定再去一趟西區體育場。

他並不打算和那兩個人硬碰硬，只是想要去看看那個「菟絲花阿盈」是不是他這幾天懷疑的那個人。他問過風勃和烏鴉們，確定那個人和靈能者學院的死者都有接觸過，而且，那個人是個不折不扣的大美人。

在被雷劈過、大翅膀長成之後，風鳴的雙眼也跟著進化了。他不需要到體育場裡，他只需要遠遠地看一眼，就能夠確定那兩個人是不是他懷疑的人。

如果真的是她，或許不需要后熠他們，南區警衛隊就能夠直接抓住她。

然而在風鳴即將出門的時候，他的手機響了起來。風鳴打開手機，看到時間顯示是晚上十點整。

『十點半之前單獨到西區體育場中心，不要通知任何人，摘掉腕錶，否則你會在午夜新聞中見到你堂哥的乾屍喔～』

下面還附贈了一張風勃昏迷的照片。

風鳴猛地閉上雙眼，而後再睜開。片刻之後，他已經猶如一道白色的閃電，畫過黑色的夜空。

§

——西區體育場。

風勃的心情非常糟糕，他看著面前的女人，滿心都是懊悔。明明他早就覺得這個女人不對勁了，為什麼不早點把這種感覺告訴風鳴和警衛隊呢？而且，他真是沒有想到這兩個人竟然能如此膽大包天地直接去他家抓他。

他在貓眼裡看到屠迎迎的第一時間就應該拉響安全警報器，再捏碎防禦卡的！！他早知道這個女人不對勁，為什麼還幫她開門啊！！當然，他媽也是開門的一大助力，但是他為什麼心存僥倖呢！現在好了，他家人都被屠迎迎迷昏，他成了別人砧板上的魚肉，還成為了威脅他堂弟的累贅。

風勃的臉色又陰沉下來。

成為堂弟的累贅，這已經是第二次了。如果再有第三次，他就該自己去死一死，省得麻煩別人了。

「你們抓我到底是為了什麼？就是為了找風鳴？我和風鳴是血親，如果你們想要抓他做研究的話，其實抓走我就可以了。」風勃看著屠迎迎和陳碩開口，「而且，光抓走我是一件很簡單的事，我完全不是你們的對手，不會引起別人的注意。但是風鳴不一樣，那小子打架特別狠，個性也特別好強。小時候他跟我搶玩具，寧願咬著玩具的腿，被我滿屋子到處拖都不鬆口，長大後連我們學校的校霸他也敢帶人去圍毆他，你們抓他會很麻煩的。

更別說他現在是B級的靈能覺醒者，速度已經到達A級了。你們就算能夠抓住他，也一定會驚動很多人，而且西區警衛隊也絕對會死咬著你們不放。」

風勃一邊說，一邊觀察屠迎迎和那個賊眉鼠眼的男人表情，卻有些洩氣地發現他們兩人竟然無動於衷。

陳碩看著風勃，嘻嘻笑了兩聲：「看不出來你這小子還滿有兄弟愛的嘛。你說的確實有幾分道理，可惜啊，你的血雖然喝起來比普通的靈能者香了一點，但也沒有什麼特別之處喔。」

他伸出自己的舌頭晃了晃，「我的舌頭可是比靈能檢測器還要靈的寶貝，不管是誰的血、什麼樣的血只要讓我嘗一口，我就能完全判斷出他的異變方向和等級，哈哈。

本來我們是想來看看到底是誰那麼有本事，殺了體內寄宿著蝗母女王蟲卵的吳燕來。一開始，我們推測殺了吳燕來的應該是你這個和他有一半相似的烏鴉系靈能者，結果盈盈發現你弱得可憐。像你這樣的，吳燕來一手就能捏死三個，怎麼可能殺了他。」

陳碩嘿嘿兩聲，抬頭看向了天空：

「但是你那個堂弟就很有意思了。表面上只是個鵝系，卻在覺醒第一天就躲過了蜥蜴人的攻擊，覺醒第二天就靈能爆發了。然後，覺醒第十五天，嘿嘿，他那只有巴掌大的小翅膀就長成了！而在他翅膀長成的那一天，就是龍城雷暴雨、吳燕來死亡的那一天。」陳碩摸著自己的下巴看風勃：「嘿嘿嘿嘿嘿……你說，這是不是很有意思？一個鵜系，他真的能做到這麼多事情嗎？」

陳碩說著，忽然抬頭伸出雙臂，對著體育場高空中那抹白色的身影發出尖銳又刺耳的怪笑聲。

「除了神話系的混合靈能者，我就沒見過靈能進化如此之快的人！去他媽的可笑的鵜系！你這個堂弟必然是個剛覺醒的神話系靈能者！！」

陳碩忍不住舔了舔嘴巴，雙眼都是無比渴望的情緒。

「啊啊……我真是迫不及待地想要品嘗他美味的鮮血了啊。」

而風勃聽著陳碩的話，也忍不住滿面震驚地往天空看去。

風鳴此時已經沒有任何猶豫地從空中俯衝而下，在微暗的月色中，他後背完全張開的羽翅優美而淩厲。

然後，陳碩開口喊了一聲「盈盈」，風勃的脖子就被屠迎迎手臂化成的藤蔓緊密地纏了兩圈。

風鳴下衝的姿勢瞬間停下，他看著臉色已經開始發白的風勃沉默片刻，後背的翅膀緩緩揮動，他竟然又往上飛了幾十公尺。

陳碩露出了不滿的表情。

「怎麼，你不想要你堂哥的命了嗎？你要是不管他的話，他很快就會被盈盈吸成人乾喔。」

風鳴看了一眼比在學校更陰柔妖媚的屠迎迎，忍不住微微嘆氣。如果能早一天來這裡也好，事情就不會變得這麼糟糕了，不過，他也不是會隨隨便便就認輸的人。

「我當然不想讓我堂哥死，雖然他小時候總是跟我搶玩具，越長大越驕傲自大不討喜，長得沒我帥，還老是說我壞話，但是，他畢竟也是我唯一的兄弟了，能不死還是別死的好。」

風勃：「……」我謝謝你啊。

「你們用他威脅我，無非就是他對你們沒有用，而我對你們有用。你們的目標是我，那就只該是我一個人。買一送一的賠本買賣，我可不做。所以我勸你現在別動他，他要是死了，我立刻轉身就走，然後找機會不顧一切地和你們硬碰硬，幫我這個便宜堂哥報仇。反正我一個光腳的不怕你們穿鞋的，有翅膀的不怕你們在陸地上跑的。

打不過你們，我還可以飛走，但如果你們多了一個像我這樣陰魂不散的仇人，相信我，你們兩個一定會永無寧日的。」

風鳴說著，漂亮的鳳眼高高揚起，嘴角也露出無賴的笑容。

「你剛剛也說過我是神話系的靈能者吧？恭喜你猜對了，所以，面對一個神話系靈能者無時無刻的復仇，你們真的覺得你們能躲過去嗎？還不如趁我現在還弱小，趁這個千載難逢的機會把我抓到手。所以，你們選哪個呢？

以及那個菟絲子，妳要是再不停下妳的動作，等那隻烏鴉掛了，老子就第一個殺妳。」

阿盈皺著眉，停下了手中的動作。

不得不說，風鳴的話說到了他們兩個人的心裡。

神話系靈能者的血液對他們的誘惑力實在太大了，能遇到簡直比中了億萬大獎還要難。但成熟的神話系靈能者實力強大得可怕，是一個人就可以開山填海的那種，他們完全應付不來。而沒長成的弱小神話系靈能者，哪個不是剛被發現就被國家重點保護起來啊！哪怕是混合類活不久的神話系靈能者，也會被請到國家研究所好吃好喝地保護著，發揮最後的研究作用。

野生的，還在成長期又相對弱小的靈能者就在他們面前，如果放棄了這次機會，他們可能到死都不會再有這種機緣了。所以，哪怕這個機緣有點難搞，他們也絕對不會放過。

「哈，你說得倒是沒錯。那我們放開他，你就下來？」陳碩雙眼閃著精光問。

風鳴嗤了一聲：

「你看我像傻子嗎？現在就把那隻蠢烏鴉放開，然後我要看著他離開體育場的大門才行。不過你們也不用擔心，我現在和地面的距離和他與體育場大門的距離差不多差了三倍。他走多遠，我就按比例下降多遠，這樣你們就不用擔心我會直接飛跑了，對於我們兩方都公平，不是嗎？除了這個條件，我不接受其他任何條件，你們看著辦。」

風鳴有恃無恐，而且提出的這個條件確實還算公平。

最後，陳碩和阿盈都同意了這個條件，只有風勃憤怒到眼珠都紅了，而他渾身的靈力也開始不穩，風鳴敏銳地發現了他的異常。

「烏鴉，你可給我振作一點，我這麼做可不是讓你靈力暴動、自己作死的，至少你得給我活著安全地回去，懂嗎？」

風勃努力控制著自己身體內的靈力，忍得嘴角都溢出一絲鮮血，然後他道：「我懂。」你所做的一切我都懂，之後該怎麼做我也懂。所以，「你一定要活著。」等我找人來！

風鳴就笑了起來。

「好了，現在，開始跑吧！」

風勃踉蹌地往體育場的大門跑去。一開始他跑得很慢，因為他體內的血液也被屠迎迎吸了一大半，但後來他越跑越快、越跑越快，快到屠迎迎的細小藤蔓開始追不上他的腳步，快到陳碩的老鼠群也被他拉出了距離，然後他的雙手陡然變成黑色的雙翅，猶如展翅的鵬鳥一般，低卻快速地飛了起來！

這個時候，他已經能看到前方的大門了，那菟絲花的藤蔓和老鼠們也被他甩在了身後。

風勃完全不敢扭頭去看堂弟的情況，他越到大門，心中的不安就越重，他可以肯定危險還沒有過去，他要全力以赴！

而後，在風勃低空飛躍過大門的瞬間，從黑暗中陡然彈出一條細長而猩紅的舌頭，直撲他的面門。風勃心頭狂跳，一瞬間汗毛倒豎！他的雙翅帶動身體，險險地避過這條舌頭，在逃開的瞬間低頭，才看到了那個一直躲在大門陰影處的光頭陰狠男人。

在這個體育場裡的人竟然不是兩個，而是三個人！！

風勃咬牙，他揮動雙臂的速度又快了一些。他要快一點、再快一點，他要找到最近的電話打電話給南隊！慢一點的話，就怕來不及了！

「嘎——嘎——！」（去告訴阿鳴，這裡還有一個青蛙男！！）

黑夜中，幾聲烏鴉叫聲響起，黑影飛向體育場。

而光頭青蛙男看著飛走的風勃，嘖了一聲。

「嘿，這小子跑得還真快。還是先去抓那個小子吧，嘿嘿，那可是條大魚。」

在風勃快跑到大門的時候，風鳴距離地面只剩下十幾公尺，他下降的趨勢陡然停下，開始往上飛。

阿盈和陳碩像是早就料到風鳴會跑，臉上沒有半點驚色地開始行動。不用管跑走的風勃，反正他們還有後手，現在他們要做的是一擊拿下風鳴，然後喝乾他的血，吃光他的肉！！

菟絲子的藤蔓瞬間瘋長到半空中，細小的藤蔓上覆滿了淡黃色的小花，像極了漂亮的迎春花。只是它所散發出來的香味並不讓人覺得愉悅，反而帶著一種讓人昏沉的荼蘼香氣，以及忽然散開的大王花腐臭味。

而幾百隻老鼠從體育場四面八方湧來，牠們腥紅著眼珠，尖叫地爬上藤蔓，跳躍起來就想要咬風鳴的腳。在牠們即將落下的時候，就會有其他老鼠踩著牠們的身子，再度跳躍而上！

陳碩嘿嘿冷笑著，從口袋裡掏出了一張金色的靈能卡，直接拋向天空後一槍打碎。旁邊的阿盈也從懷中掏出了一張金色靈能卡，直接拍在了自己的身上。

風鳴在他們掏卡的時候眼皮一跳。

媽的，這兩個傢伙竟然無恥地用道具！！

然後他就驚悚地發現，他飛到百米高的時候，頭頂傳來了一陣巨大的壓力，讓他無法再往上飛，甚至在壓制著他往下墜落！而屠迎迎那個菟絲花竟然也開始飛起了！

風鳴一把抽出腰間的細劍，在空中一個轉身，劈死了幾隻老鼠。在他砍老鼠的時候，屠迎迎的藤蔓趁機纏繞上了他的雙腿。

頓時，下方拿著槍瞄準的陳碩和屠迎迎都露出了狂喜的表情！

陳碩大吼：「快！把他拉下來！！」

根本不用他說，屠迎迎控制藤蔓，一邊用力要把風鳴拉下，一邊想要先嘗一嘗他的血。

結果，在屠迎迎的菟絲子剛要刺破風鳴的皮膚之時，風鳴背後的雙翅霍然張開，深紫色的細密電光從這雙潔白的羽翅上憑空顯現，一道驚雷以風鳴為中心橫劈而出！那耀目的雷光在一瞬間竟照亮了半個體育場，也同時劈死了大部分的老鼠，劈焦了纏繞在風鳴身上的藤蔓。

「呃啊！」屠迎迎驚叫出聲，猛地後退三步，不可置信地看著風鳴。「雷電之力！你為什麼會有雷電之力！！」

放了一波電的風鳴露出微微發白的臉，即便氣息有些不穩，他還是嘲諷地笑了一聲。

「都告訴妳老子是神話系的了，沒聽過雷震子嗎，傻子！」

在這耀目的雷電亮起的瞬間，站在龍城最高的高樓頂峰、手持金色長弓、雙目微閉的后熠瞬間張開了雙眼。在張開雙眼的瞬間，他周身安靜的靈力暴漲，帶起了周圍的風。

他看著西區體育場的方向微微勾起嘴角，左手抬起長弓：「找到你了。」

下一瞬，金色的箭矢在右手中憑空而現，隨著那繃緊到極致又驟然鬆開的弓弦，猶如一道金色破空的閃電直衝而去。

此時，陳碩看著風鳴的神色已經極盡瘋狂。

雷電之力！！這是最為強大的幾種力量之一！而且還背後長了雙翅！！無論這種力量他得到了哪一個，他都可以稱霸一方！！

於是陳碩不再猶豫，他從懷中掏出了一張血紅色，看起來就散發著極為可怕和不祥力量的靈能卡，在風鳴戒備和蒼白的臉色中，把這張紅色的靈能卡擲向了他。

風鳴本能性地知道一定不能被這張紅色的靈能卡攻擊到，否則後果一定非常慘重。可釋放了雷電之力的大翅膀已經開始脫力，能夠勉強維持著不掉下去就很艱難了。

看著那迎面而來的紅色靈能卡，風鳴心中一沉。除非有奇跡，不然恐怕——

咻！

有什麼東西帶著破空的力量從他耳邊掠過。

而後，風鳴就看到那支金色箭矢的箭尖無比精准地刺在那張紅色靈能卡的中心，爆發出來的金色靈力徹底吞噬、攪碎了那張可怕的紅色卡片，它還不停歇地繼續向前，一箭穿透已經露出了志在必得的笑容的陳碩心臟，把他死死地釘在了地上！

直到死，陳碩的表情都還來不及改變。

風鳴看著那支金色的箭怔愣發呆，旁邊響起屠迎迎的尖叫：「射日箭！青龍組后熠！」她竟然驚恐地轉身就跑，彷彿懼怕天邊再來一道射日箭追著她殺。

風鳴看著她逃離的背影，忍不住鬆了口氣。跑吧跑吧，他真的要支撐不住了。在這個時候，他的耳朵才有精力聽到周圍的聲音，頓時色變。

『嘎嘎！！危險啊老大！你背後有人！！』

當那猩紅的舌頭帶著可怕的力量彈射向他的時候，風鳴下意識地催動身體內的靈力，搧動翅膀。然而大翅膀依然力竭，正在風鳴想不可能再來一道金箭救他的時候，他卻後背一痛，然後飛起來了。

風鳴：「？？？？」

怎麼回事，我的大翅膀不是力竭了嗎？

風鳴飛起來的時候，自己都有點傻眼，他看著從他腳底下畫過的猩紅細長的舌頭，確認自己確實又飛起來了。只不過，比起他平常輕易就能飛起來的高度，這次飛得有點低啊。

這種感覺怎麼說呢？就像是剛覺醒的時候，他那對小翅膀帶不動巨大的重量，低空飛行的樣子……甚至連後背突然撕裂的疼痛也有點像。

等等。

風鳴調動靈能，想揮動大翅膀，驚悚地發現他的大翅膀還是放過一波雷之後力竭的樣子，它甚至比剛剛勉強飛著的樣子更頹喪了——它竟然直接垂下來了！

那他是怎麼飛起來的？靠毅力嗎？

風鳴一個反手就往後背摸去，在手指觸及到滑溜溜，有些冰涼的觸感的時候，整個人都僵硬混亂了。

我靠我靠我靠，我摸到了什麼！

啊啊啊啊啊，我後背又長了什麼玩意兒！它摸起來形狀像翅膀，為什麼卻是滑溜溜的？難道我又長了一對光禿禿的沒毛翅膀嗎？

不不不，現在重點不是這個，重點是我他媽為什麼又長翅膀了！不是每隻鳥都只有一對翅膀嗎？大自然中有哪種鳥類有兩對翅膀的？我不會是個畸形吧？

風鳴腦海裡頓時就閃過了各種關於畸形雞的報導，重點是曾經傳得非常紅的某家速食店為了炸雞腿和炸雞翅，特意養出了四隻雞腿、六隻雞翅的畸形雞！

想到那個可怕的畸形畫面，風鳴臉都綠了。

因為太過震驚，風鳴都忘記繼續往上飛了。他就保持著手摸後背那一對半個巴掌大，還在使勁拍著的光滑小翅膀的姿勢思考人生，而原本一擊不中，打算逃跑的青蛙男看到他突然呆滯，甚至還往下降了一點的樣子，眼珠轉了一圈，咬牙從口袋裡掏出一張防禦靈能卡。

富貴險中求！他剛剛已經聽到陳碩的話了，面前這個是個神話系的初覺醒者，能搞到這個人的一塊血肉吃到嘴裡，說不定能夠進化血脈呢！況且現在這個小子一看就是力竭狀態，連翅膀都飛不起來了，就算后熠不知道在什麼地方看著這邊，但他想凝聚出第二支射日箭，再怎麼說也得十分鐘！十分鐘的時間，只要他加把勁，一定能把這小子搞到手！

於是，蛙男先把防禦卡拍到自己身上，又摸了摸用異變覺醒的鐵木做的護心鏡，覺得萬無一失之後鼓起腮幫子，大大地「呱」了一聲。他的身體開始從人變成巨大青蛙的樣子！蛙男的變身只需要半分鐘的時間，變完身的蛙男一下子就有五六公尺高了。

風鳴低頭看著這隻巨大的大青蛙，腦海中的第一個想法就是，這得要多大的鍋才能放下這隻青蛙？

反應過來時，他沒時間管自己畸不畸形了，什麼都沒有小命重要。而且，他真的要去靈能市場問一問有沒有什麼厲害的靈能卡和靈能武器售賣了，他一個初階的小白和人家自帶裝備的高手打，就算是神獸坯子平砍也砍不過啊！

不過，風鳴還沒有拍著他的第二對小翅膀躲過第三次巨型青蛙的攻擊，一道金色流光就破空而來。

巨型青蛙看到這支箭顯然無比慌張，呱呱了好幾聲：「這不應該！后熠的射日箭不是極耗費靈能，一天只能射出三支，最少還要緩和十分鐘嗎？」

巨蛙的腮幫子都鼓了起來，他緊張地看著那支箭，決定在箭即將射到他的時候憑空躍起，改變方向，這樣就能躲過這一箭了！

只是當他高高躍起的時候，那原本向下的金色箭矢竟然像能夠自動追蹤一般，竟也瞬間改變了箭尖的方向，從下而上，直接把蛙男釘死，最後重重地落於地面，帶起一陣塵土。

風鳴也被這支能轉彎的箭嚇到了。

他轉頭往箭飛來的方向看過去，將靈力集中在眼部，很快便隔著半個城的距離看到了那在高樓之上的男人。

男人此時手中已經沒有了那把讓粉絲們看了就尖叫的華麗金色長弓，他微微躬著背，雙臂搭在頂樓的圍欄上，臉上依然是那不羈又英俊的笑容。風鳴看到后熠先是隔空對他眨了眼，然後搭在圍欄上的雙手一合，比出了「愛心」的姿勢，笑咪咪地耍流氓。

他無聲地做著口型：「小鳥兒，又長翅膀啦？可愛喔！」

風鳴背後的大翅膀瞬間炸開，這時候它倒是有力氣發脾氣了。風鳴面無表情地對后熠做了個劈開愛心的動作，嘲諷：「……可愛你妹！你全家都可愛！」

然後他就看到那個耍流氓的男人十分燦爛地笑了起來，給了他一個飛吻，讓他在原地等著不要亂跑。

「亂跑會被抓去研究所喔！如果不想要後背的小翅膀被抽血化驗，就乖乖等我。」

風鳴是真的不想聽他廢話的，但是他現在也知道自己的情況有點詭異。

之前在滬市靈能者基地裡檢測出神話系的異變覺醒之後，就有基地裡的研究者問他要不要加入滬市研究院，享受研究者待遇。畢竟他覺醒的血脈很厲害，但是三系混合肯定活不久，與其在外面亂跑浪費生命，還不如配合一下靈能的研究發展和實驗。

當然，實驗研究是完全自願的，不會強迫人加入，研究院也不是什麼混合靈能者都要，他們只會邀請他們覺得十分特別的研究對象。只要同意加入研究院，就會有非常豐厚的福利待遇，比如可以享受到免費的弱化藥劑、每個月有二十萬的營養費，雖然不能亂跑，但是每個月還有四天的自由外出時間，而且研究院是建在一座有山有水的療養院裡，住在裡面完全不會覺得悶。

所以只要同意加入研究院，直到你成為一個普通人之前，日子都會過得非常愜意。等異能全部弱化沒了，研究院還包給工作，這是很好的福利了。而受到邀請的絕大部分混合異能者也都選擇了加入研究院，不過風鳴並不想把自己困在那個看起來美好，實際上卻沒有半點自由的地方。哪怕他是極為罕見的神話系混合靈能者，滬市研究院給的待遇比其他混合靈能者更豐厚了好幾倍，他也直接拒絕了。

他還記得他拒絕之後，那位看起來是個領導的研究員就不怎麼高興，他似乎還想說什麼，卻在后熠和花千萬他們走過來的時候閉上了嘴，把要說的話嚥了下去。當時風鳴沒有多想，不過現在再去回想，他那個時候能那麼輕易地離開滬城回龍城，應該是沾了那個厲害的大流氓的光。甚至，之後也沒有龍城研究院的人找過來，這說不定也是那流氓的作為。要不然，剛剛那個流氓也不會叫他等著，別亂跑了。

想到這裡，風鳴摸了摸耳朵，覺得有些發熱。

咳，如果那個人真的在暗中幫了他，那他以後就……不在心裡叫他老流氓了，勉為其難地叫他的名字吧。

后熠。

后熠……

嘖，取個名字也這麼囂張，實在是喊不出口，還不如喊箭人呢。

風鳴站在原地亂七八糟地想著，又忽然想到他後背多出來的第二對小翅膀。

他一顫，就開始伸手摸，在上上下下、仔仔細細地摸了一遍後，風鳴的表情更糾結了。

實在不是他見識少，而是他的第二對翅膀長得實在太怪了。不管是什麼鳥的孩子，幼年的翅膀都不可能是滑溜溜、光禿禿的那種吧？就算是企鵝的翅膀，小企鵝出生的時候也有小小的絨毛才對。他後背的翅膀與其說摸起來像翅膀，倒不如說更像是玻璃工藝品？有溫度的那種。

風鳴一屁股坐到了地上，思考人生。

「難不成我真的是個畸形？」

然後，他感到後背的小翅膀非常憤怒地拍了拍他的後背。不痛，但是滿活潑的。

「……」

風鳴覺得他可能不是個畸形，而是他被什麼東西寄生了，所以突然又長出了一對翅膀。不然大翅膀控制不住的時候忍不住飛起來就算了，怎麼剛出來的小翅膀也控制不住呢？

就在風鳴無比糾結地思考著人生的時候，體育場的大門那邊終於傳來了車和人混雜的聲音。

風鳴抬眼看去，就看到滿身是汗、非常狼狽的風勃衝在最前面，那表情就像是他已經掛了一樣的悲痛和堅定，只是這悲痛和堅定在看到自己的瞬間就僵住了。

他瞪大雙眼、滿目驚疑，看看風鳴再看看地上的巨大青蛙屍體，又看看風鳴再看看滿地的死老鼠，最後竟然一邊露出了放心的表情，一邊果斷嫌棄地後退了一步。

不是，你剛剛為了弟弟神擋殺神，佛擋殺佛的表情和精神呢？一地死老鼠和青蛙就把你嚇退了嗎？

反倒是南隊他們見慣了大場面，完全不怕各種屍體，幾個人快速跑到了風鳴面前，檢查隊裡最有前途的飛行靈能者有沒有受傷。

風鳴下意識用大翅膀蓋住了剛冒出來的小翅膀，雖然他信任南隊他們，但在翅膀和血脈這件事還沒完全弄清楚之前，越少人知道越好。

「讓你們擔心了，我沒事，也沒受傷，就是逃得太厲害，翅膀累了，飛不動了。而且也是我運氣好吧，又被后隊長救了。」

其實都不用風鳴說，在黑夜中特別醒目的那兩支金色長箭，和被長箭釘死的兩個人就顯示出了這裡曾經發生過什麼。

泰南看著那支金箭就忍不住咧嘴笑，伸手拍著風鳴的肩膀：「還是你小子運氣好啊！每次危機關頭都有超級厲害的大靈能者保護，如果我沒記錯，這應該是后隊第二次救你了吧？」

風鳴露出禮貌的微笑。認真算起來應該是第三次了，這是怎麼樣的孽緣啊。

「看來你和后隊長還滿有緣分的，好歹也是兩次救命之恩呢，等后隊長一會兒來了，可要記得好好感謝他一番啊，比如請后隊他們好好吃一頓。」

風鳴並不想請箭人吃飯，然而在全隊的附和和注視之下，他只能點頭：

「后隊長救了我好幾次，請他吃飯不是應該的嗎？不過就怕后隊長工作繁忙，沒空跟我們這些小蝦米們吃飯啊……」

風鳴話還沒說完，斜後方就傳來了讓他忍不住想要炸翅膀的某個隊長的聲音。

「要是小鳥兒你請我吃飯，就算沒有時間，我也能擠出時間啊。畢竟時間就像事業線，擠一擠總會有的嘛。唔，要不然就今天晚上去吃吧！剛好我想吃火鍋了，點特辣、微辣、番茄和雞湯的四宮格鍋，配上牛肉、小肥羊、豬肚、雞翅、鴨血、連菜和蝦球，最好再弄幾個大骨頭燉著，不用特別多，來個十幾斤就夠我們吃了。」

風鳴瞬間轉身，看著瀟灑肆意走過來的后熠忍了半天，最終沒忍住：「吃那麼多不會撐死你嗎？」

后熠輕笑起來：「你請的客，我撐死了也會吃完的。而且是大家一起去聚餐，又不是只有我自己。辦完事大家一起去，十斤菜還遠遠不夠呢。」

泰南在旁邊聽得連連點頭：「對對對，一起聚餐更好！小鳴啊，一頓飯換一次救命之恩，可值得了！」

風鳴對自家隊長露出一個完美的假笑：「隊長你說的對。」所以我上輩子做了什麼孽，才會被這種人救了命？

之後泰南帶著隊員們開始打掃收拾戰場，同時把陳碩和蛙男死亡的消息傳給總部以及其他區的警衛隊長，告訴他們危機解除，不需要再熬夜值班了。

風鳴正想著自家隊長漏掉了逃跑的菟絲子阿盈，花千萬就騎著變成獵豹的林包過來了。

「菟絲子抓住了，還救出了五個人。老富直接開車把他們送到靈能者監獄去了，讓那個寄生花蹲一輩子的牢吧。」

所以是故意留一個活口好救人啊。風鳴忍不住看了后熠一眼，這個人總是在他評價降到最低點的時候展現出他的細心和智慧。

后熠捕捉到了風鳴有點詭異糾結的眼神，就笑著對他招了招手。風鳴覺得這傢伙像是在招小狗，但想到之前他說的話，卻又不得不悶悶地過去。

「幹嘛？」

后熠就笑咪咪的，忽然伸手抓住了風鳴收攏在背後的大翅膀。

風鳴整個人渾身上下一顫，不等花千萬和林包在旁邊罵隊長耍流氓，一陣激烈的電花就從風鳴被抓著的翅膀上劈里啪啦地釋放出來，把萬萬沒想到的后隊長電了個爽。

風勃：「！！！」

西區警衛隊：「？？？」

龍組其他三人：「……」

花千萬先是一愣，然後就拍著大腿狂笑起來。

「哈哈哈哈哈！哈哈哈哈哈！我的老天爺，后熠你竟然也有今天！！我就說你這麼賤，遲早有一天會被打吧？哈哈哈，沒被打，被電了是不是也超爽啊？」

后熠哪怕被電得頭髮都微微炸了起來，抓著風鳴大翅膀的手都沒鬆開。他被笑了也不惱，伸手上下撫摸著那潔白光滑的羽翅，臉上的表情特別正經：「反正都被電了，不摸回來我就太吃虧了。」

花千萬的笑聲頓時停止，一臉佩服地道：「論臉皮厚這一點，隊長我是真的不如你啊。」

風鳴此時的心情和花千萬一樣一言難盡。他的翅膀被后熠的大手摸到老是想揮出去打人，而且還總有種被襲胸的羞恥感。

要不是他現在需要用大翅膀遮住小翅膀，不被人發現，他一定會立刻收回他的大翅膀！但想到這個人似乎從第一次見面就開始覬覦他的翅膀了，風鳴一邊躲著一邊問：

「你怎麼回事？你是有戀翅膀癖嗎？這樣的話，你養隻鳥隨身帶著不就行了嗎？」

后熠適可而止地在風鳴徹底炸毛前收回了手，「其他鳥的翅膀哪有你的翅膀好看好摸，等級和手感差太多了。而且，我這個人特別專一，最喜歡的還是第一眼看上的小鳥……翅膀，不會隨便就另結新歡的，你放心。」

風鳴：「請原地另結新歡，不要客氣。」

后熠無視了這句話，從他隨身作戰服的口袋中掏出了一打金色的靈能卡，差不多有十張的樣子。那卡片就跟撲克牌一樣，被裝在一個十分精緻的透明小盒子裡，然後他把一整盒都扔給了風鳴。

風鳴下意識伸手接住盒子，然後才意識到這一盒不是撲克牌，而是一張就價值十萬，甚至更高的靈能金卡，頓時就覺得這小盒子燙手無比。

「你給我這個幹嘛？我又買不起。」

后熠輕笑，這時他的表情變得溫和正經了一些：「不用你買，送你。」

「這東西也不值什麼錢，就是我閒著沒事充的靈能卡。以後要是再遇到像今天的事情，你就直接把卡捏碎，不管你在哪裡，只要我們之間沒隔著整片大陸，我都能找到你。」

自然也能保護你。

風鳴聽懂了后熠潛藏的意思，覺得這一盒金卡更燙手了一些。無功不受祿，不說這十張靈能金卡的價值，單是十次頂級靈能者的救助就能讓所有靈能者眼紅。

風鳴心中糾結，最後還是忍住了誘惑，他正要開口，后熠又加了一句。

「別覺得不好意思。你拿著這幾張卡，至少在感覺到靈能暴動、不對勁時通知我一下，我說不定還能幫你收個屍。到時候你的屍體就算免費捐獻給國家，為國家的靈能研究事業做貢獻了，這樣可以吧？」

風鳴覺得自己剛剛心裡的糾結、感動全都化成了灰。

「你死了我都不會死，你就每天仰著脖子，等著幫我收屍吧。」

風鳴黑著臉，但到底還是收下了這價值一套房子的靈能金卡。雖然他話說得很有自信，可心中的隱憂卻都一直存在。他看了一眼在旁邊和花千萬說話的后熠，微微垂下了眼。

他以為這個人會直接和他說關於後背第二雙翅膀的事情，可直到現在，他一個字都沒說，也沒有要告訴別人的樣子。甚至還把自己的外套脫下來扔給他。風鳴找了個角落收回大翅膀，穿上外套，就把剛冒出來的小翅膀擋住了。

風鳴並不想讓其他人知道他長了第二對翅膀的事，至少在這對翅膀長成之前，他不想去研究所抽血化驗。而只要這個在一千公尺之外看到他翅膀的人不開口，他現在就不會暴露，所以哪怕后熠之後一直在他耳邊念個不停，風鳴也都忍了。

風鳴請這個箭人和大家一起去吃火鍋，忍受這個箭人搶他的蝦丸、雞翅和藕片，忍到面帶微笑地花了整整一萬塊結帳回家，想著終於可以不忍的時候——

他還沒打開房間的燈，就被人無比精准地摸上了後背剛長出來的小翅膀，聽到了那個讓他忍了一路的聲音。

「小鳥兒，現在我們可以討論一下你這新生的小翅膀了。咦！這小翅膀摸起來的手感怎麼不太對勁？」

忍無可忍，無需再忍！

風鳴轉身的速度在一瞬間快到了極致，他狠狠地肘擊在后熠的腹部，之後渾身借力，直接把人撞倒在地。一瞬間，後背的雙翅展現，最長的兩根羽翅猶如兩根尖銳的釘子刺上了后熠的肩膀。若是普通人，必然已經被尖銳的羽翅刺破了皮膚，但后熠卻躺在地上，身上毫髮無損，眼中還帶著笑意。

「真沒想到還是隻猛禽。」

不過很快，后隊長就笑不出來了。

嘩啦一聲，那刺在后熠肩膀上的羽翅就爆發出強烈的電光，第二次把后隊長電了個爽。

「嘖。」

雖然身體強度驚人得可怕，但電這種能夠讓人從裡到外都酸爽的攻擊方法還真是有點防不勝防。

風鳴看著被電成爆炸頭的后隊長，這才冷著臉站起身，居高臨下地看著這位頂級高手：

「下次再隨便摸我翅膀，我就電廢你。現在，可以討論我的第二對翅膀了。」

被威脅了小弟弟的后隊長：「……」

竟然真的莫名感到了一絲危險，於是后隊長正襟危坐，對打開燈的風鳴道：

「好吧，那說正事。來，脫衣服，讓我看看你的新翅膀～」

風鳴：「……」靠！！！！

第六章　奇葩的選手們

風鳴和看起來很正經的后隊長對視了三秒，最終還是黑著臉轉過身，脫掉了外套和上衣。

不過在脫掉外套的時候他長臂一甩，那屬於后熠的外套就直飛上他的腦袋，在后隊長伸手抓住自己的外套時，風鳴已經裸著上身，看向客廳的穿衣鏡了。

他正微側著身子看著鏡中的後背，眉頭輕蹙。

這幅畫面在后熠的眼中顯然可以算上另一番美景了。少年的身材顯然不錯，皮膚緊致光滑，肌肉的線條流暢，身上沒有多餘的贅肉也不顯瘦弱無力，應該是每天都有鍛煉的緣故。而他的膚色在燈光的映照下有一種暖玉的白，高腰長腿、脖頸修長，即便只是側頭照鏡子的細微動作也讓人難以移開雙眼。

而比起少年本身的魅力，他脊背後面的情況更讓人在意——

在他脊背上方肩胛骨的位置，有一雙非常美麗又飄逸的銀紫色翅膀印記，看起來就像是刺青，卻比刺青美了不知道多少倍。如果一直盯著那個印記看，時間久了便會產生一種意識的眩暈感，彷彿被吸進去了。

而在這銀紫色的翅膀印記下方，一對半個巴掌大的金色小翅膀正在那裡開心地搧著。

和鳥類長著絨毛的翅膀不同，這對金色的小翅膀上緊密地排列著細小薄長的羽毛，羽毛尾部鋒銳，顏色還有些透明，單看色澤更像是金色的魚鱗。它們按照極為規律的方式排列在翅膀上，上下翻飛之間反射出房間內白色的燈光，美麗得有些耀眼。

后熠看著這對比起鳥翅膀，更像是某個鮫人魚尾巴的翅膀，露出了牙疼的表情。

風鳴顯然也看到了自己的金色小翅膀，怪不得他之前摸的時候覺得小翅膀光滑得像是水晶玻璃，這對跟魚鱗一樣的翅膀不光滑，難道還很粗糙？好在小翅膀的賣相實在很不錯，實在要形容的話，就是電視或動漫中的機械翅膀的金色水晶版，想來長大了之後會很酷很……刺眼？

不過，風鳴還是忍不住自己吐槽了一句二翅膀。

「老二，你的羽毛跟魚鱗差不多，所以到底是鳥翅膀還是魚尾巴？」

那金色的華麗翅膀又憤怒地拍了起來，彷彿在抗議風鳴把它和魚放在一起比較。

這時候，后隊長也從牙疼中回過了神。

他神色十分複雜地看著風鳴後背的金色小翅膀，來了一句：「還記得你在滬城被墨子一號檢測的結果嗎？」

風鳴看完了自己小翅膀的樣子，回臥室拿了一件寬大的睡衣套上，然後走向冰箱。

「混合覺醒者，天使系50％、鵬系40％、鴻系10％。」

他拿出兩罐冰啤，一罐扔給了后熠，然後頓住：「所以這個是鵬系的翅膀？開什麼玩笑，什麼鵬能長出這樣的翅膀，跟水晶魚鱗一……」

「北冥有魚，其名為鯤……化而為鳥，其名為鵬。」后熠慢吞吞地背了一小段逍遙遊，前四個字就讓風鳴噴了啤酒。

后熠見到風鳴噴啤酒，揚著眉毛笑：「你這是高興到噴酒了？」

風鳴抹了一把嘴，「是啊，簡直就像中了一個億。」雖然他確實覺得自己滿厲害的，但他確實沒想到屌成這個樣子。

「那可是鯤鵬，神話傳說中遮天蔽日的神鳥，我何德何能能覺醒這種異變啊。要不是這小翅膀就在我背後拍著，打死我都不會相信。而且，就算現在這對翅膀看起來有那麼一點像是漂亮的魚鱗，也不能完全確定就是鯤鵬吧？說不定是西遊記裡的大鵬金翅鳥呢。」

后熠就輕笑起來：「你覺得那個大鵬金翅很一般嗎？在西方佛教，那可是和佛祖有親戚關係，大聖都不能打死的始祖鳥之一。」

風鳴沒說話，一時之間神遊天外。

難道這就是穿越者的巨大金手指？但也不太對啊，這副身體不是他的，就算原身長得和他特別像，家庭關係也幾乎一樣，就像另一個平行世界，但是，到底也不是身穿，而是魂穿，所以身體的異變覺醒應該還是歸功於體內的血脈，而不是靈魂的力量吧？

又或者說，因為他剛好是一個魂穿者，在他的靈魂和這個身體的雙重作用下，他才會長出兩對翅膀？

風鳴想不明白，也懶得再繼續想。反正翅膀都已經長出來了，還能把它塞回去嗎？

這時候，他看到后熠臉上帶著興奮的笑去浴室的浴缸裡放水，頓時滿臉震驚：「你該不會是想在我家洗澡吧？」開玩笑，他們完全沒有熟到可以共用浴池的地步好嗎！

后熠搖頭：「除了浴室play，我基本上是不怎麼泡澡的，這當然是給你用的啊。雖然我不怎麼喜歡魚精，但如果是你從鳥變成了魚，我還是能夠接受的，而且金色的尾巴肯定比藍色的尾巴好看。」后熠這樣說著，拍了拍注滿一半的浴缸水面：「快脫了褲子進來，看看能不能變成美男魚！」

風鳴伸手拿起蓮蓬頭，面無表情地直接噴了青龍組大隊長一臉。

「變你頭，請你圓潤地從外面把門關上。」

在說這番話的時候，風鳴背後潔白的大翅膀又顯現了出來，上面的滋滋電光非常明顯地表達出了威脅。

后熠十分悵然地站起來：「我怕你自己泡覺得孤單嘛，或者萬一溺水了，我也能救你不是嗎？」

「你在浴缸溺水給我看看？快圓潤地出去。」

后隊長一步三回頭，「那你記得有什麼事就喊我啊！我就在門外。」

風鳴砰地一下就關上了門，差點砸扁英俊的后隊長筆挺的鼻子。

關上了門之後，風鳴看著那已經注滿了水的浴缸，忽然忍不住捂臉嘆了一聲。

他竟然真的被那個傢伙帶歪了，他為什麼一定要試驗一下自己會不會變成魚啊？等翅膀長成後，他應該自然就能明白自己到底是什麼種類的鵬了。

算了，反正熱水已經放了，泡就泡吧，就當作洗澡放鬆了。

然後，風鳴確定了自己二翅膀的屬性。

當他整個人放鬆地躺進浴缸的時候，後背的小翅膀就開心地拍了起來，從前只會讓他感覺到舒適的水流現在還多了一種親切感。風鳴甚至覺得，他能一翅膀就掀起海中的巨浪。

喔，當然這是等小翅膀長成大翅膀的時候才能辦到的事，不過，這也讓風鳴覺得十分驚喜了。他忍不住伸手摸了摸他的小翅膀，嘖嘖，小二也滿厲害的嘛，以後游泳再也不用擔心溺水而亡了，廣闊的海洋也可以去游一游了！

不過，風鳴倒是沒有變成一條大魚，後背的小翅膀也沒有從小翅膀變成魚尾巴。看來他不是個純種的鯤鵬，不能完成兩棲完全變化。

此時，浴室的門被敲了兩下，后熠的聲音響起：

「小鳥兒，你還好嗎？你變成美男魚了嗎？」

風鳴聽到這聲音，嘴角往上一勾，嘩啦一下就從浴缸中站起，然後裸身走到門邊，猛地打開門一腳就踹了出去。

目標是某個老流氓的命根子。

后熠驚險地躲過這一記斷子絕孫腳，大腿還是被擦到了邊，然後聽到風鳴有些沙啞得意的聲音：「你看我的腿，它又長又直，沒變成魚尾巴真是不好意思啊～」

后熠看著那又白又直的腿，看了一眼又一眼，最後一臉正直地後退了好幾步，伸手捂住自己的眼睛：「非禮勿視。不過，你的腿確實滿好看的。」

用大翅膀把自己擋得結結實實的風鳴冷笑：「你是不是忘了那天在雷雲之下，偷看我整整一夜的事了？」

看了一夜，火氣特別大的流氓隊長：「……咳，那個我可以解釋。我不是在偷看，真的，我是在為你保駕護航，還是我通知泰南他們留在體育場接應你的。」

風鳴：呵呵。

自知理虧的后熠隊長就主動開始翻冰箱。

「你開冰箱幹嘛？」

后隊特別自覺地道：「找榴槤跪著謝罪啊。」

風鳴：「……」

真該讓那些尖叫著要嫁給這位隊長的少男少女們看看這到底是個什麼熊玩意兒！喜歡上這種人要有多眼瞎心盲啊！

最後后隊長還是沒有得到跪榴槤的資格，而且風鳴家的冰箱裡也沒有榴槤。不過后隊長還是做了深刻的檢討和反省，並保證以後絕對不會在不該看的時候隨便亂看。

看在救命之恩和靈能金卡的份上，風鳴也只能讓他去了。電也電過了，打目前又打不過，也不可能伸手戳瞎神箭手的雙眼，以後就只能多幫大翅膀充電了。

然後風鳴就問了一句：「你是覺醒了后羿血脈，同時眼睛也有了變化嗎？」

后熠笑了笑：「要是當年后羿射日的時候是一雙普通的眼睛，估計九隻金烏還沒射下來就先被閃瞎了眼吧。」

風鳴點點頭。所以，他應該是比較厲害或者完整的后羿血脈異變了，不像自己，是個不能變身的半吊子鯤鵬。

小翅膀又不滿地搧動了兩下，風鳴趕緊在心裡安撫。半吊子鯤鵬已經能吊打絕大多數人了！要是完整的鯤鵬血脈，那不就要統治世界了嗎？低調才是王道！

金色小翅膀這才滿意了。

風鳴就想著自己西方天使和東方鯤鵬的異變覺醒，覺得自己的血脈真是複雜。或許是當年的鯤鵬不小心飛到了西邊，然後和一位美麗的天使談了戀愛？

風鳴：「……」快住腦，什麼亂七八糟的。

然後他就聽到了后熠的感嘆：「你還是東西方神話系的混血呢，估計是全球第一例。雖然你可能活不過三個月，不過還是得藏好了，免得被一堆人套麻袋解剖，那就是真的慘了。」

風鳴用死魚眼瞪他。

后熠又笑了起來，后隊長忍不住在心裡感嘆一句美麗的外表和翅膀使人盲目，哪怕這小鳥兒用死魚眼瞪他，他都覺得好看，還很撩呢。

「好了，說件重要的事。你第二對小翅膀的事情我會幫你瞞著，並且會幫你頂住研究院那邊的壓力。不過，如果你覺得身體或者第二對翅膀有什麼不對勁的話，你要主動告訴我才行。OK？」

風鳴點頭，「好。」

「那我們就來說說你壽命的事了。從你二月十二日覺醒到現在，已經過了二十四天的時間，你三個月的壽命基本上就只剩下兩個月了，你有什麼感想嗎？」

風鳴揚了揚眉毛：「……我真的還想再活五百年？」

后熠沒忍住，差點噴了啤酒，「咳咳，這是全人類的願望，但你目前想要達到比較困難。你先不要把目標定得那麼高，我們先來苟上一年半載再圖以後嘛。你使用弱化藥劑了嗎？效果怎麼樣？」

風鳴想到被他放到外送小背包裡積灰的弱化藥劑，沒吭聲。

后熠就嘆了口氣：

「我就知道。成為靈能者的人不想再退化成普通人是人之常情，但我還是要提醒你，不要心存僥倖。我見過太多混合系靈能者死亡的畫面了，其中還包括兩個神話系混合靈能者的死亡，那畫面即便是我都不願意再去回想。」

風鳴皺眉，他還是沒有說話。

事實上，從他那次不小心竄上天之後，他體內的靈能就沒怎麼再暴動過了。他不知道挨雷膀和二翅膀覺醒算不算是靈能暴動的一種，但是他真的沒有像資料上寫的那樣，不同的靈能力量在體內互相攻擊，也沒感覺到痛苦和失去自我意識。

最多……就是不管是他的大翅膀還是小翅膀，都不怎麼聽話就是了。但風鳴把這歸咎於他還沒能完全控制靈能，絕對不是翅膀成精，所以，他是真的不想喝弱化藥劑。

后熠看他不說話，也沒再多說，反而說了另外一件事。

「根據國家靈能研究院的推算，五月五號左右，我們國家的長白山脈靈能禁區將會爆發強烈的靈能波動，而隨著靈能波動的爆發，長白山的靈能禁區有二十天的時間可以出入。只要你堅持到五月五號，能夠進入靈能禁區，也就是長白山靈能祕境，我就陪你去找洗靈果，到時候只要把你體內的天使系或鵬系血脈異變洗去一個，你就能努力往五百年活了。」

風鳴後背的小翅膀聽到這番話非常憤怒地拍了兩下，風鳴抽著嘴角摸了摸它才看向后熠，「進入靈能祕境有資格限制吧？」

后熠輕笑點頭：「聰明。祕境裡的東西都是天材地寶，別說我們國家的靈能者，國外的靈能者也會想辦法混進來的，到時候裡面肯定會有爭鬥，所以最基本的資格要求就是靈能等級在B級以上，而非官方人員想要進入祕境，必須要有任何靈能者大賽前十名的資格認證。」

后熠看著風鳴揚起嘴角：「三月和四月兩個月，正好是全國靈能者學院戰鬥大賽的賽期，高中部和社會部的前十名可以跟著我們進入祕境。所以，你有信心嗎？」

風鳴就看著后熠笑了起來，那雙漂亮的鳳眼裡全都是興奮的光。

「再沒有不過了。」

后熠看著他笑，自己也笑了出來：「那我拭目以待。以及，時間很晚了，讓我在你家打地鋪吧。你家這麼大，總能裝下一個我吧？」

風鳴的笑容瞬間變成假笑，想把這個厚顏無恥的箭人直接插——出去。

然而最終，后隊長躺在喜愛的小鳥兒從前睡過的床上，翹著腳，愉悅地看著窗外雲開霧散的月光。

——叮咚。

他拿出手機，看到小鳥兒發了個動態。

『風鳴：后羿當年能射日，靠的一定不是神力、毅力和勇氣，而是太陽都曬不化的臉皮。』

后熠為這條動態點了個讚~

§

風鳴做了一晚上的噩夢總算熬到了清晨起床，他從床上爬起來，摸了摸後背的小金翅膀又摸了一下自己的小弟弟，感覺自己為小翅膀付出良多——在壓翅膀和壓二弟之間，他竟然選擇了後者，怪不得會做一整晚呼吸不暢的走光噩夢。

好在，今天那個箭人就要離開他的家和他美好的生活了，為此風鳴願意奉送他一頓滾蛋的美味早餐。

平底鍋煎兩個手抓餅、兩根大肉腸，再煎兩顆蛋，把賣相不怎麼好，有點焦的那個煎蛋放在箭人的手抓餅裡，再盛上一碗不算特別濃稠的皮蛋瘦肉粥，早飯就完成了。

風鳴盛粥的時候沒發現后熠已經站在廚房的門邊，笑咪咪地幫他拍了好幾張照片，轉過身就看到他那賤得能夠射日的樣子，努力克制住把粥扣到他臉上的衝動，咬牙說：

「箭人過來端粥！」

后隊長無視那個稱呼，十分殷勤地接過粥往餐廳端。風鳴在他轉身的第一時間就回到櫥台前，把屬於后熠的手抓餅刷了三層變態辣的辣醬。

於是在后隊長吃第一口手抓餅的時候，他臉上的笑容就有點僵了。

風鳴喝了一大口粥，心中大爽。

等吃完飯，風鳴不帶半點矜持地趕人：「好了，后隊長，我今天要去上學了，你也趕緊回去上班，處理你們的事情吧。作為國家最厲害的四大靈能者小隊之一，你每天都應該很忙吧？我就不耽誤你的時間了。」

后熠看著風鳴只差笑出一朵花的樣子揚揚眉毛，還是面帶笑容地站了起來，「你說的對，我也確實該上班了，每天都要救人民於水火之中，我也很忙啊。」

說著他就主動打開房門走出去，然後對已經不掩飾喜色的風鳴道：「那晚上見啊。」

風鳴：「……什麼？」晚上見？見什麼鬼？

此時，對面那間因為租金太高而長時間空置的房門忽然被人打開，一個堪比風大伯母的中年婦女從裡面走出來，見到后熠的時候頓時雙眼一亮：

「哎呦，你就是后先生吧？我剛剛又檢查了一遍房間裡的家具，還把屋子打掃了一遍，現在正乾淨清爽著呢！后先生，你可以直接拎包入住啦！后先生你放心，我們這個社區的房子雖然有些老，不過品質特別好，絕對對得起一月五千的租金！而且我這裡還是學區房呢，以後后先生有孩子了，也可以就近上學呢！」

這位大嬸跟后熠說完話就看到了風鳴，招呼了一聲：

「啊，小鳴，你這是要去上學了嗎？這幾天怎麼沒見到你大伯母過來啊？」

風鳴抽了抽嘴角，沒回答這位大嬸的話，只是問：「劉姨，妳的房子租出去了？」

劉大媽笑起來：「當然啦！我就說我家的房子不可能租不出去的！仲介人還說我們家房子太貴了，貴什麼呢，我家裡的家具齊全還特別乾淨，非常值這個價！喔，這位后先生就是新租客啦，他租了一年的時間，以後你們就是鄰居了，要好好相處啊！」

風鳴：「……」

后熠這才笑咪咪地從劉大媽手裡接過對面屋子的鑰匙，開口：「那是當然，我們一定能好好相處的～」

風鳴癱著臉轉過身，砰地一聲關了門。他覺得這日子沒辦法過了。

結果門剛被關上就被敲響了，外面傳來后熠的聲音：

「如果小鳥兒你有時間，我可以帶你去龍城的靈能者夜市逛一逛，那裡應該有你很想買的各種靈能者裝備，也能讓你見見世面喔。」

風鳴冷笑撇嘴，心想，我就算要找圖途、熊霸、楊伯勞一起去，就算是單獨一個人去，也絕對不會跟你這個箭人一起去！

時隔一周，春光燦爛，風鳴終於再次來到了靈能者學校。

他剛來到學校，就看到了學校大門上掛著兩條鮮豔的紅色橫幅，心裡對那個笑咪咪的校長老爺子又多了一分敬意——

『全國校園靈能者大賽開始啦！同學們捲起袖子努力戰鬥！進入前十名，學校獎勵獎金一百萬！』

『熱烈歡迎龍城第六百六十九和六百七十位靈能者綠蘿系羅絲絲、菜刀系蔡濤入學！』

風鳴站在大門口，覺得那個菜刀系的蔡同學搞不好是個廚師，然後他突然就想到了之前的六百六十八位靈能者屠迎迎。

當初他沒有在第一時間懷疑這位同學是凶手，很大一部分是因為這位同學是被學校檢測認定的迎春花系靈能者。而迎春花系和寄生類的危險植物系實在是相差太多，任誰都不會主動懷疑迎春花系的人會殺人，哪怕那位迎春花美女特別開放。

事實證明，學校的檢測出了問題。

每一位入學的靈能者都要去學校的靈能檢測室複查檢測，風鳴自己也去檢測過，當時得出來的結論也是鵝系八成。或許學校的檢測器和醫院的一樣，不算太精密，但大體上應該不會差太多。那麼，屠迎迎到底是用什麼樣的方法偽裝成功的？那是她本身的能力，還是黑童那個組織的研究成果呢？

如果是後者的話，那就不太好了，只怕犯罪者會因此增多，且肆無忌憚。

風鳴正想著，肩膀就被人拍了一下：「愣著幹嘛？大老遠就看到你了，你怎麼沒把大翅膀拉出來遛遛啊？還穿了沒開後背的外套？我要是有那麼拉風好看的大翅膀，我肯定每天都露出來，走在路上都能讓別人主動讓條路，還露出羨慕嫉妒愛的表情！」

圖途伸手想去摸風鳴的後背，被風鳴特別敏捷地閃開了。開什麼玩笑，二翅膀還在那裡，光是今天穿外套沒讓它露出來，它就劃破了好幾件外套，要不是最後他在心裡做了各種安撫和保證，他的外套估計全部都要變成露背裝了好嗎？

風鳴就有點煩惱，等二翅膀再長大一點，他要怎麼偽裝呢？嘖。

圖途被躲開也不在意，聲音反而越說越蕩漾，「有特殊撩妹利器，你卻不用，你怕不是個呆子！」

風鳴對他翻了個白眼：「你不要頂著這張無辜可愛的娃娃臉，說著流氓兔的話，這會讓我覺得很違和。」

圖途頭頂的兔子耳朵擺了擺，對幾個路過的女同學擺出了一個「愛心」的動作，引起女同學小聲的尖叫之後嘿嘿笑了起來。

「你不知道兔子全年都在發～情～期嗎？我雖然不會那麼沒節操，但是你不能阻止我追求快樂的天性啊～」

風鳴：「呵呵。」希望你不會有被你的天性打臉的那一天。

圖途看著橫幅又道：「那個菜刀系的總覺得很厲害，下午我們一起去會會他！還有，那一百萬的獎金我拿定了，是兄弟就不要跟我搶！」

風鳴十分冷漠：「喔，那我們先絕交兩個月吧。」比起圖途欠的那五十萬，他至少要在大賽期間準備十罐弱化藥劑才覺得安穩，這就是一百萬了，就算最後得到了前十名，他也才勉強不賠本。

圖途頓時氣得豎起耳朵，片刻後只能道：「那我們兄弟就一起稱霸靈能者大賽！」不然能怎麼辦，打又打不過。

果然，下午上課的時候，班導師鹿邑就跟大家說了關於校園靈能者大賽的事情。

「大賽總共分為初賽、複賽和決賽三部分。初賽是各個大城的靈能者學校決出前十名，勝利者會由老師帶隊去川城進行複賽和決賽。複賽和決賽的規則我不清楚，得等到了川城才能知道，不過我們學校的比賽規則就很簡單了。」

鹿邑露出了一個十分凶殘的笑容。

「今天下午集體大亂鬥，決出前五十名。明天下午前五十名開始兩兩對戰，決出最後的前十名。小學部不設定比賽，國中、高中和社會部的前十名共三十人，會在四月一號跟我們一起去川城。所以，努力戰鬥吧，同學們，這種見世面的機會可不多。而且，如果你們能夠幸運地戰到最後，就會有意想不到的驚喜等著你們喔。

不過我要提醒你們一下，有戰鬥就會有受傷，我們有校醫在，不會讓你們死亡，但戰鬥受傷不可避免，怕痛的就直接先跟我報備退出吧。」

鹿邑說完，整個靈能一班的學生們就興奮了起來。沒有一個人打算退出，甚至大部分的人都開始興奮地拍著桌子嗷嗷叫，表示他們渴望戰鬥和必勝的決心！

風鳴看著熊霸嗷嗷捶著胸脯、圖途的腳不停拍地的樣子，轉頭看向還算淡定的風勃：「鴉哥，你有什麼感想？」

風勃對堂弟翻了個白眼：「我估計進不了前十就走個過場，肯定不會出問題。但對於這次靈能者大賽，我還有淡淡的不祥預感。」

風鳴：「……」

完了，他兄弟以後恐怕除了「我有不祥的預感」這句話，就沒有別的話可說了。

宣布完比賽規則和注意事項，高中部的三個靈能班，總共兩百四十八個學生就被帶到了比賽操場。此時的操場四個角安裝了四根能量控制柱，一旦檢測到學生靈能爆發或者靈力超標就會主動鎖定目標示警，防止戰鬥中發生什麼意外。

而且，操場的四周還出現了四個巨大的雷射螢幕，風鳴他們走到操場中央之後，就在螢幕中找到了自己的身影。三位班導師各站在三面大螢幕旁邊，最後空出來的螢幕旁竟然站著那個日常面帶微妙笑容的古校長老爺子。

顯然學校很重視這次比賽，再然後，就是讓所有同學都震驚的高科技了——

古校長笑呵呵地對三位班導師點了點頭，學生們所站的操場中心竟然緩緩升了起來！

「我靠！我們學校的操場竟然還能升降？我來了兩個多月，怎麼完全不知道啊！」

「你來了兩個月不知道，我來了半年也不知道好嗎！看來學校這次是認真的啊，我突然有種要挨打的不祥預感！！」

「好了，各位不必驚慌。這個戰鬥高臺也只有一百五十公分的高度而已，再弱小的靈能者都不會摔死的。以及這次的靈能大賽全程都有錄影，你們也不用擔心在比賽中遇到不公平的評判，否則你們可以直接拿著影片，去找校長或者靈網舉報。所以，你們要做的就是竭盡全力的戰鬥！取得勝利！然後代表龍城靈能者學校征戰全國大賽！！那麼現在，就讓校長宣布比賽開始吧！」

所有學生們都齊刷刷地看向站在東面螢幕那裡的古校長。

老爺子嘿嘿笑了兩聲，手中竟然多了一個小麥克風。

「咳咳，喂喂？好啦，時間不多，大家都做好準備。我宣布龍城高中部靈能者大賽，現在開始啦！」

就在風鳴一邊戒備，一邊想這次的大亂鬥到底要怎麼鬥，很明顯三個班的學生聚集成了三堆，搞不好會先團體作戰的時候，他眼尖地看到原本站在西、南、北三個大螢幕前的三位班導師齊齊從口袋中掏出了一張金色的靈能卡，然後三人如同鬼魅一般閃現到戰鬥臺的三邊，捏碎了手中的靈能金卡，把碎片拋向他們！

在靈能金卡碎掉的一瞬間，戰鬥高臺上忽然充斥了漫天的迷霧，這股霧氣實在是太濃，瞬間就讓人看不清周圍的同學的長相和位置。

風鳴心中一跳，用最快的速度脫下外套，同時後背銀紫色的印記閃動，一雙潔白而強大的羽翅瞬間張開，帶著他整個人飛到了空中去。於此同時，他聽見了熊霸的聲音。

「我靠，怎麼臺子又開始動了？」

風鳴就明白了。這是先用濃霧阻止三個班的學生們各自組隊，再用戰鬥臺的轉動混淆他們站的位置，反正旋轉完一遍，方向感不好的別說組隊了，怕是連之前周圍站著誰都不記得了。

「嘖嘖，真是陰險啊。」風鳴忍不住搖頭感嘆兩聲，就見到濃霧中又唰唰地飛出了兩個人。果然是已經翅膀羽化了的楊伯勞和風勃，兩人特別自然地飛到了風鳴旁邊，三個鳥人就這樣排排飛地看著下面已經開始的混戰。

風勃忍不住有點小高興：「要是這樣的話，我說不定能夠輕易地苟且到前五十。」

楊伯勞推推他的平光眼鏡：「那不一定，雖然我們飛在上面，也不代表下面的人無法攻擊我們，而且一個搞不好，我們還會成為……」

楊伯勞話沒說完，就有十幾塊大小不一但都十分尖銳的小石子從迷霧中激射而出，風鳴一翅膀把差點沒反應過來的風勃掀飛，金色的小翅膀就在後背開心地拍著後退，躲過了小石子們的攻擊。

楊伯勞的戰鬥經驗最豐富，早就飛走閃開了，同時他還叫出了攻擊者的名字。

「那是三班最強的自然系！沙石系的石破天！這小子是已經是B⁺級的靈能者了，據說已經快要突破到A了，你們小心。」

風鳴挑了挑眉。沙石系的是真的滿厲害的，不過這難不倒他，如果對方的攻擊能打到你，那就說明你飛得不夠高。在這種情況只要飛得更高，就萬無一——砰！

「我靠！什麼情況？」

風鳴原本想要飛上天，讓下面的人乾瞪眼著急，結果往上升還不到十公尺的時候就感覺自己的腦袋撞上了一面牆，直接把他的頭頂撞出了一個包。

此時，校長那慢悠悠的聲音就響了起來。

「哎呀哎呀，忘記說了。我們整個賽場都是有長寬和高度設定的，超過設定的長寬高是出不去的喔！」

風鳴：「……」這老頭子是故意的吧！

風鳴把靈力聚集在眼睛，這才隱隱地看到了在操場四周淡淡透明的靈能罩。

「還有喔，一味的躲避不是勇士和勝利者的行為，想要成為最後那五十名勝利者之一，必須要親手『幹掉』一位同學才可以，躲到最後的可不算數。」

風鳴：「……」我懷疑這老頭子在針對我大天使鯤鵬。

不過，這點針對對風鳴一點都不構成威脅，不就是親手把一位同學扔出戰鬥臺嗎？輕而易舉的事情而已。

此時，下方的兩百多人已經徹底亂鬥起來了，除了吸塵器小哥偶爾能吸一下霧氣再噴出去清理一下視野，其他學生們看不清楚就乾脆亂打，逮住誰就打誰，反正戰鬥場上沒有朋友，這時候拚的就是他們的反應速度和力量，還有對自己能力的掌控了。

不得不說，這確實是檢測實力的好方法，因為一些臨場對敵經驗不足、反應速度慢的學生們早早就被打下了戰鬥臺。最初混亂的十多分鐘過去後，留下來的這一百多個學生大都是對自己的能力掌控細緻、反應敏銳、戰鬥能力強的人了。

到了這個時候，剛剛一直彌漫在場上，無論如何也散不掉的濃霧竟然漸漸消散開了，戰鬥臺上的學生們這才看清了自己周圍的情況。

原本身邊那些熟悉的同學、朋友，要嘛早早就被打下了戰鬥臺，要嘛莫名其妙地到了戰鬥臺的其他角落。總之，在恢復視野的第一時間，他們就發現自己身邊站著的大都不是同一班的同學，而是另外兩個班的對手，於是大家只略微停頓了幾秒，就毫不猶豫地開始對身邊最近的對手出手了。

之前在迷霧中打鬥的時候，只能聽到三位班導師的報數聲，他們聽著人數從兩百四十八一路往下降，心裡又慌又緊張。但現在迷霧已經散開，而且剩下的人只剩一百多個了，基本上他們只需要找一個對手解決掉就能結束這場戰鬥，所以他們有什麼理由不行動呢。

風鳴趁霧氣濃郁的時候完成了要求的戰鬥。

雖然他可以把靈力凝聚在雙眼，從而看清下方的情況，但風鳴沒費這個力氣，他搧動後背的羽翅，找准一個方向快速地俯衝下去，在距離極近的時候能看到霧中的人影。他伸手飛快地勒住目標的脖子，就把那個人直接帶飛到臺下扔下去，整個動作就像是獵鷹捕食，又快又猛。

第一個被他扔下去的同學反應和能力都比較弱，連反抗都沒有，而第二個人反應過來之後想要反擊，最終還是被風鳴躲過，然後扔下臺。但當風鳴想要趁勝追擊突襲第三個人時，那個人卻反應非常快地反手給了他手臂無比凶猛的一刀。

風鳴比他更快地躲開了這個攻擊，他羽翅帶起的風甚至吹散了那個人周圍的濃霧。在那一瞬間，風鳴看到那個躲過他突襲的男生，手中正握著一把無比鋒利的……西瓜刀，雙目通紅地看著他，彷彿下一秒就要把他砍成十八塊。

風鳴眼神微閃。這個男生該不會就是今天進入學院的那個菜刀系蔡濤同學吧？看他的樣子好像有些不對勁啊。

不光是蔡濤眼中看起來讓人頭皮發麻的猩紅血絲和駭人的凶狠，風鳴還注意到他手上握著的那把西瓜刀的刀刃正在滴血。可見在攻擊他之前，這個菜刀同學應該已經砍傷了其他同學，說不定被他砍下臺的人比被自己扔下臺的還多。

這就有些耐人尋味了。

一個才剛覺醒的學生會這麼厲害嗎？僅僅一天的時間，他就能熟練地運用自己的力量，並且戰鬥反應如此敏捷？風鳴開始懷疑這個菜刀同學的來歷了。

此時濃霧散開，風鳴和蔡濤成對峙的狀態。

風鳴能感受到菜刀同學對他越來越強的攻擊性，似乎他正在蓄力，等待著最凶猛的那一擊。

旁邊卻突然衝來一頭變成了小型犀牛的男同學，他的目標正是蔡濤。雖然蔡濤手中拿著長長的西瓜刀，但他皮厚肉糙，防禦力強，只要他衝撞的速度夠快，就能直接把這個人撞飛出去，刀子什麼的頂多讓他受點皮肉傷，一點都不可怕好嗎？

風鳴認出了這個小犀牛是靈能一班的B級靈能者戚西西，這小子最近剛完成整體覺醒，能把自己變成一頭小型犀牛。哪怕他變的只是小型犀牛，卻也比普通人大上三四倍，身體的防禦力和衝撞力更是強得可怕。他們曾經一起看過這小子把學校的一堵牆生生撞出一個大洞，然後完全沒事地抖了抖身子就出去了。

按理說，戚西西皮糙肉厚地衝過來，他更應該擔心看起來身形瘦弱的初覺醒者菜刀同學，可不知為什麼，風鳴卻感到自己的眼皮直跳。當他看到蔡濤面對衝過來的戚西西，忽然間左腿後退一步，手中的西瓜刀表面竟然亮起一層淡紅靈光的時候，他終於明白問題出在哪裡了！

這個菜刀同學竟然已經覺醒了攻擊技能！而且，他甚至可以把自身的靈能附著在刀上，在這種情況下，別說是只能變成小型犀牛的戚西西，只要沒有靈力護盾，就算是能完整異變的熊霸，被他砍到一刀都能砍成重傷！

風鳴背後的羽翅瞬間張開到極致，幾乎是瞬間就閃到了菜刀同學的上空，在菜刀同學瞇起眼，抬頭一刀劈向他的同時，風鳴閃過攻擊，甩手就把自己的外套當成麻袋，扔在菜刀同學的腦袋上，然後在菜刀同學拉扯外套的時候一個俯衝，踹向了他，結果這一腳竟然還被菜刀同學驚險地避過。同時，蔡濤也輕鬆地躲過了戚西西的犀牛衝撞，並且抬起了他手中的西瓜刀。

風鳴瞇起眼，手摸上後腰，準備拿他的伸縮教鞭出來，結果在這時，古校長的聲音響起：

「哎呀，時間到！呵呵，沒想到這麼快就決出了前五十名強者。大家都辛苦了，能夠留在臺上的都是勇士，而摔下臺的也不用沮喪，你們只不過是比他們稍稍晚一點的勇士而已。只要努力鍛煉，後來居上、大器晚成的人也有很多的，加油喔！好啦好啦，快點下臺來讓醫療室的老師們看看你們的傷勢吧。大家按照傷勢的輕重排隊治療啊，應該沒有受傷特別嚴重的吧？」

風鳴聽著古校長的話，眼神卻還盯著菜刀同學沒有放開。

而蔡濤也同樣用冰冷的眼神看著他，整個人的氣勢冰冷得就像一把刀。

兩人之間的氣氛凝滯，結果就被怒氣沖沖地衝過來的戚西西打斷了。

「風鳴，你這小子幹什麼搶我對手！明明是我先要把他撞出去的，結果被你耽誤，讓他運氣好地留下來了吧！」

揚起落下。

風鳴看了這頭傻犀牛精一眼，沒說話，對面的蔡濤忽然眼中厲色閃過，手中的西瓜刀驟然

一道淡紅色的靈力波直朝戚西西面門衝去！

「啊！小心！」

有同學驚叫出聲，戚西西也完全沒想到這小子竟然一言不合就動刀，他反應過來的時候，那把靈力刃幾乎已經到了他面前，然後他突然感覺腰間一疼，整個人就被踹飛了出去，同時他原本站著的位置前面突然落下一堵沙石牆，擋住了那把靈力刃的大部分攻擊。

蔡濤抬眼，靜靜地看了一眼把人踢出去的大長腿圖途，還有落下沙石牆的石破天。

圖途笑嘻嘻地：「噯，都是同學，可不要一言不合就放大招啊，新同學。」

蔡濤沒說話，轉身就跳下了臺。

或許是那一刀的力量讓他看起來格外凶殘，他所過之處，竟然有同學直接讓出了一條路。

圖途走到風鳴旁邊，臉上笑嘻嘻的表情不見了：「這新來的小子怎麼這麼凶？剛剛他是真的想殺了戚西西嗎？」

風鳴擰著眉毛：「我也不清楚，不過我能感覺到他的情緒似乎非常不穩，就像是憋著什麼一樣。」

風勃就走了過來，聲音幽幽地：「他身上帶有濃重的不祥之氣，你們還是離他遠遠的比較好。」

風鳴：「……」

圖途：「……」

熊霸聽到這番話，哈哈哈地笑了起來：「勃子啊，怎麼你覺醒之後，我覺得你越來越像個神棍了呢？難不成這是烏鴉系的天賦技能嗎？」

風勃就翻了個大白眼，看一眼熊霸，呵呵兩聲。他是絕對不會告訴熊霸他今天也有血光之災的。

前五十名已經決出，下午就直接放學了。

在放學之前，風鳴想了想還是去找了校長，他實在是有點在意那位新來的菜刀同學。結果，他在古校長那裡聽到了讓他更加在意的內容。

「喔喔，你說小蔡啊，他也算是因禍得福吧。他之前是被屠迎迎他們抓走，那十幾個要去做實驗的人之一，只不過因為他似乎有要覺醒的跡象，周圍靈力的波動比較大，所以暫時沒有被送走。等被救出來的當晚他就覺醒了，因為他家裡已經沒人管他了，所以泰南隊長當夜就聯繫了我，我就把他收到學校來啦。」

風鳴簡直不知該說什麼才好。他同情蔡濤同學的遭遇，卻也不得不懷疑他突然覺醒是不是和屠迎迎他們有關。

古校長這個老人精當然看出了風鳴的糾結，就笑咪咪地拍了拍他的肩膀：「哎呀，你不用擔心，你懷疑的，南隊他們也都警惕著呢，至少半年之內都會有人看著那小子的。至於他為什麼打架那麼狠，那小子從十二歲開始就在西區的混混堆裡掙扎活命，不凶一點可活不下去，也養不了他的妹妹。」

風鳴心中一跳。

「他還有妹妹？那他妹妹呢？」

古校長就露出了悲憫的表情：「他妹妹一年前就走失了，到現在都沒找到。」

等風鳴沉默地走出校長室，站在樓上看到一人站在校門口的菜刀同學時，停下了腳步。

他正在打電話，而風鳴竟然能斷斷續續地聽到那道聲音。

「十點……南郊別墅……你們引開他們……人我殺。」

說完這簡短的對話，蔡濤就離開了。離開之前，他似有所感地轉頭看向風鳴所在的位置，卻沒有看到任何人的身影，彷彿剛剛被注視的感覺只是他的錯覺而已。

等蔡濤離開了三分鐘後，風鳴才從走廊上站起來，剛好對上抱著作業走過來的楊伯勞。

四目相對，楊伯勞想了想：「你蹲下的時候，後背的翅膀會拖地嗎？我問的是不收回去的時候。」

風鳴：「……」他拒絕回答這個問題，他的大翅膀纖塵不染，永遠都高貴優雅。

「咳，好吧，沒事的話我先走了。今天晚上我還要替警衛隊的磚哥值班。」

風鳴心中一動：「你是南區警衛隊的吧？那你知道南郊別墅在哪裡嗎？那裡都住著什樣的人？」

楊伯勞有些意外風鳴會問這個，不過他還是開口說：

「南郊別墅住的都是龍城有錢的富豪政商們。我們班的小巢鼠就住在那裡，他家是龍城首富。兩年前，南郊別墅區還是只要有錢就可以住到那裡，但一年多前吧，那裡檢測出靈氣濃度很高，適合靈能升級和滋養身體，就變成了頂級權貴區。現在能住在那裡的人，就算是沒覺醒靈能的普通人也不可小覷，因為他們有大把的錢雇傭靈能者來當保鏢，而且他們對研究院大把大把地砸錢，想要研究院研究出提高普通人覺醒的方法。

反正就是有錢有權又愛鬧的，所以你沒事不要去惹南郊別墅那些人，知道嗎？就算你是比較厲害的戰鬥天鵝系，你在他們眼裡也不過是個小人物而已。」

風鳴揚揚眉，心想我真正的身分說出來怕會嚇死你，老子應該是現在最受歡迎的靈能者，不過我什麼都不說。

「我可是守法好公民，還是警衛隊預備役，怎麼可能會惹事。不過，還是有件事要跟你說一下，我剛剛聽到菜刀同學和別人打電話的對話了，內容有點危險。剛好你是南區警衛隊的，今天晚上和我一起守南郊別墅怎麼樣？要是那個菜刀惹事了，我們和南區警衛隊也能提前防備一下不是嗎？當然，也有可能是我聽錯，會白等一場就是了。」

楊伯勞臉上原本平和的表情變得嚴肅起來，他輕輕推了推眼鏡。

「……當然要去。不怕一萬只怕萬一，我也很想看看誰敢在我的地盤上搞事。」

這個時候，風鳴覺得這位班長大人的眼神似乎一下子變得凶殘了起來。

下午六點到九點，風鳴在西區夜貓子負責人欣慰的眼神裡平安地做完了三小時的工作。中途被路人和顧客們拍了好幾張照片，又上了龍城靈網熱搜，題目是「最美天使外送小哥！」。

九點整，風鳴的手機上刷出了一條最新且指名費空降第一的單子。

雖然已經下班了，不過風鳴看著那高達二〇二〇的指名費，又看看那個熟悉到不能再熟悉的位址，糾結到最後，還是選擇了接單。這個單子幾乎算是白給錢不說，還直接在他家隔壁，不幹白不幹！

於是風鳴順道帶了兩盒至尊海鮮巨無霸披薩回家，在家門口看到倚著門對他笑的后隊長，風鳴翻著白眼把兩盒披薩遞給他。

「快點接單，然後給我五星好評。」

后熠就笑起來，先認真地拿出手機評了五星好評，還留言「外送小哥哥超級可愛！」，然後才接過那兩盒披薩，又拿出一盒放回風鳴手裡。

「辛苦小鳥兒了。勤奮的鳥兒有披薩吃，算是早飯的回禮。你和你的二翅膀應該會喜歡海鮮吧？」

風鳴的動作僵了一下。他的臉上沒有表情，不過後背的小翅膀卻非常開心地拍了起來，竟然還拍出了一點小小的水珠。不過，它被突然出現的大翅膀遮了個嚴實，沒讓對面的大流氓看見。

后熠看到大翅膀突然出現又撐壞了風鳴的衣服，輕笑出聲：「都說了，讓你跟我一起去靈能夜市看看，那裡應該能買到不會被你翅膀撐壞的衣服。」

風鳴清了清嗓子，為自己剛剛那一瞬間的動搖羞恥，然後他道：「今天不行，我晚上還有重要的事情做，改天吧。」

后熠瞇起雙眼：「夜黑風高的，你要去哪裡？」

風鳴對他翻了個大白眼，揹著翅膀開了門，臨關門之前對他揚揚眉毛：「可能是懲善除惡的大事，也可能是看月亮的閒事。」反正不關你的事。

九點半，風鳴從自家陽臺飛了出去。而他家隔壁的后隊長又搬出他的躺椅，喝著冰啤，在陽臺上曬月亮。他看著那彎新月和掠過月亮的身影，點點頭。

「今晚的月色真美。」

風鳴在九點四十五分的時候到達了南郊別墅外的小樹林，他選擇了其中最高、最大的一棵樹蹲點。

大概三分鐘過後，風鳴看到了變成胖子伯勞鳥的楊伯勞，這傢伙變成鳥的時候比普通的伯勞鳥要大上三圈，看起來就是營養過剩的肥鳥。

「之前你沒跟我說清楚，到底是什麼事情？」楊伯勞開口說話。

風鳴道：「其實我也不是很確定，就是隱約聽到那個菜刀同學叫人來南郊別墅這邊，要殺人。但我沒有完全聽到他說的話，萬一聽錯，鬧了烏龍就不好了。所以我沒跟我家隊長說，剛好看見你了，就跟你說一聲。要是他們真的是來殺人的，不是我理解錯誤，那有你在，南區的警衛隊你第一時間就能聯絡出警，也就比較安全了。」

風鳴說完就嘆了口氣：「要不是剛從校長那裡聽到這個菜刀同學身世不好，以前是個從混混堆打架出來的人，我甚至都不會多注意他，更不會因為一句疑似的『人我殺』就跑過來看情況。希望一切都是我多慮了吧，要是今天晚上沒什麼事發生，明天我就請你吃飯，當我把你撈出來的賠禮。」

楊伯勞用自己小小的尖嘴撓了撓羽毛：「不用，你也是為了南區治安著想，也是好心。而且，我也覺得他戾氣太重。今天下午要不是你和圖途、石破天，戚西西不知道會重傷幾次。」

風鳴想到下午菜刀同學那布滿血絲的雙眼，沒再說話。

因為風鳴只是聽到了南郊別墅這四個字，並不知道蔡濤他們到底會選在南郊別墅的哪個地方行動，或者他們會不會真的行動，就暫時只能在最高的樹上一邊觀察周圍的情況一邊等著。

等待的時間有些無聊，楊伯勞就看到風鳴從他胸前揹著的那個貓頭背包裡拿出一盒還熱的披薩，撕出一塊給他。

楊伯勞看著跟他變身後的體積差不多大的披薩，翻個白眼恢復成了人形，接過一片塞進嘴裡。

「唔，致勝客最豪華的海鮮披薩，你這樣一點都不像缺錢的樣子啊。」

風鳴把一片披薩塞嘴裡：「黃金土豪請的，我可不會這麼奢侈。」

楊伯勞揚揚眉，「我很好奇，你家裡有房子，也是警衛隊的預備隊員，每月的工資比起普通人要多很多，按理說能夠支付你的日常生活，為什麼你還缺錢？方便說嗎？」

風鳴想了想，最後決定說一點：「我靈能不太穩定。入學第一天你也看到了，正常人打一場架是不太可能致使靈能爆發的，但我爆發了，而且短時間內我算是爆發了兩次吧。比起其他鳥類異變的覺醒者，我的成長速度太快了一點，箭人、咳，青龍組的后隊長就建議我買幾個弱化藥劑以備不時之需。」

「可是弱化藥劑是為靈能暴動的人準備的。」楊伯勞的眉毛皺得更緊。

風鳴聳聳肩：「我知道啊，但我的靈能確實不怎麼穩定，而且我也跟你說過，我的翅膀我有點控制不住。我在靈網上查過，確實也有靈能者靈能爆發，控制不住後喝弱化藥劑的，效果還可以，所以我就得準備一兩瓶弱化藥劑，以防萬一啊。

而且，除此之外，靈能者想要升級，除了天賦和努力修煉靈力，最好還能在天地靈氣濃郁的地方修煉，吃一些異變覺醒的植物果子或動物的肉，這些東西哪一個不特別花錢？之前老班給我的一顆靈果就五千塊，那就是一顆果子而已，就能買二十份至尊豪華披薩了。我雖然有房子住，還有點積蓄，但想要提升靈力只靠我自己的話，當然要努力掙錢了。」

楊伯勞這才沒說話了，因為他清楚風鳴說的是大實話。

普通人都想要成為靈能者，認為只要成為靈能者就等於走上了人生巔峰，但只有真正成為靈能者的人才知道，成為靈能者只不過是另一個掙扎拚搏的開始而已。

靈能者覺醒之後的等級，就限定了絕大多數的人以後的生活，大部分的靈能者都是D級、E級，從C級往上的靈能者就開始大幅減少。

雖然靈能的等級是可以透過增加靈能而升級，但問題就是升級太難了。靈能者想要向上升一個等級，如果不是天賦異稟、機緣巧合，就要耗費掉巨大的金錢和相關的靈能物品。就拿班上最有錢的巢鼠系錢超超來說，他從C級靈能者升級到C⁺級，就已經花掉將近一千萬的費用了。他每天吃的日常水果都是一顆一萬的靈果，就更別說其他的靈能營養液什麼的。

「所以說，不管是普通人還是靈能者，對窮人總是不那麼友好。」風鳴感嘆了一句。

家裡還算有點小錢的楊伯勞摸了摸鼻子，他其實還想說，普通人也是可以和那些有名的大財閥或富豪簽工作合約，這樣賺錢總比當外送小哥來得快，不過他最後又閉嘴了。雖然和風鳴認識的時間並不長，但至少有一點他是可以肯定的，他這位風同學，比起替別人當保鏢或者手下，還是更願意做自己的主人。

他熱愛自由，哪怕這自由危險又麻煩；他討厭束縛，哪怕這束縛代表著安定和簡單。

楊伯勞笑了笑，或許這就是鳥類的天性？

在楊伯勞和風鳴搶著吃完最後一塊披薩的時候，時間已經到了晚上十點二十五分。風鳴看著自己腕錶上的時間，又趁著夜色飛到高空中，看著下方安靜無比的南郊別墅區，飛下來對楊伯勞搖頭：「都十點二十五了，果然是我多想了。菜刀同學他那通電話應該不是那個意思。」

楊伯勞點點頭：「如果是這樣最好，我還找了牛哥他們在這附近巡邏呢，現在可以跟他們說讓他們回去了。」

就在楊伯勞要通過腕錶打電話的時候，風鳴耳朵一動，忽然張開翅膀飛到了高空中。他把靈氣聚集在雙眼向下掃視，很快就鎖定了南郊別墅區最東邊的一棟別墅，原本黑暗的別墅突然燈光大亮，伴隨著女人的尖叫聲和男人的怒斥聲。風鳴看到夜色中有七八個人影從別墅中衝了出來，其中有兩個人周身似乎帶著淡淡的靈光，應該是靈能者。

他們的樣子顯然是在找什麼人。

風鳴皺眉，楊伯勞在這個時候也飛到了他的旁邊，看到那邊的情況。

他直接傳了訊息和位置給在附近的牛哥，讓他們迅速趕到南郊別墅區。

這個時候，在空中掃視全場的風鳴突然俯衝加速，衝向了一個方向，楊伯勞緊跟他而下。很快，兩人就到了南郊別墅東邊的人工湖旁邊。

楊伯勞一眼就看到了地上的血跡，那血跡星星點點，曲曲折折，一直到湖邊才消失。而順著湖面望去，能看到湖中心水波蕩漾，似乎有一條大魚正快速地往外面游去。

楊伯勞剛要說話，風鳴就已經展翅飛撲向了那條「大魚」。在風鳴俯身向下，要抓住「大魚」的時候，一道寒光陡然從水面衝出，直撲他的面門。

楊伯勞心中一驚，卻看到風鳴像是早有準備一般閃過了這個攻擊，而後他就看到……這大天鵝系的同學猛然衝進了水裡，片刻之後直接撈出了一條名為「蔡濤」的半死不活，渾身是血的大魚。

風鳴：打不過黑童的圍毆，我還單挑不贏你這個菜刀嗎！

楊伯勞：「？？？」這是天鵝吃魚的擬人版嗎？感覺不是很優雅，反而有點凶殘啊。

被風鳴叼，喔不是，被風鳴勒住脖子的蔡濤此時雙目通紅，他想要掙扎攻擊，卻感覺自己完全沒有力量。不光是他因為晚上的事情而受了重傷，更因為這條勒著他脖子的手臂力氣竟然大得驚人，他完全無法撼動。

而用手臂勒著蔡濤的風鳴也有一種奇異的感覺。之前在家裡浴室泡著的時候，他只是覺得熱水舒適親切，但在這片湖裡，感覺又完全不同了。

他後背的小翅膀開心地在水裡拍著，從小翅膀那邊竟然傳來了源源不斷，溫和得讓人舒服極了的水靈之力，讓他整晚的疲憊一掃而淨不說，好像只要他在水中就有用不完的力量一般。

風鳴呆了呆，然後覺得自己的二翅膀可真厲害。

不過以後大翅膀要時不時充電，二翅膀就要時不時充水嗎？看來要去一下游泳健身房了。

就在這個時候，之前那間別墅裡衝出來，最厲害的兩個靈能者也跑到了這邊。

他們遠遠地就看到了站在湖邊的楊伯勞，還有好像在湖裡洗雙人浴的風鳴和菜刀同學。

因為蔡濤被風鳴勒著脖子，所以那兩人倒是沒看清蔡濤的臉，只是大喝：

「你們有沒有看到一個拿著菜刀的小子？那小子半夜偷偷潛入我們雇主家行凶，重傷了我們雇主。要是你們看見他了，請務必要告訴我們。那是個心理扭曲的瘋子，放出去就會危害社會！」

楊伯勞推了推眼鏡沒說話，只是看向湖中心。

風鳴抬頭看過去之前，餘光瞄到了被他勒著脖子的少年神情。此時他眼中的猩紅還在，不過比起剛剛凶狠的模樣，他此時的眼神憤怒而絕望，風鳴甚至能感受到他緊緊抓著自己手臂的那分顫抖。

在這一瞬間，風鳴忽然有種他們都是惡人的感覺。

他有些動搖，而讓他做出決定的，是少年咬牙切齒說出的一句話。

「我只是砍了一個該被砍的人渣而已，為什麼你們都要阻止我……我有什麼錯！」

在少年幾乎要憤怒地喊出最後一句話的時候，風鳴用另一隻手一巴掌捂住菜刀同學的嘴，伸手就把他的腦袋按到水裡。

之後，風鳴在月光照射的湖面下扭頭，對那邊面露懷疑神色的兩個靈能者道：「不好意思啊，我們沒看見，我是和我弟弟來這裡熟悉水性，好讓他覺醒的。畢竟我是天鵝系，他怎麼樣也該是個水鴨子系，才不會丟我的臉不是嗎？」

楊伯勞：「……」

那兩個靈能者：「……」

這年頭為了覺醒，都這麼拚的嗎？

呸！差點就信了你的鬼話！誰說水鴨子是天鵝小弟的！

雖然風鳴想要騙那兩個靈能者離開，但兩個人的智商顯然還沒有低到風鳴希望的程度。

他們只是一瞬間表情空白了片刻，然後反應過來，就死死地盯著風鳴手上勒著，疑似「水鴨子」的人：

「這位小兄弟，不是我們不相信你說的話，只不過那個重傷我們雇主的人實在太危險了，而且太可惡，我們不能放過任何可疑之處。」

「更何況我們兩個都看到他逃往這邊來了，那小子走的時候，硬撐著挨了我一記靈能拳，現在應該受了傷，逃不遠，我們能懷疑的也只有你們三個了。我們也沒有別的什麼要求，就想看看你弟弟的長相，只要他不是我們要找的人，我們兩個立刻就離開。你覺得怎麼樣？」

因為兩人感受到了楊伯勞身上傳來的靈能波動，也清楚看到了風鳴那雙在月光和湖面的襯托下，顯得非常美麗潔白的大翅膀，知道這兩個人都是靈能者，所以說話比較客氣。要是換做普通人，他們兩個才不會費這種口舌，直接把人抓過來看看就行了。

他們覺得自己已經很給面子了，但在湖裡的風鳴卻不能給他們這個面子啊。因為他手上勒著的確實是那個逃跑的菜刀同學，只是他覺得這件事情可能有些波折和內情，所以並不想把這菜刀同學交給這兩個靈能者。

就算菜刀同學真的要被抓，也該被楊伯勞抓走，而不是被雇主的打手帶走，所以風鳴就一邊用手勒住菜刀同學的腰，一邊轉頭對那兩個靈能者露出了非常俊美的笑容。

在這兩個人忍不住被晃了一下的時候，後背的羽翅忽然用力一搧，在帶起一陣狂風的同時提著菜刀同學上天了。

「抱歉啊，我弟弟覺得自己長得醜，特別害怕見外人，所以我才大半夜帶他來覺醒的。為了我弟弟幼小的心靈著想，我就先走一步了，再也不見啊。」

等風鳴飛到高空中，只剩下影子的時候，那兩個靈能者才從目瞪口呆的狀態反應過來，然後整個人都不好了。

他們上不了天，就只能找那個男生的同夥了啊！

「臭小子，你們肯定是做賊心虛了！既然你的同伴跑了，你就跟我們走一趟吧！！」

結果這兩個人剛要行動，楊伯勞就淡定地把自己的手腕亮給他們看。

其中一人還沒反應過來，不知道他突然做出這種動作幹什麼，另一個人已經驚呼出聲了：「警衛隊銀錶！你是警衛隊的人？」

另一個人聽到警衛隊三個字，臉色一變，眼中閃過幾分心虛，不過很快就恢復了過來。

「沒想到這位先生竟然是警衛隊的人啊，那這樣的話，先生就更不應該看著那個人帶著犯人跑了啊！你這樣不是怠忽職守嗎？」

楊伯勞推了推眼鏡，眼皮都不眨一下：「你看到那個人的長相了？斷定他帶走的那個就是你們要追的逃犯了？沒有證據的情況下，請不要胡亂栽贓他人，誣告也是要負法律責任的。」

確實沒看到那個「水鴨子」少年長相的兩人：「……」

楊伯勞繼續開口：「我已經通知了南區警衛隊的人，這件事情具體的情況，我們小隊會仔細調查。我們不會冤枉任何一個好人，也不會放過任何一個壞人，所以兩位現在還是回去吧，說不定那個入室行凶的人已經被抓到了。」

這兩個靈能者被楊伯勞的一番話堵得無言，只能眼神陰沉地看了楊伯勞好幾眼才離開。

等他們離開之後，楊伯勞輕嗤一聲，「就你們這樣的，我隊長一巴掌能拍飛三個。」

然後他皺著眉，看向風鳴飛走的方向，想了想，雙手化為翅膀，淩空跟了過去。

他不知道風鳴為什麼會突然掩護那個菜刀小子，但是他負責南區治安，總要看著那個危險分子。

好在風鳴並沒有飛多遠，他很有默契地在南郊別墅外的小樹林裡等。等楊伯勞飛過來，風鳴才道：「找個地方問問話吧，這小子說他砍的那個人是個人渣。雖然有點多管閒事，但好歹是同學，我們又是警衛隊的，為了避免日後他走上犯罪的絕路，能幫就幫一把吧。」

楊伯勞點點頭又搖搖頭：「我爸媽都在我家呢。」

於是，風鳴就只能抽著嘴角，把人提回了自己家。

似乎在離開南郊別墅之後，菜刀同學的情緒就慢慢平復了下來，風鳴一路提著他，他也沒哼哼兩聲。

於是，曬月亮曬到十一點多的后隊長，就坐在陽臺上看到小鳥兒一隻鳥飛出去，兩隻鳥帶著一個刀子回來了。

后熠：「……」他的小鳥兒果然膽子滿大的。

不過，不管是那隻伯勞還是那個小菜刀，從體內能量上來看都不是小鳥兒的對手，他就不去討人嫌啦。
后熠就對滿臉震驚地看著他的風鳴比了個小愛心，然後轉身回屋睡覺去了。
半夜偷偷來，被看了始終的風鳴：「……」
楊伯勞在旁邊皺眉：「我怎麼覺得你這個鄰居有點面熟？而且他周身的靈力波動感覺非常強大的樣子。」
風鳴鬱悶地把菜刀同學扔進陽臺。
「黃金土豪，別理他就行。」
楊伯勞：「？？？」所以，那個兩百五的披薩就是他請的？那個手指愛心是什麼情況？他是不是看到了某些陰謀現場？不過真的覺得他超級面熟啊。
菜刀同學就像那兩個靈能者所說的一樣，似乎受到了內傷。他坐在風鳴家客廳的沙發上臉色蒼白，眼神冰冷又沒有什麼波動，給人一種死寂的淒涼感。
楊伯勞看到他的眼神，就有點明白風鳴為什麼要掩護這小子了。
不過，如果這小子真的犯了案，也不能因為他可憐就放過他。
「你應該就是那兩個人要找的人吧？他們說你砍傷了他們的雇主，你有什麼要說的嗎？」
楊伯勞主動開口：「如果你有什麼想要辯解的冤情，可以說出來，我們會幫你。不然過了今晚，我明天就會把你交到警衛隊，一切就要走審訊的流程了。
今天晚上我們幫你，算是擔了一定的風險，希望你不是他們口中的精神有問題的瘋子，不然我們兩個就算白做這些事情了，回去還要做自我檢討。」

菜刀同學聽到「精神有問題的瘋子」這幾個字的時候，眼中閃過毫不掩飾的嘲諷。不過他卻一個字都沒說，彷彿面前坐著的是兩個木頭。

風鳴揚了揚眉毛。

「之前，你不是說你砍的那個人是人渣嗎？現在怎麼逃出來了就不說話了？你不要認為我們把你暫時救出來，就一定會幫你。不管你有天大的委屈、地大的仇怨要報，前提條件都是你要好好地活著，並且不被關進監獄。

雖然你年紀可能不到十八，判不了多重的刑，但像你這種無權無勢的人進入少管所，相信我，你會面對無窮無盡的針對，和更讓你無法反抗、踩著規則底線的傷害。因為權貴們想要殺人，從來不用明刀。

你要想清楚，如果你進去了，你耗得起那些時間嗎？你還有時間去找你的妹妹嗎？」

蔡濤聽到最後幾句話，陡然抬起頭，雙眼又開始泛紅：「你怎麼知道我妹妹？你見過她？」

風鳴見他終於有了反應，牙疼地搖頭：「沒有，我只是從校長那裡問了問你的情況，畢竟你今天下午的戰鬥看起來有點凶殘。」

蔡濤沉默了許久。

時間久到風鳴以為他又要開始裝啞巴，他才嘶啞著聲音，無比陰狠地道：「不凶殘一點，我要怎麼活下去？」

風鳴和楊伯勞心中微震，然後他們就聽蔡濤講了一個十分狗血卻殘忍的故事。

「我砍的的人是我爸，血緣關係上是生我的那個老畜生。他除了長得好看、會說話之外沒有任何優點，卻偏偏哄了我媽嫁給他。

我外公是龍城從前有名的富豪龐寬，只有我媽一個女兒。我媽死活要嫁給一個窮小子，他一開始是不同意的，可那個老畜生太會裝了，他裝了八年，成為外公最信任的公司總經理，裝到我媽生下我和妹妹，裝到所有人都認為他是最深情的男人。然後他下藥害死了我外公外婆，當著我媽的面出軌，囚禁了我媽一年，硬生生把她逼瘋，最後把我媽送去了精神病院。

我和妹妹偷聽到他和那個真愛謀殺外公外婆的對話，他一開始是要殺了我的，但妹妹哭得很厲害，他又覺得我們很小，沒有必要再多做什麼事情引起別人的懷疑，就把我和妹妹扔到龍城最窮最危險的地方。對外，應該說我們是被送到了鄉下老家吧。

從我九歲到十七歲，八年的時間，如果不是那條街上撿破爛的老頭看我們兩個可憐，護著我們，我又敢拚命，我們在那條街上都死了不知道多少次。

一開始幾年，他還會過來看看我的慘樣，後來估計是看我無論如何都掙脫不了這個泥沼，就不管我們了。」

蔡濤說到這裡，突然冷笑起來：「他不管我和妹妹，但我卻一分一秒都忘不了他。我該感謝這次突如其來的覺醒，不然哪怕我拚出了一點名堂，有千萬種復仇的想法也不能實現。

但成為靈能者就不一樣了，那個之前我用盡一切方法都進不去的南郊別墅區，只要我偽裝成為靈能雇傭者就能進去。然後，那個老畜生就防不了我了。」

蔡濤臉上露出了無比痛快的笑容：

「我一刀砍了那傢伙的子孫根，是從中間砍的！可惜沒能直接砍死他，不過想想也好，直接死了就太便宜他了，他那老畜生就該生不如死地活著！！」

風鳴和楊伯勞聽完蔡濤的話，對視一眼，都忍不住在心裡幫菜刀同學下了一個標籤。是個狼人！

蔡濤說完了他的狗血身世，風鳴和楊伯勞還真的沒辦法對這位行凶的同學心生惡感。

風鳴甚至摸著鼻子想了想，要是自己面對菜刀同學的命運，說不定會報復得更狠。只不過他就算是要復仇，也不會這麼急且冒險。反正都已經成為靈能者了，只要好好努力，未來還會差嗎？

但蔡濤聽了風鳴的話，卻沉默地說了一句：「……我等不及。」我沒有那麼多的時間。

風鳴和楊伯勞都沒聽出蔡濤話中的另一層含義，不過他們也開始想要怎麼讓菜刀同學去自首了。

「不管怎麼說，你確實是入室傷人，未成年也不能逃避處罰，所以過了今天，你就要去自首，這樣也能夠減輕處罰。雖然我個人精神上支持你，也想要多幫你一些，但具體結果怎麼樣還得看警衛隊的判定。不過你所有的行動都是有原因的，或許警衛隊也會考慮到這一點。

然後就是你那個渣爹了。你砍他有錯，但他遺棄親子、毒害岳父岳母、逼瘋妻子的事情更是喪心病狂！他就算躲得過一時，也躲不了一世，之後你一定要告他！就不信一點痕跡都查不出來，而且我也不相信這些年來他的手腳都乾淨。」

蔡濤聽著風鳴帶著安撫和支持的話語，心中莫名有些酸澀。他已經很久沒有遇到會不顧代價地對他釋放善意和幫助的人了，他忽然想說些什麼：「下午……抱歉，那時候我情緒激動，有點控制不住自己。

我並不是想要殺那頭犀牛，但可能是在那條街裡打架打多了，一激動就控制不住自己。甚至連今天晚上也是，我一開始是想先質問他的，但他和那個女人說我母親活該犯賤，我一激動，等我反應過來他就被我砍了。但他就該被砍！

還有，我並沒有能夠證明他對外公外婆下毒的證據。他那個人太會裝了，不然我媽媽也不會那麼慘。所以你們不用幫我想什麼，能夠重傷他，我就很滿意了。我只是……不想被關，我還想找我妹妹，她才十二歲……」

蔡濤的眼神看向窗外的夜空，有些茫然和沉默的悲傷。

不過，這氣氛很快就被打破了。

風鳴忽然認真地看他：「你有情緒一激動就控制不住自己的毛病？而且，今晚你是激動之後才動手的？」

蔡濤愣了一下點頭。

楊伯勞在旁邊推了推眼鏡，用同樣認真的語氣道：「這樣的話，到時候還要多做一個精神檢測。」

蔡濤：「精神檢測？我除了情緒激動的時候控制不住自己，都沒有其他毛病。」

楊伯勞看他一眼，推了眼鏡：「傻子也從來不說自己是傻子。到時候你認真對待就好了，我大概有一個關於你精神的猜想。」

然後蔡濤有點呆愣地看著對面的兩個同學，認認真真地討論了兩個小時「如何查他渣爹做的那些壞事的痕跡和問題」。在晚上睡覺之前，蔡濤覺得這兩個人要是去他們那條街上混，可能會比自己提早很多年混成街頭老大。不過，他也認真地想了些什麼。

第二天一早，楊伯勞就領著蔡濤去自首了，蔡濤說明了情況，十分配合地做了精神檢測。

一開始的精神檢測只是檢測出蔡濤有一定程度的抑鬱和狂躁情況，也不是重度精神問題的狀態，但當楊伯勞提議讓蔡濤和別人對戰之後，蔡濤越打越瘋的樣子不用檢測，就能讓人看出他的精神狀態出了大問題。

對此，蔡濤很直白地表示，他因為幼年的童年生活不太好，為了生存，要天天和別人生死搏命，就有一受刺激就控制不住自己的毛病。而昨天晚上他也沒想砍人，一開始只是想要去問問他親爹，為什麼要遺棄虐待他和妹妹那麼多年，心裡有沒有後悔過而已，但後來卻聽到了親爹和小三說他們兩個是如何害死了他的外公外婆、逼瘋母親的話，頓時就控制不住自己，衝進去砍人了。

蔡濤瘦弱的身板蹲在角落，宛如特別可憐的小白花。

「我沒想到我親生父親是這樣的人，當時真的太憤怒了，可能是靈能暴動了吧，反正就一下子衝出去了，後面的事情我都不太記得了。」

這副樣子，讓指使南區警衛隊趕緊把人關牢房的渣爹助理和律師都嚇掉了下巴。

他們知道這位被遺棄的大少爺平常是什麼人憎狗嫌的樣子，作夢都沒想到這位大少爺竟然也有裝可憐裝得這麼像的一天！偏偏這位大少爺說的話讓他們很難反駁，他通過了精神檢測，確實一受刺激就會發狂，而他之所以會精神不正常，有一大部分是因為他父親的遺棄和背叛。不管他說聽見他親爹坦承害死外公外婆的話有沒有證據，但是看現場南區警衛隊那一群人的表情和眼神，渣爹助理和律師都感覺到了幾分不妙。

事情怎麼突然就發展成這個樣子？而且最重要的是，他們總裁搞不好真的會被判遺棄罪。

助理和律師匆匆離開，打算去找老闆問他該怎麼辦，不過在他們離開之前，南區的警衛隊隊長金鋼粗聲粗氣地道：

「之後我們會去調查一下九年前龐氏集團總裁和夫人的死亡事件，以及蔡有為遺棄親子、教唆他人虐待親子的行為，請你們老闆做好準備。」

助理和律師腳步一頓，心中更急。

等他們把這個消息告訴現在龐氏集團的總裁蔡有為時，躺在醫院病床上的蔡渣爹氣得眼珠通紅，在他身邊照顧他的真愛小三就尖叫起來：「親愛的，你千萬不要生氣！下面又流血了！

本來手術就很難恢復它了，你、啊——！」

蔡有為一巴掌把他的真愛小三打到閉了嘴，然後躺在床上痛得直喘氣。

「當初我就該宰了那小子！當初我就該活宰了他！去，去給我懸賞，老子要他的命！」

那個小畜生砍的那一刀太狠，而且他的刀似乎還是鋸齒狀的，所以他緊急來到醫院時，醫生就告訴他他的東西徹底壞掉，不能用了，連拼都拼不起來！

甚至因為那個小畜生是豎著砍的，連他的下腹部都被砍裂了。醫生說，以後他很有可能連正常人的生活都沒辦法過，除非他花大錢，尋找靈能治療師幫他治療。但就算是這樣，他的命根子也沒了！

蔡有為當初有多爽快那小畜生為了生存掙扎，現在就有多恨！

然而，現在的蔡濤卻已經不是當年那個可以被他隨意折騰的孩童了。不光是因為他現在還是未成年，他還是個一覺醒就B級的靈能者。

雖然之前蔡濤的砍人行為觸犯了法律，但考慮到他本身不滿十八歲，受了刺激，以至於精神上也有重大問題，最後警衛隊沒有把蔡濤送進少管所，而是給了「教育勞動半年」的處罰。也就是每天上完學之後，去南區警衛隊幫忙打掃、做勞動，然後聽前輩們教育和背行為條例，是令蔡濤很感激的溫和處罰。

之後因為蔡濤每天兩點一線，在學校和警衛隊之間移動，蔡有為找的殺手在跟了蔡濤兩天後全都拒單不幹了。

開玩笑，他們就算有天大的膽子，也不敢在靈能者學校和警衛隊動手啊！

於是，蔡有為又把自己氣到下面又流血了一次。更糟糕的是，他被判為遺棄罪，要進監獄五年，之前對他唯命是從的公司幾位元老突然站出來，拿出了一份屬於蔡濤外公龐寬的影像遺囑。遺囑中明確地表示他名下公司的百分之六十股權，全都要給他的外孫蔡濤。

最終，不過是一個月的時間，蔡有為就經歷了從天上到地下的突變，然而到這個時候，他已經無力回天了。

他躺在被員警監管的病床上翻來覆去地想，就是想不通事情怎麼會發展到這種地步。難道所有的一切，都只是因為蔡濤覺醒成了靈能者嗎？

連蔡濤自己也有點不明白。

「就因為我覺醒了，所以才會被重視嗎？」

風鳴搖頭：「不全是。你的覺醒不過是一個契機而已，即便是你不覺醒，但只要你有反抗的勇氣和毅力，這一天遲早會到來，只不過會晚一點，再艱難一點而已。所以，無論什麼時候，遇到什麼事情都別先急著認命，要安靜下來想想反抗的方法以及美好的未來。」

蔡濤看著風鳴在陽光下的側臉許久，最後點了點頭。

「嗯，我不認命。」我還要想想未來。

菜刀同學的事情在他自首的第三天就傳遍了學校，他的狗血身世也讓之前對他非常不能理解的同學們多了幾分善意和同情。但是，菜刀同學還是靈能三個班裡最不受歡迎的戰鬥對手之一，另外一個是烏鴉嘴風勃。

在第一天的大亂鬥過去之後，高中部靈能三個班的參賽學生就只剩下了五十人，其中包括風鳴、圖途、熊霸、楊伯勞、蔡濤以及風勃他們。

其他人暫且不說，但是蔡濤和風勃在之後的個人對戰中實在讓人一言難盡。蔡濤在上場對戰之前十分有禮貌，並且會認真地告訴對手他打起架來就有點控制不住，讓對手千萬小心，而結果是就算對手再怎麼小心，蔡濤一打架就會興奮，打著打著就雙眼通紅，最後憋不住就會爆發靈能刃，好幾次如果不是三位班導師出手救人，他的對手都會受重傷。以至於和蔡濤打了一架的同學都表示，以後再也不和那個瘋狂菜刀對戰了，嚇都嚇出陰影了。當然，蔡濤也因為戰鬥力強悍且凶狠，直接殺入前十。

而風勃就是另外一種畫風了。

將近一個月的時間，風勃的翅膀也發育了一大半，可以讓他把手臂變為翅膀升空戰鬥。但就算是這樣，他的攻擊力還是很弱，對戰風勃的人原本以為這是一場十分簡單的戰鬥，結果變成了耗時最長的戰鬥——好像他們的每一次攻擊，這個烏鴉精都能提前預知到似的，他每次攻擊都能精准躲避不說，還會在最恰當的時機抽空攻擊，以至於風勃這個看起來戰鬥力最渣的傢伙，最後竟然也進入了前二十。

不過，好在風勃在二十進十的時候被熊霸用「大熊亂擊」拍下來了，不然同學們真的想看看烏鴉精和菜刀對戰的畫面。

除了他們兩個，最終的前十名也在一個月的時間裡決出。
同學們看著前十名的光榮榜，只能齊齊在心裡感嘆，能上榜的果然都是戰鬥奇葩啊！

第七章　戰鬥奇葩

經過一個月的對戰，龍城靈能者學校的前十名總算在眾人的期盼下出爐了。

國中、高中和社會部的前十名都被掛到了光榮榜上，以供大家觀看學習。當然，還能促進大家努力提升靈力的決心，以及為同學們提供更多的八卦。

國中部因為年紀小，靈能等級又比較弱，所以觀看的人並不多，但高中部和社會部的戰鬥前十名就有很多人圍觀了。

不過，比起各方面看起來都比較正常的社會人前十強，龍城靈能學校高中部的前十名就有點讓人一言難盡了。雖然這些人厲害也是真的厲害，但總覺得裡面混進了奇怪又厲害的同學。

前十名按照最終的決勝名次排列，從一到十分別是：

風鳴（一）、石破天（二）、圖途（三）、鐵樺（四）、蔡濤（五）、熊霸（六）、寧青青（七）、習軒（八）、楊伯勞（九）、竇海波（十）。

看名字是看不出什麼大問題，不過如果看看旁邊列出來的異變覺醒能力，就能發現奇怪的點了。

天鵝（一）、沙石系（二）、北極兔（三）、鐵樺樹（四）、菜刀（五）、棕熊（六）、檸檬（七）、吸塵器（八）、伯勞鳥（九）、豌豆（十）。

對，為什麼排名第一的會是天鵝系？石破天可是自然系能力的覺醒者，自然系在同等級靈能者的面前幾乎是最強的，就算那個天鵝系的風鳴再能飛，也不至於比自然系強吧？

還有，排名第三的為什麼是一隻兔子？還是畫風非常奇葩的北極兔？兔子不是食物鏈裡倒數的弱小存在嗎？兔子排第三，棕熊反而排到第六了！！

那最堅硬的鐵樺樹和能砍人的菜刀就不說了，檸檬那種植物為什麼會排到第七啊？最後的吸塵器又是什麼鬼，吸塵器能戰鬥嗎？

不明所以的圍觀同學們一臉傻眼，忍不住就抓著周圍高中部的學生們問情況，然後他們就會得到一個統一的回答——

「問我幹什麼，那種像神一樣的戰鬥畫面我形容不出來，你們自己去靈網看啊。你們想看的戰鬥影片，靈網上全都有，看過就能讓你們懷疑靈生。」

好奇心旺盛的同學們就迅速打開了自己的手機上靈網，才發現靈網上竟然專門開了一個「全國靈能者學校戰鬥大賽」的專題。只要點進這個專題，就能看到全國六十六所靈能者學校上傳的初賽所有戰鬥影片。

因為學校中的比賽只是初賽，這些戰鬥影片都是可以免費觀看的。不過，從這一點就可以猜到未來的複賽，甚至是決賽的戰鬥影片，靈網這個官方死要錢的怕是要收費了。

但這並不影響好奇心強烈的同學們的熱情，他們迅速找到了龍城靈能者學校的影片合集，打開來看。

點開之後，大家發現完全不用他們篩選，點擊觀看量最高的幾個影片就是他們要找的不能理解、奇葩的戰鬥影片。

然後，他們被集體刷新了靈能者的三觀。

他們看到了吸塵器小哥習軒左手的大黑筒，吸走了豌豆小哥竇海波所有的炸裂豌豆，在豌豆爆炸之前就把它們從右手的大黑筒全部噴了回去，竇海波被自己的豌豆炸得滿場亂跑，最後認輸。

他們看到北極兔圖途頂著一張完全無害的娃娃臉大眼，一邊賣萌用耳朵比心，一邊毫不猶豫地極速跳躍，雙腿往前飛蹬就踢飛了站在臺上，還沒反應過來的對手。他和熊霸對戰的時候終於因為體型的關係，沒有辦法蹬飛那頭大棕熊，但下一秒這隻兔子精就雙眼通紅開始狂化，整個人變成一隻和對面棕熊毫不遜色的巨大兔子，當這隻巨大且高度足足有三公尺的兔子用四條腿站起來的時候，觀眾們一個個三觀都碎裂了。

彈幕瘋狂地在發。

『啊啊啊啊啊！這是什麼畸形的兔子！！我的眼要瞎啦！』

『我靠，跪了！這兔子長得也太奇怪了吧！他是不是覺醒的時候還變異了才會這樣？』

『果然是世界之大無奇不有，感覺奇怪的知識增加了？？？』

『別看他只是一隻長腿的兔子系覺醒者，可是他的攻擊力真的很高啊！而且還很暴躁的樣子。』

反正，圖途變身巨大化之後，就用他的四條大長腿蹬飛了熊霸，隔著螢幕，大家都替被踹的熊霸覺得痛。好在熊霸皮厚，自己倒是完全不在意。他和圖途打過很多次了，目前為止，還是打不過發狂的瘋兔子，但真要拚命的話，他們兩人的實力相當，勝負難說。

然後就是檸檬樹寧青青的戰鬥影片了。

這位女孩長得清純可愛，看性格就是一個活潑開朗的女生，她在戰鬥的時候卻非常要命。只要她情緒一激動，雙手就會分泌出比普通檸檬還酸十倍的超強檸檬酸，這種酸已經到了沾上身就能腐蝕掉衣物，甚至是石頭、木頭的地步。好在寧青青本人可以控制她分泌的酸的強度，不然她每戰鬥一場就會毀容一個對手，也是非常可怕了。

基本上在遇到蔡濤之前，這位寧青青姑娘都是噴別人一臉和一身的檸檬酸就能讓對手哭著認輸，但她和蔡濤對戰的時候，菜刀同學完全沒有對待女生的憐香惜玉，雙手變為鋒利的西瓜刀，毫不留情地砍了上去。

哪怕寧青青也學過戰鬥技能，身法和攻擊都很迅速，分泌的強酸也把蔡濤化出來的西瓜刀腐蝕到捲起來。但後期蔡濤的靈能刃一出，寧青青就只能臉色蒼白地認輸了。她還沒有掌握好分化強酸攻擊的方法，靈力也後繼無力。

『我的天，這是現實版檸檬精了吧？我打賭，這妹子一定愛好追星！不知道吃了多少酸檸檬才覺醒了檸檬系的異能啊！』

『哈哈哈哈姊妹我們支持妳，那麼多檸檬精裡面，就你最真實哈哈哈，妳喜歡誰啊？后熠隊長還是池霄隊長？還是玫瑰大美人？』

『為被這個妹子噴了一臉檸檬酸的小夥伴點蠟。哈哈哈！不過我還是覺得菜刀小哥更帥一點啊！是男人就應該隨身帶刀！菜刀在手，天下我有哈哈哈！』

『果然武功再高也怕菜刀，我十分看好這位菜刀小哥，不愧是進入前十的兄弟。』

看完了後面幾個排位的戰鬥，大家把目光都放到了點擊量最高的那個名為「龍城靈能學校高中部王者之戰」的影片上。

基本上，所有點開影片的人都是同一個想法——他們要看看那個天鵝系的學生到底是怎麼戰勝幾乎同等級最強的自然系石破天的。

結果一打開影片，就被一對華麗麗的白色大翅膀閃瞎了眼，然後就是鋪天蓋地的彈幕。

『啊啊啊啊，這是我的天使小哥哥！原來天使小哥哥叫風鳴！名字也超級好聽啊！』

『老天，這不就是我最近一直在找的新牆頭外送天使小哥嗎！這是什麼天使的顏值和天使的翅膀啊！作為顏狗，我要粉他一輩子！！』

『啊，這不就是之前熱搜上和兩位最有魅力的隊長扯三角戀的天使小哥嗎？原來是龍城靈能學校的啊，天鵝系覺醒之後竟然會在後背長翅膀，看起來真的好帥啊。』

『風同學，這裡是造星娛樂，你有考慮進演藝圈嗎？你的外貌很有競爭力，不應該把你的重點放在戰鬥上，強烈建議你來演藝圈發展。』

『呸，不就是個長得好看的小白臉嗎？他怎麼可能贏石破天？』

好不容易一開始的彈幕清靜了不少，影片中的風鳴和石破天已經開始戰鬥了。

在眾人的心中這應該是一場毫無懸念的戰鬥。然而，他們看著看著才發現，他們實在是低估了鵝系的力量！

看看那大而有力的翅膀！石破天揚起的沙石全被它搧回去了！

看看這鵝系可怕的力量！石破天凝結的大石都被風鳴徒手打碎了！

最要命的是這天鵝系的飛行高度和速度，在後期石破天怒而使用了技能「沙石漫天」的時候，那個天鵝系的風鳴竟然連看也不看就躲過了速度飛快地朝他攻擊而來的十幾塊大石頭，而後整個人淩空拔高到一個驚人的高度，從地面看只能看到一個有翅膀的人影，可見高度之高。

最終，石破天手段用盡了也沒有辦法傷及風鳴分毫，而風鳴也沒有辦法攻破石破天為自己壘出來的沙石堡壘，所以兩人平手。

但不管怎麼說，這都是一場十分精彩的戰鬥。

『嗯……嘖，後面風鳴搧著翅膀追著石破天打的時候，讓我想到了我小時候被大鵝追著啄的慘痛經歷。』

『確定了，這果然是個純正的鵝系。你們覺得鵝系弱，那是你們對大鵝的力量一無所知！就這速度、力量和能控風的大翅膀，他就已經立於不敗之地了。』

『嘖，石破天也很厲害啊。其他人碰上他絕對會被活埋，可惜對手是個飛鵝。』

『空對陸作戰是有優勢的。這種情況，我通常會呼叫后羿隊長，一箭就結束了。』

『哈哈哈，所以還是后羿隊長和鳥人更配啊！』

『噯，長得又帥還能打、能耍帥，又一個遭人恨的小白臉誕生了。』

『誰說不是呢？顏狗們都瘋了。』

然後，在一片顏狗的「啊啊啊啊」尖叫彈幕當中，一個靈網鑽石VIP用金色的二號字體發言，占領了整個螢幕。

『神愛世人V：這位風鳴先生！我覺得你和我們西方教廷有緣，請務必和我一見！』

即便影片最後出現的那個黃金二號字體的留言非常醒目且顯眼，但真正把它當成一回事的人少之又少，大家還忍不住在彈幕上吐槽，這個一看就是西方教廷主教的大人物。

『我們國家的靈能者和你們西方教廷有緣，你怎麼不說我們國家的國寶和你們有緣啊？』

『這種語氣讓我想到那洪荒上古時期的兩個厚臉皮，幹什麼都是與我們西方有緣，呸！』

『老大，你們看清楚了，這是我們中華的大白鵝，不是你家的大天使，就算我們叫他天使也不代表他就是天使！你們要是再死皮賴臉，我們就要集體叫他鳥人了！』

反正，那位西方大主教被華國的靈能者和網民們集體嘲諷了回去。又因為國內靈網是由國家掌控，嚴格保護著網民們的隱私和個人資訊，尤其是靈能者的資訊，西方大主教想要透過靈網直接和風鳴聯繫是想也別想。

於是，一不小心看到風鳴對戰影片的西方大主教就十分焦慮了。

「無論如何，都不能讓我們的大天使流落在外！調用華國內探子的力量，我們要好好查清楚這個『風鳴』的情況。他絕對不可能是普通的天鵝系靈能者，我記得義國似乎就有一位黑天鵝的靈能覺醒者吧？他後背長翅膀了嗎？」

「閣下，就我們所知，那位黑天鵝的靈能者只能雙臂變為黑色羽翅，他的後背並沒有生出黑色的翅膀。」

「這就是了。所以，那個風鳴絕對不是天鵝系的靈能覺醒者。」這位主教大人那雙蒼老卻明亮的眼中閃過一絲光芒：「我有預感，他必定是屬於我們西方最尊貴的血脈。不能讓天使流落在外，這一次華國的長白山脈不是有祕境要開啟嗎？原本是誰要去？」

站在主教身邊的中年男人神色微動，「是休斯特騎士的小隊。」

主教搖了搖頭。

「不夠，讓理查帶隊吧。哪怕不能在那個祕境中有所收穫，也務必讓理查和風鳴先生接觸，如果能邀請風鳴先生來一趟歐洲是最好不過。如果風鳴先生不願意，或者受到了阻礙……以及不公正的待遇，就讓理查先留在華國，也好保護那位先生。」

中年男人露出了驚訝的神色：「可是閣下，我們不確定那位風鳴就是天使系的覺醒者啊。」

紅衣大主教搖了搖頭。「無論如何，即便是有百分之一的可能性，我們也不能放棄。地獄之門已經快要被那群惡魔打開了，但至今我們都沒有覺醒出一位大天使，只有幾位元素魔法師和理查覺醒成神聖騎士，這樣力量還是太小了一些。所以哪怕是為了和平，我們也不能放過一絲一毫的可能。」

中年男人似乎是想到了什麼，臉色變得有些沉重，便點了點頭：「我這就去安排。」

在歐洲這邊準備派人去接觸疑似大天使的風鳴時，國內的靈能領導者們也在第一時間下了一個命令。

風鳴正在家裡收拾打包行李，準備明天跟老班和同學們一起去川城參加比賽。

這次學校會免費帶高中部和社會部的前十名去川城參加比賽，而前二十名月考成績不錯的學生可以自費跟過去體驗一把。

圖途、熊霸、楊伯勞和蔡濤他們四個都在前十當中，風勃則排名第十九，月考成績卻很不錯，所以回去跟大伯母說了一聲之後，風大伯母和風大伯非常支持兒子去川城見見世面。

所以風鳴的心情很好，感覺就像是一場免費團體旅行。

大伯母早已打了電話來，表示準備好了他們兄弟的食物，不需要他多帶。大伯也難得插了一句話，說他幫他們兄弟倆準備了一千塊的零用錢，讓他們去川城好好玩。

大伯一家的熱情讓風鳴有些無奈，但最終還是回覆了好。

當他拿著自己的四角內褲往行李箱裡塞的時候，家裡的門就被敲響了。

風鳴頓了一下，看了一眼快指向十二點的時鐘，撇了撇嘴。會在這時候來敲他家門的，簡直不作他想。難不成那個人是打算來混一頓午飯？想到最近這一個月被后熠混了至少十頓早餐的經歷，風鳴就覺得大翅膀癢。

不過，他還是轉身去客廳開了門，雖然被混了早飯，但是這一個月內他幾乎每天晚上九點過後的最後一單都是后熠點的，指名費雖然不像第一次那麼高，也是一次兩百塊，他訂的宵夜還總是兩份，所以認真算起來，風鳴還是覺得自己占了更大的便宜。雖然他不是主動占的，但也不該對有錢的厲害大爺太過冷淡。

風鳴開了門，就看到提著兩個外送大盒子的后熠。

「我有新任務下來了，所以請你吃午飯啊。」

風鳴眼尖地瞥到了炸雞豪華全家桶，那金黃酥香的味道簡直比任何敲門磚都好用，他特別自然地讓開了位置：

「你有新任務幹嘛請我吃午飯？」

后熠看風鳴的眼神老是往全家桶上瞥的樣子，勾了勾唇：「該請的，畢竟任務和你有關。」

風鳴點點頭，點到一半愣住了。

「和我有關？」

后熠走到餐桌旁把兩個大的外送盒打開，一桶豪華炸雞全家桶、一大份豪華壽司船。

風鳴就感覺到自己的大小翅膀都特別開心，尤其是已經長到有兩個巴掌那麼大的小翅膀，它又搧出小水珠了。

嘖，老實點，見到吃的就走不動路，丟不丟人？

小翅膀怒而搧背，風鳴痛得呲牙。

「你在靈網上的影片被很多人看到了，雖然在靈網上公布的資料上是天鵝系，但西方教廷的那群人看到你的翅膀就不淡定了，現在正在用各種方法查你的消息，甚至想要祕密聯絡你。雖然墨子一號和那天的幾個研究員都已經被上面下了保密的命令，但是誰也不知道他們會用什麼樣的方法查消息，這年頭，靈能者的靈能千奇百怪，不排除最後還是會被他們查到你真實覺醒血脈的可能。

本來上面是想要把你招到東海國家研究院裡待著，不過我跟他們說你這傢伙特別倔強，被招進去的第一天就會搞事情、越獄或者自殘，好歹也是個珍貴的神話系混合靈能者，看在活不久的份上，就給一點自由吧。他們就決定給你自由，不過讓我來保護你。而且，最可惡的是他們不給我保護你的工資，說我把簡單的事情麻煩化了。」

后熠邊吃邊把幾片肥厚細膩的鮭魚夾到風鳴的碗裡，英俊的臉上露出幾分嘲弄的笑：「他們是不相信我說的話呢。」

事實上，研究院裡的人除了不相信風鳴會不願意待在研究院裡受保護和享受福利之外，還不滿后熠強勢拒絕他們想要趁風鳴還活著，多研究研究他的血液、靈力的要求。

因為國家上層對風鳴的指令是保護他，並沒有說明要怎麼保護，所以進入研究院和找人貼身保護都是可以的。而正常情況下，選擇進入研究院的保護更符合國家和研究院的利益，找人貼身保護反而需要國家付給高等級靈能者勞務費，選哪個簡直是完全不用考慮。

可就在研究院高高興興地準備迎接一個神話系珍貴研究對象的時候，后熠自己跳出來說要保護風鳴，這就相當於截胡還抽桌子了。研究院那邊很氣，他們又不是瘋狂的科學研究家，又不會做慘無人道的人性實驗，就是要研究研究而已嘛，為什麼不行呢？

於是生氣的研究院就去找后隊長的麻煩，后隊長就沒有國家給的保護費了。不過，后土豪完全不在意這點，研究院又沒有其他方法能整人，事情就這樣定案了。要是換成其他人，恐怕無法承擔風鳴這個大包袱。

風鳴雖然不清楚所有內情，可他也不蠢，他難得抬頭認真地和后熠對視，抿了抿唇，夾起一塊雞翅膀放進后熠碗裡。

「多謝，給你添麻煩了。」這厚意他領了，也會好好回報。

后熠就一下子笑了出來。和剛剛帶著嘲弄的笑容不同，他現在的笑容燦爛而舒朗。

「我心愛的小鳥兒嘛，當然要自己保護好，怎麼算是麻煩呢。」

然後心情爆棚的后隊長就有些得意了，他忽然站起來開門，衝到了對面自己的屋子，又抱著一堆東西跑了回來。

「來來來！小鳥兒，你看看這些衣服啊！都是我這一個月順便在靈能者夜市上買的！你後背的小翅膀都快遮不住了吧！來來來，穿上這個特製的『天使偽裝者』，就再也不用擔心被別人看到你後背的翅膀了喔～」

正在吃炸雞翅的風鳴看到衣服後背多了兩個翅膀形狀的裝飾，像極了幼稚園小朋友穿的可愛爆表天使裝的衛衣，一口咬碎了雞翅膀的小骨頭。

他剛剛一定是被鮭魚和炸雞翅塞壞了腦子，才會覺得這個男人溫柔有擔當。

我呸！！！

風鳴在心裡吐了這個箭人一臉，可最後他還是不甘不願地穿上了這件「天使偽裝者」。不是他喜歡這件衣服，實在是他的小翅膀這一個月已經長得很大了，尤其是他這一個月每天都會泡澡，可能是泡發了吧，穿普通的衣服真的已經快要遮不住這對日益長大的翅膀了。尤其是小二越大越不喜歡被束縛，已經割破他十幾件衣服了。

這次去川城需要坐飛機，來來往往、擠擠嚷嚷的人肯定也不少，他恐怕很難用一件T恤加一件外套蓋住小翅膀，到時候當場露餡會非常要命，所以就算很不情願，風鳴還是穿上了那件有翅膀的藍色長袖衛衣。

在他套上衛衣之後，他背後的小翅膀都不需要他用手掏，直接就套進了那兩個翅膀形狀的裝飾布裡了。

風鳴：「……」這麼自動的嗎？

后熠在旁邊看得心情甚好，笑容滿面：「這件是我找人特別訂製的，後背兩個翅膀形狀的裝飾用料非常輕薄透氣，不會讓你的小翅膀套進去以後覺得不舒服。而且它的彈性也非常好，哪怕你翅膀再長大一點也能用。

反正在大街上賣的這種靈能者偽裝套裝特別賣，你穿上也不會讓人懷疑的。怎麼樣？這件衣服不錯吧？我這裡還有好幾款不同顏色和翅膀的衛衣及外套呢，都帶去吧，說不定什麼時候就用上了。可惜我最近去的夜市都沒有遇到棉花系靈能者，也沒收購到異變棉花，不然能幫你訂製一件特殊的露背裝。」

后隊長越說越興奮：「就是那種一旦你動用靈力，後背的大翅膀要顯現的時候就能自動收縮的衣服。到時候你就不用擔心每用一次力量就報廢掉一件衣服，就不用一打一打地買那種地攤貨了。」

風鳴看著箭人越說越興奮的樣子，突然問了他一句：「你換裝遊戲滿級嗎？」

后隊長連一秒都沒停頓：「當然，所有的衣服我都有，可惜那爛遊戲沒有加翅膀的選項，不然我能課光它！」

風鳴看著后熠，氣氛一時有些凝滯。

風鳴砰地一聲關上行李箱，對靈網評選最有野性美的青龍組隊長翻了天大的白眼，手指向大門：「圓潤地從外面把門關上，謝謝。」

他這樣說著，衛衣後面的偽裝二翅膀還搧了兩下，也不知是在幸災樂禍還是替某人感到可惜。

后隊長圓潤地離開了，不過第二天一早，他還是拉著行李箱和風鳴一起到了機場。

畢竟他現在是國內還活著的珍貴神話系靈能者風鳴的保護者，當然要隨行跟著。另外，他還是全國靈能者學校大賽總決賽的特邀嘉賓評委。

當風鳴看到這位拿出閃瞎眼的邀請函的時候，他再次在心裡對人們被矇住的眼睛表示了嘆息。

因為風鳴現在多多少少也算是個靈網紅人、龍城熱搜常客，他出門時戴上了墨鏡。而后熠這個長期霸占靈網熱搜的大爺自然更把戴墨鏡當成常事，不然走到哪裡都會人滿為患，可不是吹牛的。

但是，就算兩個人都戴了墨鏡，在機場大廳等人的時候他們也收穫了相當高的回頭率和偷偷摸摸的圍觀。

實在是戴上了墨鏡也無法遮掩后隊長那「老子天下第一」的王八之氣，還有風鳴後背那時不時就會動一下的小翅膀，再加上這兩人身高腿長，臉部的輪廓也非常好看，只要墨鏡下不是一雙綠豆眼，那就是大帥哥無疑了。

風鳴總覺得有點不太適應，好像很多人都在圍觀他的小翅膀。可他的小翅膀不是套進衣服裡做了偽裝嗎？為什麼還有那麼多人看他？

風鳴還聽到了小聲的尖叫聲，內容是「好可愛好可愛好可愛」、「啊，我死了」的話，不遠處還有好幾個小女孩躲在人群裡偷拍他，別以為他看不到。

風鳴：「……」到底在看什麼啊？

這時候，他忽然感覺到自己的衣角被人拉了一下，低頭就看到一個娃娃頭的小男孩用十分羡慕的眼神看著他的後背：「大哥哥，你的衣服是在哪裡買的啊？仔仔也有翅膀，可是仔仔的翅膀不會動啊。」

小男孩說著，還轉過身給他看幾乎和他同款的「天使偽裝者兒童版衛衣」，那件衛衣的後背也有一對羽毛翅膀，做工可愛精緻，能隨著小男孩的走動而微微晃動。但是，它們當然不能自己動。

風鳴覺得牙疼。

偏偏他後背的小翅膀彷彿還覺得十分驕傲，連連動了好幾次，看得小男孩眼睛都瞪大了，滿臉渴望。

風鳴：「……喔，我加了電池改裝，一按按鈕就能動了。你回去可以弄個私人訂製，就是比較貴。」

小男孩了然地點點頭，然後很可愛地向風鳴道謝：「謝謝大哥哥！沒事，我爸說他有錢，大不了再多打幾行代碼就行了！」然後小男孩又有點羡慕地看了看風鳴濃密的頭髮：「可惜賺錢就會掉頭髮，我長大後一定要買異變何首烏給爸爸吃。」

風鳴抬起頭，看著旁邊不遠處才三十幾歲就有點禿的青年男人，揉了揉小男孩的腦袋：「真是個孝順的孩子。好了，去玩吧。」

等小男孩跑走了，旁邊的后熠才忍不住笑出聲。一邊笑還一邊看風鳴的後背，「看，我就說能隱藏得很好吧！」

風鳴回了個超級假笑。

這時候，十幾個身影接連走進機場大廳，風鳴一眼就看到了到處用兔耳比心的花心兔圖途，還有癱著一張臉，眼睛都像是菜刀形狀的蔡濤他們，不過最醒目的還是一個人拖了兩個行李箱和兩個大袋子的風勃。風鳴看著那麼多的東西，突然有種不妙的預感。

「啊！風鳴你在這裡呢！久等了嗎？」圖途上前先打招呼，招呼打到一半就看到風鳴穿的衣服和背後的翅膀，頓時就耳朵一扭，笑出聲：「我的天，哈哈哈哈！你這是什麼衣服！怎麼這麼搞笑？你自己有翅膀，怎麼還穿天使偽裝者？嘜，這翅膀竟然還會動，是新出的款式嗎？」

圖途一邊說還一邊想伸手去摸風鳴的二翅膀，被風鳴伸出手按住了腦袋，阻止了他比起腿顯然短很多的手。

「不是跟你說過嗎？翅膀只能看不能摸，之前沒被女生打夠？」

后熠聽到這句話，眼神閃了閃，臉上就露出了微妙的得意笑容。畢竟他可是大小翅膀都摸過的人。

圖途這才意識到風鳴旁邊還有一個人，然後他有些炸毛地往後退了退，直覺這個男人靈氣強大又危險。

鹿邑和二班、三班的宋老師及周老師是這次高中部的帶隊老師，三個人走過來看到后熠的時候，像是早就知道他是誰一樣，很有禮貌地問了好，那樣子就像小弟見到老大的禮貌恭敬。

這讓跟來的十四個高中部靈能者學生驚訝了，看向后熠的眼神都充滿了打量。楊伯勞這是第二次看到后熠，再次感覺到這個人驚人的眼熟，到底是誰來著？

而這個時候，風勃開始把他拖著的那一堆東西分一半給風鳴。

風鳴看著那兩袋包子、零食、茶葉蛋，深深體會到了長者關愛的重量。

「別說你不吃，我拖了一整路。你不吃，我就扔了，然後打電話給我媽。」風勃一開口就堵住了他弟的嘴。

風鳴只好又提了兩袋食物上飛機。

等上了飛機，風鳴一行總共三十幾個人坐的是靈能者專用艙，位置在飛機的最前部，和豪華商務艙差不多。

從龍城到川城大約需要坐五個小時的飛機，飛機上是可以連接靈網專線的。

風鳴原本打算上了飛機就睡覺，一覺睡到川城，結果圖途從前座露出了他的兔子耳朵和腦袋：

「嗳嗳，同學們，別把我們寶貴的時間浪費在睡眠上啊！我聽說這次校園靈能者大賽有很多厲害的選手出現呢。後天四月三號就要正式開始複賽了，高中部總共六百六十個人呢！知己知彼才能百戰百勝啊！都打開靈網看看有什麼厲害的對手需要注意吧！」

圖途的話讓原本打算睡覺的風鳴、石破天、蔡濤等人坐直身子，都露出了感興趣的表情。確實，比起睡覺，還是看看未來可能對手的戰鬥影片更有意思和意義，說不定能看出點什麼名堂。

然後大家就各自打開了自己的手機，點開「靈能者校園大賽」的專題。

大家選擇了不同高中，找前十名的初賽影片看，大約十分鐘後，幾聲不同的「我靠」和驚呼聲從大家的口中響起。就連風鳴也看著手裡那個川城靈能學校高中部的第一名戰鬥影片，發出了靈魂的感嘆。

「國寶賣萌技是個什麼鬼技能！他的對手是智障了嗎，突然開始星星眼、擼熊貓了？」

機艙中接連響起龍城高中部靈能者的驚呼，大家聽到其他同學的驚呼之後都彷彿意識到了什麼，然後風鳴他們聚集在一起，開始在機艙中的雷射大螢幕上投放他們看到讓人驚呼的戰鬥影片。

圖途搶了第一：「我靠，你們快來看這個土撥鼠尖叫技！我隔著螢幕都感覺到耳朵痛啊！這年頭的土撥鼠都這麼厲害了嗎？」

雷射大螢幕上很快就顯現出鄂城靈能學校高中部的置頂影片。

在影片中，一個長相有點呆呆愣愣的男生上了格鬥臺，對面的速度系對手身形快到極致地圍著這個男生轉，時不時就突然攻擊一下，讓那個呆呆愣愣的男生無暇防禦，挨了好幾招。眼看就要被那個速度型的對手逼到死角、掉下格鬥臺，這個呆愣的男生忽然大步向前走了兩步，渾身肌肉陡然緊繃，氣沉丹田，雙腮鼓起，然後鏡頭在瞬間從中間裂了一條小縫。

呆愣男生：『啊————！』

原本打算把對手直接踢下臺的速度系對手腦子一愣，片刻後耳朵和鼻孔都流下兩道鮮血，超級崩潰地捂著耳朵，被一邊尖叫一邊向他走來的呆愣男生推下了台。

速度系對手：『……啊啊啊啊啊！』

然後就是滿滿的彈幕：

『啊啊啊啊啊！我剛剛音量開太大了，我靠，我耳朵聾了！』

『愚蠢的靈能者啊！知道我們鄂城高中最厲害的老大土撥鼠的厲害了吧！這是老大的暴擊技能「土撥鼠尖叫」！』

『跪了，在他尖叫的那一瞬間，我他媽感覺整個人都暴躁起來，除了耳朵難受，渾身上下都特別難受啊！』

『神一個音波攻擊！』

圖途指著評論道：「看見了嗎？這世界上怎麼能有這麼討厭的技能！我的聽力特別好，要是我戰鬥時碰上他怎麼辦？提前戴上隔音耳塞嗎？」

楊伯勞推推眼鏡搖頭：「不止，他的技能應該不光是音波攻擊，可能還涉及到精神。我剛剛聽到他叫聲時，心中也有些煩躁。這只是隔著螢幕，如果是真實對戰，可能效果更強。」

圖途的兔耳都擰成了麻花：「嘖，好麻煩啊，就只能在他尖叫之前先把他踢下去了？」

石破天點頭：「最好是不要讓他叫，但在這個初賽影片中，他並沒有顯現出其他的能力，比如速度和力量的大小。我覺得土撥鼠系的靈能者速度應該不會很慢，如果速度加上音波就真的要小心了。好了，別看這個土撥鼠了，來看看我這個，我覺得他超級麻煩。」

石破天說著，就把自己的手機對著螢幕，很快，雷射螢幕上的畫面就換成了貴城靈能學校高中部的第一名對戰。

「這個蘑菇怕是特別難打。」

螢幕裡的格鬥臺上站著身形差距很大的兩個少年。

其中一個身材瘦小、皮膚白皙、腦袋有點大，但是眼睛大嘴巴小，看起來是個軟萌可愛的少年，和圖途有點像，只不過性格似乎更靦腆一些。另外一個人身形堪比熊霸，那是黑猩猩系的靈能者，在比賽開始的時候就捶著自己的胸脯變了身，怎麼看都是一場毫無懸念的戰鬥。

然而，當這個黑猩猩系的靈能者咆哮著衝向那個軟萌的少年時，他只是伸出了手，然後無數細小、肉眼難見的白色孢子飄向了那個黑猩猩。少年開始在戰鬥臺上靈活地躲閃著，不過半分鐘的時間，黑猩猩系的壯碩男生身上竟然長滿了小小的白色蘑菇，然後他跑著跑著，速度越來越慢，身上的蘑菇卻越長越大，最後他的力氣就像是被蘑菇全部吸收了似的，蘑菇長到了巴掌大，黑猩猩男生也徹底跑不動，不可置信地累倒在格鬥臺上。

那個噴射出蘑菇孢子的軟萌少年在這時臉色紅潤了好幾分，他特別靦腆地上前：『那個，不好意思啊，我的能力就是這樣，你別生氣。不過這個蘑菇吸收了你體內的靈力，是靈能異變蘑菇，味道其實特別好吃，你、你回去可以自己摘下來煮一鍋湯補補？』

那個恢復成人形的壯碩少年頂著蘑菇，一臉悲憤：『補個屁！！我這輩子都不再吃蘑菇了！』

彈幕也瘋了。

『哈哈哈哈哈，這是什麼驚悚可怕的靈能！！渾身長蘑菇啊！！』

『我從來不覺得蘑菇是如此可怕的生物！！嚇得我趕緊吃了一鍋小雞燉蘑菇！』

『拋開其他來講，這個蘑菇少年的技能強得可怕啊！是吸血回血類的技能！能攻能補，金牌奶媽啊！』

『嗯……其實我滿想吃那些靈能異變蘑菇的，不知道賣多少錢？』

石破天指著那個純良得像隻小兔子的少年：「要是碰上這傢伙，怎麼打？」

圖途：「……還是在他噴孢子的時候就踢飛他吧。」

熊霸想了想：「那自己身上長的蘑菇也可以自己吃啊，這就是持久戰吧？他本身的攻擊力應該不強，算是法系？近身就能贏了吧？」

風勃：「那不一定，菌類不光有孢子，還有菌絲啊。他這場戰鬥只使出了孢子，沒見到菌絲和其他攻擊。所以初賽的影片還是看不了多少東西的，至少很多厲害的選手都隱藏了他們的技能。不過，這個蘑菇少年確實比較麻煩，不知道蘑菇能不能長在石破天的沙石上？如果它完全不挑生長對象，那就是沾上就要命。這種的話，還是自然系裡的火系有優勢。」

石破天點點頭：「那就只能遇到再說了。」

「我剛剛好像聽到你也喊了一聲，你看的什麼影片？」

風鳴就露出一言難盡的表情，把自己的手機對上雷射螢幕，然後，螢幕中就出現了川城靈能高中部第一和第二的對戰。

寧青青突然雙眼放光：「啊！有熊貓？」

上臺的兩個學生是一男一女。少年是個渾身圓滾滾，臉上天然帶笑的白面小胖子，只是這小子好像喜歡熬夜，黑眼圈比較重。

少年的對手是一位英姿颯爽的美少女，少女手中一把紅纓槍，周身是肉眼可見的火紅色靈力，竟然是一位難得的自然火系靈能者！

怎麼看這場戰鬥都應該是那個英姿颯爽的小姊姊取得勝利，她手中的紅纓槍俐落地對著那小胖子，帶起星點火光：『郭小寶！你提前認輸我就不打你！』

對面的郭小寶摸了摸鼻子，對少女呵呵笑了兩聲，然後雙手在胸前畫個圓，下一秒原地消失，取而代之的是一隻毛色柔光發亮，黑白分明，憨態可掬的……大熊貓。

雖然這隻大熊貓的體積比一般熊貓還大了一點，可是，牠還是大熊貓啊！

大熊貓就坐在那裡萌萌地看著對面的少女，露出水汪汪的黑眼圈。

少女：「！！！！」

彈幕：

『！！！！！』

『我靠！！！！』

『我靠，熊貓殺我！！』

『這是什麼見鬼的必殺技！！』

寧青青尖叫出聲：「啊啊啊啊啊！這是滾滾啊滾滾！！我要上去擼、禿、牠！」

隔著螢幕，風鳴都能感受到自己有點蠢蠢欲動的心。

圖途震驚：「我、我、我竟然也想去擼牠！不科學啊，我不是很萌大熊貓，我只萌兔子啊？」

習軒點頭：「這應該不是單純的變熊貓，我也有點想去揉牠，覺得牠特別無害又可愛，應該也是精神類的攻擊。但是，熊貓和蘑菇不一樣，熊貓認真來劃分的話應該也算是猛獸系，攻擊力應該相當高，所以那妹子要是不小心接近牠的話……」

習軒的話還沒說完，控制不住自己去擼熊貓的紅纓槍小姊姊就被油光滑亮的熊貓……公主抱著扔下台。

少女被扔下來以後才突然清醒，憤怒地狂吼：『郭小寶，你又用色誘！！！』

臺上的大熊貓不好意思地摸了摸鼻子，『兵不厭詐嘛。』再度引起一眾想要擼熊貓的尖叫。

圖途：「……嘖，這小子比我還會撩妹，不就仗著他是國寶嗎！」

鐵樺卻在旁邊道：「這種精神攻擊怎麼防禦，大家都得想一想，不然真的容易中招。」

風鳴倒還算輕鬆：「大不了飛高一點，躲開攻擊範圍就好了。唔，不過這樣的話，我覺得我需要一個遠端武器。合金教鞭雖然好用，但是還是不太耐打。」

而且說真的，他還能劈雷。其實只要他選好對手打不到的位置，接連劈個十幾道雷下來，什麼事都解決了。可惜，他現在大翅膀放電劈雷的技能還不熟練，最多就是接觸性放電，隔空的話，他覺得自己是可以辦到的，但現在還沒成功就是了。

聽到風鳴的話，圖途他們也露出贊同的表情：「是該查查有沒有比較好的靈能武器或者防禦裝備，這樣也更有勝算。」

靈能者大賽上明確規定不允許使用靈能卡戰鬥，但沒有規定不能用適合的武器和防具。

后熠在這時開口：「那還不容易？每一屆靈能者大賽的賽場旁都會有為賽事而來的許多靈能商人，這些商人們聚集在一起，就組成了靈能者交易會。通常靈能大賽持續多久，交易會就會持續多久。因為來往的靈能者眾多，在交易會上反而能夠看到許多珍貴難得的靈能物品，包括靈能武器、裝備、靈能藥劑等等。複賽後天才開始，今天和明天還是可以去逛逛靈能者交易會。」

后熠說著就看向風鳴：「說不定還能買到異變棉花呢。」

風鳴：「……」箭人換裝賊心不死！

這時候，風勃突然摸著下巴問了一句：「我有個疑問，如果上了格鬥臺，把那隻熊貓精打趴了，要坐牢嗎？」

所有人：「……」

這是個大問題！！

直到飛機到達川城，風鳴一行人都在看靈網上靈能者大賽的初賽影片。除了土撥鼠、蘑菇和大熊貓系的厲害靈能者之外，他們還看到了很多有自己特色的厲害對手。

不過，他們並不會因為對手很強就想退縮，相反，看完了影片之後，他們每一個人都戰意勃勃，恨不得現在就去和那些厲害的對手們打一場，時間就在大家的討論聲中過去了。

至於風勃最後問的那一句打熊貓犯不犯法，后隊長一句話就終結了所有人的不確定。

「他又不能生小熊貓，一個假熊貓而已，犯什麼法。只要想好怎麼應對他的精神攻擊就行了。」

風鳴抽了抽嘴角，心想果然還是老薑更辣一些，或許這位青龍組的隊長大人打過不少能變成國家保育動物的動植物系靈能者，不然也不會這麼清楚吧？

真是心狠手辣。

下飛機的時候，風鳴後背可以自動拍振的二翅膀同樣引來了許多人好奇又羡慕的眼光，這讓風鳴恨不得趕緊坐上汽車，前往飯店。不過鹿老班表示會有川城靈能者高中的人來接他們，他們不用自己找車過去。

然後，一行人在等待時發現他們似乎被機場的行人們關注了，還有人偷拿手機拍他們。更有機場的服務人員笑咪咪地推來一車菊花茶給他們，問他們是不是來參加靈能大賽的師生們。

顯然這兩天來到川城的各學校師生很多，機場的人都習慣了。

風鳴等人謝過機場服務員的菊花茶，就忽然聽到一陣尖叫聲。順著那聲音看過去，風鳴先是張大了嘴巴，然後整個人都不太好了——足足有兩個人那麼高、那麼胖的大熊貓正啃著一顆鮮嫩的竹筍，在機場裡堂而皇之地四處觀望，大熊貓的旁邊則是一個紮著高馬尾，穿著紅色五分褲、白色上衣，有些淩厲的美少女。

正是他們在飛機上看到的川城靈能中學高中部的第一和第二名，郭小寶和紅翎。

紅翎此時似乎非常不爽，伸腳就直接踹在大熊貓的腿上，引起周圍路人的心疼和阻止。大熊貓郭小寶看看這邊、看看那邊，然後舉起他手上的牌子。

『熱烈歡迎龍城靈能者學校優秀師生！』

風鳴捂住了臉。

最後還是熊霸仗著皮厚，而且和郭小寶是同類型，主動走上前交流。熊霸還想過要不要變成棕熊和這隻大熊貓抱一抱呢，結果他還沒變，郭小寶就變回來了。

「咳咳，我覺得那樣比較醒目，能讓你們一眼看到我們，我又不是故意惹人注意的。」郭小寶問過熊霸的異變覺醒，還有點羨慕：「其實棕熊滿好的，至少人家把你當正經的熊來看，但是熊貓就不行了，我明明很厲害，可對手大部分都沉迷於擼貓。喔，不過我直播間的粉絲已經上百萬了，基本上能躺著賺錢。」

熊霸：「……」他覺得這是赤裸裸的炫耀。他直播過一次，被平臺直接列入猛獸系，而不是萌物系，嘖。

郭小寶的話說到一半，又被紅翎踢了一腳，這次就沒有人替郭小寶心疼了。

「別在這裡說好吃懶做的話！回去還要跟著我大哥繼續訓練！」

郭小寶心酸地嘆了口氣：「喔。」

然後兩人十分有禮貌地見過了龍城高中部和社會部的人，領著他們去了飯店。

川城靈能學校直接開來他們的校車接人。在上車的時候，郭小寶和紅翎都注意到了風鳴後背時不時就動一下的小翅膀。

紅翎覺得這小翅膀十分可愛，看得時間有點久，旁邊的郭小寶忽然開口問：「這位同學，你就是龍城高中部的風鳴同學吧？我看過你的初賽影片，覺得你飛起來十分占便宜啊。就算攻擊力不太高，耗也能把對手耗到沒力。不過，影片裡你的翅膀好像是很大的白色羽翅啊，你這個……難道又長出了一對翅膀？」

風鳴瞇起眼。

「這兩個翅膀是訂製衣服附帶的，不是我的翅膀。至於我攻擊力高不高，等到我們兩個對戰的時候，你就會清楚了。而且，如果我飛起來很占便宜的話，你賣萌占的便宜豈不是更多？」

郭小寶就咳了一聲：「一般般吧。不過我覺得，比起翅膀，還是熊貓更萌對不對？」他問的是紅翎，紅翎甩了甩她的馬尾，翻了個白眼沒回答。

不過，此時旁邊忽然傳來后熠否定的聲音。

「和個人審美有關吧，我還是更喜歡大翅膀多一些。熊貓說來說去，還是熊而已，而且還是小小的熊貓更萌。」

郭小寶瞪著黑眼圈看過去，盯了后隊長三秒，又直覺十分敏銳地裝作什麼都沒發生。國寶的直覺告訴他，這個人不會憐惜國寶，還會毫不留情地揍他。

在路上，熱情的郭小寶同學開始幫風鳴他們介紹川城的名勝和美食：

「青城和峨眉兩大名山知道吧～兩座山的靈氣值都超級高的喔！青城深山已經有禁區存在了，我們川城的靈能者可以每隔幾個月就進去修行，順便採集靈物喔！

大熊貓保護基地也可以去看看，不過裡面的熊貓都沒我好看，皮毛都沒我光滑水亮。看在我們是同學的份上，一百塊我可以讓你們擼十分鐘喔！我也是可以變成普通大熊貓的大小，紅翎沒事就特別喜歡擼我～嗳，紅翎妳別被打我啊！喔，還有還有，來到我們川城，就必須要吃我們的火鍋，一口鮮香麻辣吃下肚，好安逸喔～」

說到最後，郭小寶已經一口川城方言了。

紅翎白他一眼，爽利地笑起來：「今天下午大家可以在飯店休息，晚上就可以去飯店外的靈能交易大會的小吃一條街逛逛了。裡頭不只有我們川城的各種正宗特色美食，還有用川城手法烹飪的靈食喔，味道是不用說的，當然價格也很好看。

今天晚上或者明天，大家也可以在靈能交易大會的會場逛逛，說不定能買到一直想要，卻收購不到的靈能物品。喔，還有小道消息，在靈能交易大會裡還有地下拍賣會，賣的都是一些灰色來源的寶貝，據說還有造化果、洗靈果那種特別珍貴的寶貝。不過我和小寶已經逛了三天靈能交易大會，也沒找到地下拍賣會的下落。如果你們運氣好或者運氣差，說不定能碰到喔。」

風鳴聽到紅翎的話，心中微微一動。造化果先不說，但是洗靈果這東西可是現在他急缺的續命藥啊。

他忍不住看了一眼坐在他旁邊的后熠，后隊長已經露出一個志在必得的笑了，那笑容彷彿在說——放心，有錢，能課。

風鳴：「……」好吧，他肯定付不起洗靈果的價錢，搞不好之後真的要賣翅膀還債了？然後風鳴就又被憤怒的二翅膀拍了背，甚至連大翅膀的印記也有點憤怒到發燙了。

風鳴：「……」生活不易，他想嘆氣。不然，就只能開直播賺錢了啊。

車子行駛了一個小時之後，到了接待他們的飯店。飯店就在川城靈能者學校的旁邊，而川城靈能者學校竟然就建在青城山的山腳下。

一到飯店，風鳴就感受到比其他地方濃郁很多的靈氣。忍不住在心裡感嘆，果然是地靈之地。

而在飯店對面就是臨時建好的靈能交易大會會場，會場人布置出了九橫九縱的十八條街，街上有一層的小帳篷鋪面，也有十分醒目高大的三層樓房。此時即便隔著一條大路，也能感受到對面無比熱絡的氣氛。

風鳴懷疑那幾棟高大的樓房是靈能者的手筆，而石破天也直接確定了他的想法。

「那應該是土系靈能者和木系靈能者的合作手筆，真是厲害啊！我一個人可建不起一棟房子。」

郭小寶就嘿嘿兩聲：「那可是我們校長和二班的班導師一起建造的！我們校長是土系靈能者，連白虎組的隊長馮常都時常來請教他老人家呢！」

大家都表示了驚訝和佩服，然後郭小寶就和紅翎離開了。

這座招待他們的靈能者飯店面積很大，上下共六層，每層都有六十個房間。龍城的學生們來得不早也不晚，被分到了三樓靠東邊不臨街的那邊，他們三十四個人，十七間房剛好。

原本風勃覺得他應該是和他堂弟風鳴睡同一間，然而在分房的時候，作為整個隊伍中資歷最高的那個人——后隊長堂而皇之地拿到了房間分配權。他把六名帶隊教師分成三間房，剩下開始幫學生們兩兩分房，直到最後所有人都分完了，剩下一個孤零零、抽著嘴角的風鳴，他才哎呀了一聲。

「只剩下最後一間房了，就委屈你跟我睡了。」

風鳴假笑。說得好像我跟你睡雙人床一樣，明明是標間兩張單人床，我跟我自己的翅膀睡好嗎。

很快，他們提著行李上樓，電梯那裡還有人在等，圖途和風鳴、風勃、熊霸、蔡濤、楊伯勞幾個就決定提行李箱爬樓梯。

幾個小夥伴一起爬樓梯，說說笑笑也不覺得累，只是在爬到二樓至三樓的時候，和風鳴聊得很開心的圖途轉身沒有注意到身後，直接撞到了一個人。

圖途正擰著耳朵，滿臉歉意地道歉的時候，就忽然被人狠狠推了一下。

圖途完全沒想到對方會一言不發就動手，整個人的身子向後仰，風鳴瞬間皺眉，向前跨了一步伸手扶住圖途，再抬眼，目光變得鋒銳。

而剛剛還面帶著笑的楊伯勞、蔡濤幾人也同時收斂了笑容，眼神如刀地看向從樓梯上下來的六個人。

為首染著一頭紅髮的少年看著圖途，嗤笑一聲：

「這是多弱的靈能學校，才能讓兔子也進入複賽啊。」

於是，圖途的兩隻兔子耳朵瞬間豎了起來，眼睛一紅，咧嘴笑了。

「傻子，要幹架啊？」

第八章　賣身和賣翅膀

圖途的反應和回答讓對面還在笑的幾個男生愣了一下，可能是從來都沒有見過那麼跩的兔子吧，這反應和他們想的、見過的完全不同。

不過，很快那個染了一頭紅毛的少年就大聲地笑了出來：「哎呦！看不出來你這兔子還滿凶的啊！你要是不怕我一口咬死你，就來、啊——！」

他叫囂的話還沒有說完，就被圖途跳起，抬腿直接踩到了臉上。隨著慣性和圖途本身的體重，這個紅毛少年被圖途直接踩趴在地，要不是他本身的身體素質很好，並且在最後落地時身體迅速獸化成厚厚的皮毛，只是這一踩，就能把他踩掉半條命。

這一下，算是徹底吹響了戰鬥的號角。

圖途的腿已經化作北極兔的大長腿，像踩地鼠一樣狠狠踩著來不及全身獸化的紅毛少年。

少年的同伴中，有一個人雙手迅速變成弩箭，對準圖途的後背就射了過去。不過弩箭在即將紮入圖途後背的時候，被雙手變成兩把鋒利西瓜刀的蔡濤匡噹兩聲，砍落在地。蔡濤刀尖指著那個弩箭小哥：「過來挨砍！」

弩箭小哥被阻，少年其他的同伴各自不甘示弱地激發出自己的靈能，其中有一個少年臉色看起來十分陰沉，對所有人冷笑一聲後，轉身就面對著飯店的牆壁，伸出自己的食指在牆上畫圈圈，這個人的口中還念念有詞：

「畫個圈圈詛咒你們！所有人突然一腳、唔唔！！」

他詛咒的話沒說完，就被差點炸毛的風勃塞了一嘴大伯母牌豬肉包。

風勃的個人戰鬥力並不算強，但對於危險的感知卻是最敏銳的，他絕對不會讓這個傢伙開口說任何話！甚至他還反向罵了一句：「詛咒反彈！詛咒反彈！我觀你今日有血光之災！」

總之，風勃跟這個喜歡畫圈圈的少年槓上了，全程沒讓他畫完一個圈，或者說完一句完整的話。

而熊霸和楊伯勞各自對上了一個向他們衝過來的少年，但很顯然，那兩個人並不是熊霸和楊伯勞的對手，熊霸一邊打，還能一邊教育：

「你們的品德是體育老師教的吧？不就是不小心撞了你們一下嗎？都跟你們道歉了，幹嘛還推人啊！君子動手不動口，不知道嗎？先撩者賤，知道嗎？」

「兔子怎麼了？兔子吃你家窩邊草了？還是兔子打洞打到你家祖墳了？怎麼就這麼瞧不起兔子？兔子能一腳蹬掉你的腦袋你信嗎？我就不能好好說話嗎？」

風鳴看著幾乎是一邊倒的戰況，放下心的同時也忍不住抽了抽嘴角。不過，他至今之所以沒有加入群架之中，因為那個站在六人中間的高個子少年還沒有動。

很微妙的，雙方各自選擇了自己適合的對手，似乎憑著本能和直覺，就把最厲害的兩個人放到了最後。沒有人去主動招惹風鳴和對面的那個高個子少年，但風鳴和那個少年卻已經互相戒備對方了。

不過，風鳴比對面的那個少年還多想了一點。他想的是，如果我一會兒戰鬥的時候不小心在樓梯裡放了電，不小心劈了這些人，之後該怎麼解釋大翅膀帶電的事呢？畢竟天鵝是不能放電的，總不能說是翅膀摩擦生電了吧？

就在風鳴這樣想著的時候，那個看起來十分冷酷的高個子少年忽然動了。

他左手微微抬起，手心竟然憑空出現了一顆非常漂亮又危險的紫色雷球。少年眼神很冷，他看了一眼對面的風鳴，又抬起了右手，手心裡從原本的一顆雷球變成了兩顆，雙手就是四顆小小的雷球。

可這顆雷球雖然很小，看見它的人卻不會懷疑它的力量。

下一瞬間，那高個子的冷酷少年就把四顆雷球甩出去，而後對風鳴咧了咧嘴，無聲問道：「你先救誰？」

他並不知道對面的風鳴有什麼樣的靈能，但他絕對有自信自己的靈能即便不是所有參賽者中最強的，也能位列前三。這是他們敢囂張的底氣，而從他出生到現在，永遠都這麼有底氣。

風鳴在看到那個小雷球，第一時間愣了一下。

他真是萬萬沒想到會在靈能者校園大賽中見到自然系的雷系靈能者。

看著這四個小雷球，風鳴就感到大翅膀有點蠢蠢欲動地想出來。然後他就忍不住想，不知道對面的少年需不需要日常飛上雲霄、挨雷劈充電呢？

但這個人又不能飛，很難找準位置充電，那他平常是不是要住在發電機旁邊，把電力轉化為靈能？

當風鳴片刻的呆愣時，那四顆小雷球就已經分別飛向了圖途、風勃、熊霸和他自己。四顆雷球的速度非常快，正在戰鬥的圖途和熊霸直到雷球接近才反應過來，耽誤了一兩秒的時間就讓他們陷入了被動。而風勃雖然第一時間就注意到了這四顆危險的小雷球，但他的對手詛咒少年相當難纏，竟然打算跟他一起挨雷劈，也不準備放過他。

在普通人的眼中，這四顆小雷球的速度非常快，不可能有人在短時間內對這四顆雷球同時做什麼，但在風鳴的眼中，它們的速度很慢。

風鳴看著對面冷笑著的雷球少年，揚了揚眉毛。

真的，如果這是四顆小火球，他可能還要麻煩一點，（二翅膀：並不會！）但四顆小雷球的話，真的一點麻煩都沒有啊！

就在雷球少年滿心得意和冷笑的時候，他看到對面的風鳴後背陡然出現一對潔白的羽翅。當那對翅膀乍然而出的時候，帶起的飛羽顯現出驚人的美感。

不過，比起這種美麗，之後他看到的畫面才讓他更加驚訝——

他幾乎是眼前一花，就看不見那個後背長翅膀的傢伙了。他快速扭頭尋找風鳴的身影，只來得及看到風鳴閃身到熊霸前面，後背的羽翅一搧就把他釋放出來的，足足能把一個靈能者電暈的強力雷球搧沒了。而這個時候，飛向圖途和風勃的小雷球都已經消失不見了，甚至包括那顆直衝向風鳴面門的雷球。

雷兼明臉上的笑容僵住了：「！」

他只是眨了眨眼而已，這個長翅膀的傢伙速度這麼快嗎？不對，重點是他的雷球呢？就算只是砸到地板，也該噴點火花出來才對，但現在四顆雷球都消失得無影無蹤是怎麼回事？這不靈學啊！

雷兼明這樣想著的時候，雙手又凝聚了六顆雷球。這是他短時間內能凝聚出來的最大限度了，他就不相信這樣還激不起一點電花。

只是他沒有機會把這六顆小雷球放出去，這個時候聽到動靜的飯店服務員和兩群學生的老師都趕了過來。

雷兼明的班導師看到他手中的六顆雷球就抽了口冷氣：「雷兼明，你冷靜一點！千萬別把這六個雷球放出去！你的雷球有多厲害你自己不知道嗎？要是電死了人，你爸再有錢也賠不起！」

而鹿邑看到圖途還在用腳踩著已經快暈過去的豺狗系同學的臉，看到那小子的臉已經腫得像個大饅頭了，特別頭痛地按了按眉心：「圖途，快住腳！你的腿勁有多大，你自己沒點數嗎？把人踩到變智障的話，你又想揹幾十萬的欠債是嗎？」

瘋兔子圖途這才不情不願地收了腿，被楊伯勞拉到一邊。不過，他一時半會兒還平復不下來，腳丫子一直不停地踢牆根，咚咚咚咚的，聽得飯店的大廳經理心跳都加快了。

雷兼明卻不像圖途那樣收了動作，他眼神驚疑又帶著不忿地看著風鳴。正因為他非常清楚自己的雷球有多大的威力，這個時候才更加難以理解。

這個鳥人到底是怎麼弄散他的雷球的？四顆強力的雷球如果同時打到同個人的身上，那個人最輕也該渾身焦黑麻痹，重一點會直接被擊暈，甚至致死。可他面前的這個鳥人，別說暈死了，他身上看起來竟然沒有一點被電到的樣子！

這讓一直以來對自己的能力無比自傲的雷兼明完全不能接受，所以哪怕他聽到了自己班導的喝止聲，最終也沒有停下自己的動作，一咬牙，六顆帶著電光的雷球全部衝向了風鳴！雷球的速度極快，雷兼明的班導師沒想到他會一意孤行，又憤怒地大喊了一聲雷兼明的名字，而鹿邑在那一瞬間瞳孔驟縮，要上前擋下攻擊的時候，有個人的行動比他更快。

原本沒有什麼存在感的后熠忽然向前一步，強大的靈壓瞬間充斥了整個樓道。他伸出修長有力的手指，像是蜻蜓點水一般點在那六顆疾飛而來的雷球上。在指尖接觸雷球的瞬間，充滿了暴烈靈能的雷球竟被他的手指像是戳泡泡一樣戳碎，化作沒有半點危害的細小雷光。

他的行動如行雲流水，隨意自然，不帶半點緊迫。可正是這份隨意，讓雷兼明瞬間如臨大敵，感覺自己全身的汗毛都要炸起來了！

危險！危險危險危險危險！！

當后熠抬眼看向雷兼明的時候，即便隔著墨鏡，雷兼明也臉色煞白地後退了一大步。

他有種自己會被輕易殺死的錯覺，而那個在他眼中無比可怕的男人，說出來的話語卻相當溫和。

「小夥子，你這麼小就這麼暴躁不太好喔。做男人，最重要的就是穩重有責任心，這又不是你家，怎麼能隨意打架？打架也就算了，都停戰了，怎麼還突然動手呢？真男人可不能這麼沒品。」萬一你傷到我的小鳥兒，就別怪爸爸打你了。

雷兼明咬著牙，什麼話都說不出來。

而雷兼明的班導師此時也驚疑不定地看著后熠，不知道面前戴墨鏡的男人是哪尊大佛。雖然雷兼明現在還只是一個高中生，但他覺醒的靈能是公認攻擊力超高的雷電系靈能。而且，雷兼明覺醒的時候就已經是B^+級的靈能者了，這兩年，他家裡也為他的等級晉升大費心思，可以說雷兼明的靈能等級已經快要到A級了，是他們學校這一次的殺手鐧，就是衝著大賽前三而去的。

但這麼厲害的人，他的攻擊竟然被戴墨鏡的男人隨手化解了，這怎麼不讓人感到震驚？

雷兼明的班導師已經忍不住開始猜測這位是哪一位國內的頂級靈能者高手了。

當然，他並不知道之前風鳴做過什麼，如果知道的話，怕是會嚇掉自己的下巴吧。

「又不是我們先挑釁的。」圖途現在已經不踢牆了，但是眼珠還是紅的。

而那個被圖途踩腫了臉，差點就暈過去的豺狗系少年聽到圖途的聲音，忍不住捂了一把自己的臉。他這時候也後悔啊，特別後悔，他要是知道這隻撞到他的兔子精這麼凶殘能打，他說什麼也不會說那句話啊！！但誰能想到這兔子是隻暴力瘋兔子！

最後，兩邊的學生被班導要求向對方道歉，然後才各自不怎麼爽地分開。主要是雷兼明這邊滬城的學生們不爽，因為比起龍城的風鳴等人基本上沒受傷的樣子，他們這邊有兩個人都被打腫了腦袋和臉，還有一個滿身陰鬱之氣。

「媽的，那個傢伙真討厭，我頭一次和別人打架，一句詛咒都沒下成！！」

而風勃耳尖地聽到了抱怨，冷笑一聲，「誰是真烏鴉嘴還不一定呢，詛咒反彈！」

因為動靜而趕來圍觀看熱鬧的其他學校學生，這時候趕緊縮回了腦袋，興奮地拿出手機打開聊天群組。

『滬城那群眼睛長在腦袋上的傢伙和龍城新來的幹了一架！滬城的好像打輸啦！』

『我靠，龍城這麼厲害嗎？滬城可是有雷兼明啊！據說他很有可能成為北玄武組的預備隊員，他也輸了？』

『那倒沒有，他好像沒動手？』

『呿，那你說個屁啊。只有雷兼明輸了，我才信龍城真的那麼厲害。』

『但是有個超級厲害的高手，手一點就把雷兼明的雷球碎掉了！』

『！！！』

『給跪！四方組的哪位老大駕臨了？』

這個時候，一直覺得后熠眼熟的楊伯勞彷彿終於想起了什麼，忽然頓住，啊地喊了出來。

「后、后！！后——」

然後他被后隊長塞了一個大伯母愛的肉包。

「之後你們就自由活動吧，晚上可以去交易會場的夜市看看喔。」

楊伯勞帶著一臉玄幻的表情回到自己的房間，臨關門的時候，他還特別意味深長、腦補嚴重、神情憂慮地看了斜對面的風鳴好幾眼，讓接收到他眼神的風鳴完全摸不著頭緒。

不過，風鳴還是從楊伯勞的眼神看出他應該是猜到后熠的身分了，他轉頭看后熠，懷疑這傢伙做了什麼。

后隊長面不改色：「別用這種眼神看我，我什麼都沒有做，頂多就是拿了一個你行李袋裡的包子塞進他嘴裡而已，他可能覺得我是個十分慈祥友善的大哥哥？」

風鳴扯扯嘴角：「你對你的年齡和輩分有什麼誤解？大叔，別擋路，讓讓。」

后隊長笑容一秒凝滯。

「不是，我和你們也就差十歲而已。而且現在科學家已經研究出來，靈能者的壽命會比普通人長很多，按照我們都能活到一百五十歲來算，大叔這個詞真的不適合我。如果你非要這樣叫，那我也是所有大叔中最帥、最酷、最強大的那個，現在很多女生和小年輕不都喜歡我這種的嗎？在靈網上，我的粉絲可是第一。」

后熠使勁地往自己的臉上、身上貼金，結果在洗浴間洗手洗臉的風鳴看了他一眼：「我記得池霄隊長的粉絲才是靈網第一。順帶一提，我是魚粉，不是太陽粉。」

風鳴確定，他在那一瞬間看到了某個厚臉皮箭人的笑容碎裂，大受打擊的樣子。

后熠一臉沉重地開口：「……我從一開始就想問了，小鳥兒啊，你是不是對我有什麼誤解啊？」明明我這麼溫柔、帥氣、智慧、強大，你怎麼就看不到我的優點，還眼瞎覺得那條魚好呢？

風鳴揚揚眉毛，用自帶的毛巾擦了擦手，神色很是誠懇：「相反，后隊，我覺得你的粉絲們才是對你有十公尺厚的粉絲濾鏡，看不到真實的你啊。」

風鳴說完想離開洗浴間，卻被面容相當嚴肅的后隊長一邊靠著門沿，一邊伸手按住門框，擋得結結實實。兩人在這一瞬間的距離變得相當近，甚至能感受到對方輕微平穩的呼吸。

風鳴下意識往後仰了仰身子，用眼神詢問這個箭人又想幹嘛。

然後他就聽到后熠低沉的聲音：「那你說說真實的我是什麼樣的？嗯？好像你很了解我一樣？」

如果是其他少不更事的少年少女，被這麼深沉的一問，怕是心跳都會跳出喉嚨，但是風鳴很穩，他的心跳只不過比平時稍微快了那麼一點，臉上比平時稍微紅了那麼一些，其他的什麼都沒變：「至少粉絲們肯定不知道他們的青龍后隊長是個翅膀羽毛控。」

后熠覺得自己膝蓋中了一箭。

風鳴後仰的身子恢復原狀：「粉絲們肯定也不知道后隊長會坐在陽臺上，大半夜的欣賞別人被雷劈。」還是裸體狀態。

后熠收回了自己抵著門框的手，眼神猶疑地摸了一下鼻子。

風鳴瞇起眼，身子向前傾：「最後，粉絲們肯定也不知道后隊喜歡玩換裝遊戲，還是個滿級課長。」

后熠徹底讓開擋著門框的身體，乾咳：「人嘛，又不是神，有些無傷大雅的愛好才正常。不然那就不是人，而是假人了。但就算有這些愛好，你也不能否認我酷帥狂霸跩，還很有責任心！」

風鳴肩膀蹭過后熠，走出了洗浴間，在后隊長有些鬱悶的時候忽然側身扭頭，露出一個有些張揚又燦爛的笑：

「當然，就算有這些小愛好，我也不否認你是個非常強大而溫柔的人。謝謝你幫我擋了雷球，雖然我的大翅膀並不需要。」

傍晚的夕陽從窗邊斜斜地打在少年的身上，讓他身後的羽翅彷彿被撒上了一層金光，他剛剛因為打鬥而撕裂的衛衣下露出光滑結實的脊背，再加上那雙上揚的鳳眼和漂亮到讓人無法移開目光的笑容，就宛如遊戲人間的天使，讓看到他的人都怦然心動。

后熠呆愣了片刻，而後低頭捂著眼睛輕笑起來。真是個會說話又美麗耀眼的小鳥兒。

他感受著自己難得雀躍的心跳，看著那讓人心動的畫面。哪怕他沒有拿出手機拍照，但他的心和眼睛也已經把這些牢牢地記了下來。

怎麼辦呢？突然想找一個最精緻華麗的籠子，把這隻美麗耀眼的小鳥兒關起來，只給自己看。

后熠這樣想著又搖了搖頭，他可是個強大而溫柔的人，不能做這麼禽獸的事。不過，換裝的小愛好還是可以繼續的嘛！

后熠抬頭就看到風鳴已經收回了大翅膀，開始脫上衣。他讓自己的眼神在兩邊遊移片刻，就果斷地開始盯小鳥兒。他不是在看美色、耍流氓，這只是作為室友的基本日常而已。

然後后熠就看到風鳴一臉鬱悶地提著後背又破掉的衛衣直嘆氣。

后隊長非常貼心雀躍地上前：「又破啦？誰能想到上個樓，還有人來挑釁。不過沒關係、沒關係，我還幫你帶了一箱天使偽裝者呢，什麼顏色的都有，馬上幫你拿一件！」

風鳴又想翻白眼了。他收回剛剛的話，換裝這個愛好滿討厭的，還是不要好了。

不過，最後風鳴還是穿上了二號白色版天使偽裝者衛衣，而這件衛衣後背小翅膀的部分是金色的，深得二翅膀的喜愛。

換過衣服，稍稍休息一下就到了六點的晚餐時間。雖然飯店有提供晚餐服務，但隔著一條街就是靈能者交易大會的會場，裡面各種小吃的誘人香味帶著辣味都飄了過來，在飯店的各個城市的學生們沒一個打算留在飯店吃飯。

風鳴自然也想去看看交易會場的熱鬧，不過他完全不想帶上后熠，他只想和自己的小夥伴們一起逛。

然而，后隊長笑咪咪地擲出了土豪的金錢大法。
「如果帶我一起去的話，聚餐的飯肯定是我請了。」
風鳴遲疑了一下。
「還有，我能最快地找到賣靈能者衣服的店鋪，說不定能找到異變棉花呢。」
風鳴露出掙扎的神色。
「最重要的是，比起高中生們，我這個大人更能接觸到某些灰色人物，說不定能找到地下拍賣場呢？」
風鳴長嘆一聲：「那你跟我們一起吧，但不要暴露身分，也別不合群啊。」
后隊長笑了起來：「從來沒有人會和我合不來。如果有，那他必然不是人，而是魚。」
風鳴：「……」
遠在南海的池霄隊長瘋狂地打了兩個噴嚏，減弱了他的俊美光環，副隊長在旁邊擔憂地看了他一眼：「隊長？」
池霄抿了抿嘴，冷笑：「不用管，肯定是某個箭人又罵我了。哼，就他那個野蠻的大流氓也想跟我比。」
后熠臨出門時，狠狠打了個噴嚏。
風鳴疑惑看他一眼，后熠笑起來：「沒事，大概是有人想我了吧。」
風鳴：「呵呵。」

圖途和熊霸住同一間，現在也出來了，兔子耳朵開心地甩著：「走走走，大家一起去逛逛交易會啊！我準備花重金買個靜音耳塞，到時候遇到音波攻擊多少能擋一點。」

另一邊，楊伯勞和石破天也出來了。楊伯勞推推眼鏡：「我想買點材料，回去自己做點東西。」

石破天：「耳塞？我也要買一個看看。」

這時候，風勃拉著蔡濤出來：「這小子不想去逛，我把他拉出來了。我覺得他今天晚上該出去逛逛，不然有血光之災。嘖，川城不是有很多道館嗎？好像現在道士也能用靈氣畫符了，我想買點平安符。」

風鳴和蔡濤幾個一起翻了大白眼。

楊伯勞發現后熠也跟著他們一起走，表情就有點僵，不過風鳴拉了他一把，然後對其他人介紹：「這是我遠房表、咳、哥，因為最近聽說我覺醒了，靈能不怎麼穩定才特意過來看著我。大家不用管他，也不用多想。」

圖途的耳朵擰成麻花，熊霸抬頭看天，楊伯勞、蔡濤和石破天的表情也都很微妙。最震驚的是風勃，他差點就脫口說出我怎麼不知道你有遠房大表哥了，但在后熠的墨鏡注視下，最終閉上了嘴。

好吧，反正打不過，風鳴怎麼說，他們就怎麼信嘍。

雖然幾個人，包括風鳴自己都不相信「大表哥」的說辭，但管他的，難得糊塗嘛。

最後，一行八人一起下樓往對面的交易大會場去，在走到對面的過程中，風鳴若有所感地向後看了一眼，就看到了六扇打開的窗戶和裡面盯著他們幾個人看的人。

只是當風鳴轉頭的時候，有四扇窗戶的窗簾都被拉了起來。

風鳴回頭，低低笑起來。看來這次大賽裡，應該有很不錯的對手。

交易大會的會場極其熱鬧，不光是這裡聚集了很多靈能者，川城的普通人們也蜂擁到了這裡，想要碰到自己的偶像，一邊看看能不能得到什麼覺醒的機緣。

人一多，就很擠，非常擠。

當風鳴在二翅膀和大翅膀的催促下，跑到燒烤攤買了兩串烤雞翅和兩顆烤生蠔出來時，之前還走在一起的八個人就散得一乾二淨，只剩下身高腿長，身材完美的后隊長穿著休閒裝，有些無奈和不耐地站在原地，而他的周圍已經有好幾波紅著臉和他要電話號碼的小女生和……小男生？

后熠看到風鳴擠出來，抬起手，臉上的不耐瞬間消失，眉眼飛揚地招呼他。

「在這裡，小鳥兒。」

不得不承認，這個愛好換裝遊戲的課長在人群中實在是英俊又耀眼。

當風鳴一手拿著兩串烤雞翅，一手提著生蠔的小盒子走到后熠旁邊的時候，風鳴確信聽到了幾聲失望的嘆息。他表情有點微妙，覺得那些人可能誤解了什麼。

不過后熠沒讓他想這麼多，伸手就勾住了他的脖子，把他往人群裡帶：「快走快走，不要站在一個地方不動。像我這麼有氣質的人，長時間待在一個地方不動就是在人為製造熱搜。沒辦法魅力太大，我們還是低調一點吧。」

風鳴一口就把烤生蠔幹掉了一個。唔，雖然是冷凍的生蠔，但品質和味道還是不錯的，吃起來爽滑濃香，風鳴的二翅膀翻飛了兩下，表示還算滿意。

「如果你真的想低調就應該把墨鏡戴上，就算天色已經暗了，交易會的燈光也打開了，還是能看清你的臉的。」

后熠卻搖了搖頭：「哪個神經病會大晚上的戴墨鏡啊？我又不是熊貓眼。放心吧，我反偵察能力非常強的，只要我不想，誰也沒辦法拍到我的正臉，送你上熱搜。好了，抓緊時間先去那邊的靈物交易街看看。你到現在應該還沒有見過靈物商人吧？相信我，不管是賣靈物的人還是他們賣的靈物，都會讓你大開眼界的。」

風鳴半信半疑地跟著后熠往交易街走，心想不就是變異的植物和動物產品嗎？在網路上又不是沒見過。

然而，當風鳴真正地站在交易街，看到左右兩側商鋪在店外擺出來要售賣的靈物時，他感覺自己彷彿來到了一個新世界。

「瞧一瞧啊，看一看！正宗臉盆大的異變大櫻桃！總共二十個，早買早得！賣完今年就沒啦！店主家只有這麼一棵異變的大櫻桃樹，唯美多汁、酸甜爽口、靈氣充足，吃一口就想吃第二口，吃完一整顆說不定就直接靈能升級啦！」

「來來往往的兄弟姊妹都來看一看啊！東北正宗異變野山雞！看看這比普通雞大上三倍的體型！看看這超大的雞翅膀和雞腿！靈能檢測整隻雞靈氣含量三百！保證異能者吃了就想升級，普通人吃了腰不痠，腿不疼，一口氣能上三層樓啊！」

「走過路過不要錯過！全會場只有三盆的異變海棠花！全會場只有三盆！異變海棠花釋放的香氣能安神靜心、梳理雜亂靈氣，特別適合火系和木系的相關靈能者。而且各位高富帥的靈能者們看過來啊，異變海棠花是送妹子的不二好禮，沒有妹子能夠抵擋異變靈花的魅力，先到先得、先到先得，快來買啊！」

各種叫賣聲一聲高過一聲，小店的店主們賣的都是和普通植物、動物完全不同的產物。不只是臉盆大的櫻桃、鴕鳥大的山雞和異變海棠花，風鳴還眼尖地看到了異變狼的利爪、異變森林蟒的蛇皮，甚至還有異變的靈能玉石。

這些東西風鳴確確實實沒有見過，就算是靈網上的賣場，也絕對沒這麼多一手交易產品。他看到的，更多的是已經經過好幾層加工的靈物了。

輕輕吸了口氣，風鳴的心情有點激動。他掙脫了后熠的手臂，就往各個店鋪前看看轉轉，認真聽小店店主的吹牛介紹。

后熠抱著雙臂看少年一臉認真地聽店主吹牛，時不時還動動後背小翅膀的樣子，覺得自己被可愛到了。

嘖，一被可愛到他就手癢心癢。

風鳴看著那個真的有跟臉盆一樣大的紫紅色大櫻桃，覺得這簡直是難得的靈果。只不過當他滿心興奮地問店主臉盆大櫻桃的價格時，他簡直要被這可怕的價格驚呆了。

「你說這櫻桃一個多少錢？」

店主嘿了一聲：「五萬塊還是我看在小哥比較順眼的份上給你們的優惠價呢，換做其他人來問，沒有六萬六我是不賣的。」

風鳴一臉驚悚，毫不掩飾「你這不是在搶錢嗎！」的表情，逗得店主大叔一樂。

「小夥子，你是第一次來靈能交易市場吧？哈哈！我們這裡賣的東西和普通的東西可不一樣，基本上價格都是萬元起步的。而且，在靈能市場上的東西大部分都是一手貨，已經很便宜了。不信你可以去靈網商店看看，也有賣臉盆大櫻桃的，不過他們不是賣一整個，而是切成小塊一塊一塊的賣。」

店主大叔說著，就對風鳴比了個ＯＫ的手勢：「就切這麼大一點，要一千塊喔。我這麼大一個，怎麼樣也能切個一百份，五萬真的是成本價啦。」

風鳴癟著臉想了想，他確實在靈網上看過靈物異變水果，都是一塊一千的死要錢價格。所以這店主大叔沒騙他，但沒騙他，他反而覺得更加心酸了，他現在口袋裡帶過來的錢加起來都買不起十塊臉盆大櫻桃。

風鳴後背的二翅膀都有些喪氣地垂了下來。

更讓風鳴討厭的是，這時他竟然在旁邊聽到了某個熊貓的聲音，還有人激動尖叫的聲音。

他轉過頭，果然看到了變成一個人類大小的胖熊貓郭小寶正在對懸浮直播器賣萌的畫面。

「哎呀，各位朋友好啊～又到了每天晚上小寶吃播一小時的直播時間啦！今天小寶帶你們來見世面，看看靈能者交易市場上的各種美味和神奇的異變靈物。

嘿嘿嘿，看到我手上拿著的這個精華西瓜了嗎？這就是異變的西瓜，看看它的瓜紋和顏色，是不是都感覺和普通的西瓜不一樣啊？大家想不想知道這是什麼味道？可惜一顆小西瓜三萬塊，小寶買不起啦。」

風鳴：「……」

只見那隻大熊貓特別裝可憐地用爪子抹了抹他的熊貓眼，然後懸浮直播器就響起了叮叮噹當的砸錢聲。

郭小寶把自己的熊貓爪挪到眼睛旁邊，變成雙爪托腮的樣子，一下子驚喜地叫了出來。

「哇啊！感謝爻爸爸、明尊爸爸的深水魚雷！感謝婄國霏、囈語小姊姊的火箭炮！嗚嗚嗚嗚，這樣我就買得起精華小西瓜了，熊寶愛你們！比心～」

風鳴：「……」

風鳴心情非常糟地轉身，鄙視那個為了吃而賣身賣臉的胖熊貓精。

這時候，店主大叔也笑了起來：「郭小寶那小子又來直播蹭飯了，不就仗著他是個熊貓精嗎？不過網路上有一群人都吃他這一套，異能覺醒之後，他也算是苦盡甘來啦。

他從小就是個孤兒，八歲才被紅翎那丫頭撿到紅家武館。小時候身子骨弱，脾氣還倔，常常被人欺負。要不是紅翎護著他，他說不定哪一天就被打死了。好在這小子後來也算爭氣，在武學上還有那麼一點天分，也順利覺醒了，不然紅家武館光靠紅翎那丫頭，可鎮不住場子。唉，不說這些了，反正那小子不是個省油的燈，可別被他的外表騙了。小夥子，這臉盆大櫻桃你買不買啊？總共就只有二十顆喔，賣完我就收攤啦。」

風鳴看著水靈靈、紅通通的大櫻桃，喉結微微動了一下，也不好意思問大叔能不能切一塊買，他就聽到耳邊響起一個帶笑的聲音：「大叔，這一整顆我們都買了，你先幫我切一大塊放在盒子裡，然後剩下的幫我們送到對面飯店的三二六號房就行了。」

風鳴的翅膀尖微微一動，「……太貴了，你不用幫我買。」等我賺錢了我自己買！嗚。

后熠嘴角上揚，努力克制想揉翅膀的衝動：「不是幫你買的，是買給我自己的，然後請你吃一點。」

風鳴愣了一下，咳了一聲，後背的二翅膀就高興地搧了搧。

「那多不好意思。」

后熠繼續笑，大手一揮：「不用客氣，不差這點錢！」

於是，在店主大叔有點微妙的八卦眼神中，店主大叔俐落地切了一大塊櫻桃肉放在塑膠盒子裡給了風鳴，然後看著后熠領著風鳴繼續逛街。

「嘖嘖，現在的小年輕喲。」

然後，不缺錢的后隊長就以「買給自己，順帶請風鳴吃」的理由買了一整路的靈果靈食。

風鳴手裡的靈食從異變大櫻桃、精華小西瓜到油炸小靈魚、鮮榨靈橘汁，就沒空過。一開始風鳴還會因為價錢而心跳加速，吃到最後，他已經淡定了。

不淡定不行啊，一路上怕是吃掉了一棟小房子，反正還錢是還不起了，以後就為青龍組賣苦力吧。若實在不行，就……就賣翅膀吧，總比熊貓賣身賣萌好不是嗎？

但熊貓郭小寶淡定不了了，因為他從中途就看到了懸浮直播器上面的留言彈幕。

『小寶！小寶，你別光顧著吃！快看你斜後方！有兩個帥哥已經吃了一整路，我覺得他們有點眼熟啊！』

『哇，小寶你不行啊，你看你買吃的還要猶豫，你後面那兩個帥哥買吃的都不眨眼！』

『哈哈，我竟然覺得那個小翅膀好可愛！天使偽裝者出自動款了嗎？』

『不不不，我忽然覺得那個高個子帥哥好寵啊！蒼天啊，大地啊！我也想要一個幫我買買買的男朋友！』

郭小寶第一次直播被人搶了風頭，一臉呆愣地看過去，就看到了那個讓紅翎盯著看的龍城小鳥人。

再一看，這鳥人竟然一整路吃的東西比他多，還全程不用掏錢，郭小寶瞬間就覺得嘴巴裡的香煎靈豆腐不好吃了。

它吃醋了，郭小寶怒而關直播。

摔！憑什麼他賣身賣萌才買得起幾塊豆腐、西瓜，那個鳥人動動假翅膀就吃了一條街啊！

他難道不是國寶嗎！

因為賣萌失敗（？），郭小寶關了直播之後就回去找他的翎翎訴苦，順帶幫某個小鳥上眼藥，而毫無所覺的風鳴還在繼續逛市場。

這條街的前半部分大多是各種靈植靈果，到了後面就是異變的靈物，或者異變動物的皮毛爪牙了。

風鳴一邊注意著有沒有賣異變棉花，一邊看看那些靈物有沒有適合做武器的。這兩樣都是他現在急需的物品，雖然他手上已經沒有現金了，但只要能夠分期付款或者稍微把付款期限延後一些，他很快就會成為百萬富翁買買買的——他對自己的大翅膀和二翅膀有信心！

只是風鳴走了大半條街，都沒有看到異變棉花，也沒有找到適合製作武器的靈物，倒是有一間店鋪售賣吸收了大量靈氣而異變的靈鐵。

據說，這塊靈鐵的堅韌程度可以直接抵擋B級靈能者的全力一擊。不管是用它製作盾牌還是護甲，又或者冶煉出一把武器都是十分不錯的選擇，然而，這塊異變靈鐵直接要價一千萬元，不講價。

風鳴聽完價格之後，就面帶微笑地離開了。

哪怕后熠在旁邊有些蠢蠢欲動，風鳴用眼睛瞟了他一眼，就讓后隊長微笑表示：

「這東西的CP價不高，貴得很。比起用買的，還不如自己去靈能祕境找原石。相信我，在靈能祕境裡只要不是運氣太差，最少也能撈到一塊靈鐵、靈石、靈植什麼的。如果採到了價值很高的野生天然靈果，你就會發現一千萬只是個小數字而已。」

風鳴聽到最後一句抽抽嘴角，為自己之前以為變成百萬富翁就能買買買而心酸。

直到都快逛完了這一整條街，風鳴覺得今天晚上可能會一無所獲的時候，他忽然看到在這條街的最後一小部分聚集著幾十個人。

和有店鋪的店主們不同，這片地方聚集起來的賣家似乎都是臨時過來擺攤的。他們十分隨意地找一個地方坐著，身前鋪著隨便找來的一塊布，上面擺著零星的貨物。

「這是靈能市場的自由交換點，只要向那邊穿制服的人交一點地攤費，就能在這裡擺攤。售賣的一般都是靈能者自己找到或者產出的一些東西，所以數量不多，但是偶爾也會遇上一些比較少見的好東西。」

后熠在風鳴開口之前就解釋了一番。

風鳴了然點頭，「那看看吧，如果在這裡再找不到適合的東西就回飯店。」

后熠點頭，兩人就開始在自由交換點轉起來，很快他們就有了收穫。

「這是苧麻！我們華國的特產纖維植物，號稱天然纖維之王！棉花也不過是天然纖維皇后而已。用苧麻織出來的夏布是古代的貢品布喔，而且用它做出來的衣服輕薄透氣、防腐防黴，就算是普通的手工苧麻衣都得幾百塊呢。

這個是我自己產出來的苧麻葉絲、我奶奶織的布、我媽設計的輕薄時尚可自動收縮上衣！專門給需要變身的靈能者們使用的。我這裡有十幾個常用顧客呢，用過的都說好喔。」

站在地攤前面叫賣的是一個二十幾歲的少女，她有一頭長髮、朱唇彎眉，看起來十分有親和力，風鳴注意到她的頭頂上有用綠色葉子編織成的髮圈。

那個少女看到風鳴看她的頭髮，就笑著道：「我的髮圈就是苧麻編成的，因為我覺醒的是苧麻的植物異變，頭頂上總是會長葉子，好在我只要不發動靈力就長得不快，不過我要是動用靈力的話，哈哈，我就會成為『長髮苧麻公主』了。」

風鳴：「所以這些衣服，相當於是用妳的頭髮織成的？」

少女祝麻衣哈哈笑起來：「不不不，頭髮是頭髮，苧麻是苧麻嘛！嚴格說起來，這應該是用我的靈力編織的，所以弟弟你不要有心理負擔喔。

而且我的苧麻衣是真的好，可以根據顧客要求設計『靈力點』，感應到靈力就可以自動收縮，到時候不管你突然頭上長耳朵，或者是屁股後面突然長尾巴都不會撐爛衣服。當然，手套也不會被突然暴長的指甲劃破。一件衣服三千塊，很划算的喔！」

祝麻衣說著，就拿起一塊潔白的苧麻布，伸手輕輕在布上面一點，被點到的地方就很神奇地忽然露出了一個小孔。等祝麻衣把手收回，那塊布上的小孔就開始慢慢變小，最後恢復成一塊嶄新的潔白布塊。

這真的很神奇，風鳴心動了。

「那能夠在後背設靈力點嗎？」

祝麻衣微微愣了一下就笑：「當然可以啊。之前也有一個客戶跟我這樣要求過，他是昆蟲系的靈能者，後背有一對很漂亮的蜻蜓翅膀喔，就是翅膀太薄，他飛不太高，哈哈哈！弟弟你也是昆蟲系的靈能覺醒者嗎？」

風鳴想了想：「不，我是鳥類的靈能覺醒。」

祝麻衣就仔細看風鳴，然後忽然小聲地尖叫了一聲：「哎呀！你不是天使外送小哥嗎！天啊，你竟然來到川城了！老天，你要穿我做的衣服嗎？天啊天啊，我太高興了！」

祝麻衣顯然是一個喜歡上網的網癮小姊姊，很快就認出了上過兩次熱搜的風鳴，她一激動就開始瘋狂翻自己身後的箱子，然後拉出一件在袖口、衣領和下襬繡著金色羽毛花紋的男士長袖T恤：

「這件這件！小天使，你穿這件吧！是我專門幫你設計的，那天我在靈網上看到你的『月下天使』照片，就忍不住幫你設計了一件衣服，心想你穿上這件衣服肯定特別好看！本來我是打算自己珍藏的，但是你本人都已經到我面前了，就說明這件衣服它一定要屬於你！嘿嘿嘿，穿上它吧，它的整個後背都被我設了『靈力點』，不管你翅膀多大都不會弄壞這件衣服喔！順帶一提，」祝麻衣笑咪咪地搓了搓手：「我是『海天日月』粉，嘿嘿嘿嘿嘿，你和池隊長的照片超美的！」

風鳴：「……」

風鳴伸手接過這件為他特製的衣服，看著衣服袖口和下襬精緻漂亮的羽毛刺繡，臉上露出了毫不掩飾的喜愛之情。他後背的翅膀開心地搧了搧，才誠懇地對祝麻衣道：「謝謝，這件衣服我非常喜歡，幫了我大忙。多少錢？」

祝麻衣小姊姊纖手一擺：「要什麼錢啊！姊姊是為愛發電！幫我喜歡的小天使做衣服是我自己的事情，你掏錢就是小看了我對天使的愛！嘿嘿嘿，可以的話，我們拍一張照片吧？不需要你露出大翅膀，只要合個照就好了！」

風鳴忍不住笑起來：「好啊，那多謝小姊姊了，照完相，我們加個微信吧，以後我的衣服就找妳做了。」

祝麻衣笑得眼都瞇了起來。

然而，在她興奮地準備和風鳴照相的時候，她才注意到一直在風鳴旁邊，卻被她忽視得很徹底的后隊長，然後她就震驚了。

不是，這麼一個大帥哥，她為什麼剛剛完全沒注意到？而且，這個帥哥看起來心情不怎麼好的樣子。

等等，這個帥哥看起來好眼熟？

后熠揚著眉毛，拿過祝麻衣的手機幫她和風鳴拍了一張照，在他的注視之下，祝麻衣原本打算放在風鳴肩膀上的手硬生生地被她收了回來。

祝麻衣十分微妙地收回了手機。

這時，后熠忽然道：「難得來一次這麼大的靈能交易會，這裡的燈光和風景也不錯，我們也拍一張合照吧。」

風鳴打算無情地拒絕，但后熠說：「回去再分你一大塊臉盆大櫻桃。」

風鳴：「……」風鳴屈服了。

祝麻衣就成了拍照的人。

她眼睜睜地看著那個高大的英俊青年做了她剛剛想做的動作，但與其說是把手放在風鳴肩膀上，倒不如說是半搭半摟，彷彿在宣示某種權利一般。

祝麻衣頭頂的苧麻葉子都立起了兩片，直覺有問題！

在接回手機的時候，后熠落後了一步，在祝麻衣耳邊鏗鏘有力地道：

「我覺得妳可以換一個CP。比如，困羽之箭，魚和鳥是沒有好結果的。」

祝麻衣：「！！！！」

祝麻衣驟然扭頭，就看到跟在風鳴身後的后熠對她露出了得意的笑容，然後她就瘋了。

海天日月群組內——

祝織女：啊啊啊啊啊啊啊！！！

祝織女：啊啊啊啊啊，姊妹們！！！我今天被拆CP了啊啊啊啊啊！

祝織女：對不起我背叛了組織，從今天起我就是對面的人了！！

聊天群組裡的小姊妹們：？？？？

祝織女：我被官方下場親自拆CP了。嗚嗚嗚，這誰受得了啊！后隊長太他媽帥了！

不管海天日月群組裡怎麼亂成一團、討伐叛軍，風鳴的心情現在算是非常好。

衣服的問題解決了就是解決了一大難題，雖然還要穿一陣子天使偽裝者，但是他有預感，他的二翅膀應該再過半個月就能長大了。到那個時候，他就完全不用隱藏，也不用頻繁換衣服啦。至於還沒有找到合適的武器，風鳴也不在意，大不了用合金教鞭也能撐過複賽。

然後，風鳴沒走幾步就看到了在前面角落裡擺攤的一個少年，他面前擺滿了各種各樣的蘑菇。

風鳴光看蘑菇就瞬間認出了他，這就是那個看起來很弱小，實際上能誘發密集恐懼症的蘑菇少年啊。

蘑菇少年顯然也認出了他，雙眼微微一亮：「啊，你是那個大翅膀。」他頓了頓：「要買蘑菇嗎？都是我自己種的，很補身體的。」

風鳴看著那一地的金針菇、茶樹菇、蘑菇、雞腿菇還有顏色鮮豔的詭異小蘑菇們，果斷拒絕。

「不，謝謝，我最近不愛吃蘑菇。」

蘑菇少年啊了一聲，顯然有點失望，但他沒讓風鳴就這麼走了，「那你需要什麼？我可以幫你找到。」

風鳴頓住腳步，疑惑地看他。

蘑菇少年有些不好意思：「然後你能跟我交換一下你的羽毛嗎？我覺得你大翅膀上的羽毛特別漂亮，還能發光的樣子。」

風鳴：「……」

風鳴聽到蘑菇少年的問題後，先是在原地愣了一會兒，忽然啊了一聲。

因為他覺得自己不是植物系那種可產出的靈能覺醒者，所以覺醒之後，就完全沒有他能透過覺醒異變賺錢的想法，畢竟他只是後背生出了一雙……喔，兩雙翅膀而已，這翅膀又不是可再生的植物，怎麼看都不能賣錢。

但是被蘑菇少年這麼一問，風鳴覺得自己頓悟了。

哪怕他想到他可以用翅膀上的漂亮羽毛換錢、換東西時被後背的二翅膀瘋狂地拍打，也沒能阻止他對自己翅膀的無限美好遐想。

想想看，其實就是一兩根羽毛而已對不對？鳥兒也會掉毛的，掉的毛總會長出來的。他也不是天天都拔自己的翅膀羽毛賣錢，但是救急一下總是可以的對不對？反正大翅膀那麼大，羽毛那麼多，少一兩根也應該看不出來？

「嘶！痛痛痛，別拍了！我想的又不是賣你，是賣老大，你激動什麼啊？」

二翅膀出離憤怒，又狠狠拍了想要賣羽求錢的風鳴一下。

風鳴嘆氣：「講道理吧，翅膀是我的，羽毛也是我的，我怎麼就沒有自主權了？而且我要是餓死了，對你們兩個也沒有好處啊！難道你不想吃海鮮大餐了？難道老大不想吃雞翅膀了？你們知道要養一個家、讓你們長大，我多不容易嗎？光是被你毀掉的衣服沒有二十件，也有十幾件了，光是今天特地幫你們準備的苧麻衣就三千塊了。講講道理啊，你們能白吃白喝嗎？」

二翅膀像瘋狂小雞一樣拍翅膀的行為停了下來，但還是有點委屈地搧了兩下。

風鳴語重心長，其實心裡特別興奮。

「沒事，你還小，沒長大。但老大已經是成熟的大翅膀了，該為家裡做點貢獻了。」

二翅膀直接垂了下來，用沉默表示對風鳴的嘲諷和不滿。

對面的蘑菇少年看著風鳴一邊摸著後背一邊自言自語，中間還夾雜著賣翅膀、養家等字眼，總覺得自己好像聽到了什麼艱辛的窮苦生活。

作為曾經的窮人，蘑菇少年趕緊道：「我知道你的翅膀是不會主動掉毛的，拔羽毛肯定會有點痛，就跟我從手臂上拔蘑菇一樣，所以我只要一根羽毛就好了。我一定會好好收藏的！而且你需要什麼我都能幫你找，這裡很多店主我都認識的。」

風鳴是因為拔羽毛會痛而猶豫嗎？當然不是，他是在為自己的漂亮大羽毛能賣多少錢而猶豫。

不過，看對面這個蘑菇少年眼巴巴地看著他的樣子，肯定是喜歡極了他的大翅膀，就像某個換裝箭人一樣，想必他的一根羽毛也能賣出好價錢！

於是，風鳴故作矜持地點了點頭。

「嗯，看在你這麼誠懇的份上，我就忍痛拔一根給你吧。不過說好了，不能是最長的那一根，你沒得挑，我給你哪一根就是哪一根，而且你要跟我交換我想要的東西。」

蘑菇少年瞬間雙眼放光地點點頭：「好的好的！沒問題！那、那我們去哪裡拔羽毛啊？要找個人少的地方吧？你的翅膀那麼好看，肯定會引人注意，我還準備了紙巾，到時候要是你翅膀流血了，我就幫你擦……呃！」

蘑菇少年墨子雲的話說到一半，就感到一股強大到可怕的靈壓壓到了自己身上，讓他一瞬間渾身汗毛倒豎，彷彿被什麼極為可怕的惡獸盯上了一般。

他被嚇得直接從地上跳了起來，一眼就對上從後面走過來的后熠。

后隊長此時手裡還拿著一匹苧麻絲織成的苧麻布，臉上雖然是笑著的，但看向墨子雲的眼神極度危險。

「哎呀，我剛剛好像聽見拔羽毛、流血這種好像很危險的字眼？像羽毛這麼珍貴的存在，總不會有人想把它從翅膀上拔下來吧？」

墨子雲覺得自己的腿有點抖，渾身上下都忍不住想要冒菌絲來護體。他下意識就想要否認三連，卻被風鳴直接打斷了。

「對啊，我賣一根羽毛給他，他幫我找適合的武器，我覺得這交易十分划算。」

后隊長臉上的表情裂了，他不可置信、痛心疾首、差點呼天搶地地看向風鳴，「你竟然要賣羽毛？」

風鳴面無表情，「啊，對啊。不賣羽毛，難道賣整個翅膀嗎？」

后熠一秒決定：「那賣給我，不管這蘑菇出什麼價錢，我都出十倍給你。」

風鳴看他的表情抽了抽嘴角：「我只是打算賣一根羽毛而已，因為蘑菇同學很誠懇地跟我商量，而且他還會跟我交換我需要的武器，我才會給他羽毛。你當我自己拔毛上癮嗎？我看起來像傻子嗎？」

后熠就極其凶殘地盯上了墨子雲。

墨子雲哪怕緊張到頭頂都冒出了兩個蘑菇，最終也頂住了可怕大魔王的壓力，「我、我想了很久的羽毛，我不會放棄的！」

「那個，你、你是想要適合的武器嗎？我這就去找我同伴！！」

然後墨子雲就拔腿跑遠了，留下后隊長渾身冒黑氣。

風鳴發現這個人竟然真的有些生氣，倒是忍不住伸手戳了戳他：「你堂堂青龍組的隊長，不需要跟一個高中生搶東西吧？」

后熠被戳了一下才收回了有些陰沉的表情，揚著眉毛看風鳴：「你想要什麼，我都能買給你，為什麼還要自己賣羽毛？」

風鳴微微頓了一下，也同樣揚起了眉毛：「后隊長，你又不是我爹，憑什麼我要什麼你就買什麼給我？我看起來就這麼像你兒子嗎？還是像連自己生存都無法保證的籠中弱雞？」

后熠的眉頭皺起，「我並不是……」

風鳴輕輕笑了一下，一巴掌按在后熠的嘴巴上。

「我知道你的好意，也謝謝你的照顧，但籠中的鳥是永遠無法飛上最高的藍天的。我不能心安理得地接受你的所有好意，比如你請我吃東西可以，以後我也會回請你，但是幫我買武器不行，那是我自己要努力的事。」

風鳴後退一步，他的面容一半被夜晚的燈光映照得絢爛，一半融於牆下的陰影，忽然顯得幾分妖異。

「凡事有度。如果我的衣食住行、武器，甚至人身的安全全都寄於你一人，我和廢物有什麼區別？后隊長，你千萬不要對我有什麼誤解，我只是暫時缺錢，而不是賺不到錢。同樣的，我也只是暫時還不強大，不是弱小無依者，甚至，現在的我比大多數的同齡人還強，只是在你眼中我不夠強大而已。」

少年直視著他：「雖今日我在山下，然他日我便一飛沖天。」

后熠的心劇烈跳動起來，那讓他無法移開雙眼的少年問他：「你懂我的意思嗎？」

后熠喉結微動，而後也低低笑了起來。

「當然。抱歉，是我小看了你。」

他的小鳥兒不是籠中鳥，而是想上九重天的大鵬，他有鴻鵠的志向和驕傲，所以他能有什麼辦法，就送他上天吧。雖然那樣覬覦他的人會越來越多，可他喜歡，他也喜歡，就行了。

這時候，蘑菇少年拉著另外一個皮膚有些金屬光澤的大個子少年跑過來。

他來的時候還有點怕地看了一眼后熠，后熠的態度卻忽然變得很溫和，完全沒有剛剛那股想要把他拉到沒人的地方打一頓的凶殘模樣。墨子雲鬆了口氣，然後道：「這是金石，我的好朋友，沒覺醒之前，我們是一起種蘑菇、挖礦的。後來我覺醒了蘑菇靈能，他覺醒了精鐵異變，能把自己觸摸到的東西變成純度極高的靈鐵，我們就不缺錢了。你想要什麼武器，他都能幫你現場製作！後面那一桶都是武器呢。」

風鳴有些驚訝地看了一眼這個大個子少年，沒想到還能有這麼好用的靈能技。不過，如果這個靈能技被用在戰鬥中，也是類似於「石化」，是需要防備的技能。

風鳴想了想，「那就幫我弄個結實一點的長劍吧。要結實、輕便，其他沒什麼要求。」

金石點點頭，開始從身後揹著的武器籃裡挑選了一把華麗的細劍，現場製作武器。

風鳴則是對后熠使了個眼色，兩人走到黑暗無人的牆角，風鳴快速脫下上衣，下一秒，一雙潔白的羽翅變憑空顯現，在黑暗中隱隱散發出銀紫色的光芒。

風鳴看了一眼后熠，覺得自己不能當幫自己拔毛的惡人，下巴一揚：「來，幫忙拔毛。」

后隊長：「……」

那表情像是風鳴讓他幫忙挖個墳。

等金石煉好了劍，風鳴也已經重新穿好了衣服，和后熠走了回來。

只是風鳴呲牙咧嘴地將手往後伸，在後背摸著。他不是拔羽毛拔到痛的，甚至他的羽毛根本就不用拔，大翅膀就能感應到他的想法，只是輕輕一抖動就掉下了一根潔白細長的飛羽，被后熠伸手接住。然後，二翅膀就憤怒地拍了好幾下他的背，彷彿在教訓他賣羽求錢。

而后熠周圍的靈壓更重，捧著手裡即將要給出去的羽毛，表情心疼得像要失去一億。

哪怕是金石這個不萌羽毛的人，在看到后熠手中的飛羽後也忍不住驚嘆了一聲：「這麼好看啊！」

墨子雲已經激動到手抖了。

后隊長盯著那根羽毛，心痛地把它交給墨子雲。不過在墨子雲伸手接下的時候，他眼神又陰沉起來：「你會好好保管它，照顧它的吧？」

墨子雲緊張地伸手：「會的會的！我會用我最厲害的蘑菇保護它！會用我最柔軟的菌絲幫它做個窩的！誰也不能從我手裡搶走它！！」

后隊長這才勉強把羽毛交了出去。

而風鳴拿著那把泛著金屬靈光，像是西洋長劍的細劍，滿意地點點頭。

「老大啊，你看這把劍，一根羽毛很值了，回去就幫你補雞翅吃啊！」

如果大翅膀能說話，一定會呸他一臉。

於是，在複賽開始的前兩天晚上，風鳴得到了比賽能穿的衣服及滿意的武器，並且開啟了賣羽暴富的大門（？）。

兩天後，準備就緒的眾人在三位老師的帶領下，和同樣準備好的其他學校師生們一起進入位於青城山腳下的川城靈能學院。

開始進行全國靈能學校大賽複賽。

——下集待續

高寶書版集團
gobooks.com.tw

FH 017
靈能覺醒 —傻了吧，爺會飛— 01

作　　者　打殭屍
插　　畫　HIBIKI-響
責任編輯　陳凱筠
設　　計　林　檎
內頁排版　賴姵均
企　　劃　方慧娟

發 行 人　朱凱蕾
出　　版　朧月書版股份有限公司
　　　　　Hazy Moon Publishing Co., Ltd
地　　址　台北市內湖區洲子街88號3樓
網　　址　gobooks.com.tw
電　　話　(02) 27992788
電　　郵　readers@gobooks.com.tw（讀者服務部）
傳　　真　出版部(02) 27990909　行銷部 (02) 27993088
郵政劃撥　19394552
戶　　名　朧月書版股份有限公司
發　　行　朧月書版股份有限公司
初　　版　2021年12月

本著作物《傻了吧,爺會飛!》，作者：打僵尸，由北京晉江原創網絡科技有限公司授權出版。

國家圖書館出版品預行編目(CIP)資料

靈能覺醒：傻了吧,爺會飛/打殭屍著. -- 初版. --
臺北市：朧月書版股份有限公司, 2021.12
　面；　公分. --

ISBN 978-626-95289-8-1(第1冊：平裝)

857.7　　　　110019097